Queen of Babble in The Big City
by Meg Cabot

恋の続きはマンハッタンで

メグ・キャボット
松本 裕［訳］

ライムブックス

恋の続きはマンハッタンで

主要登場人物

エリザベス（リジー）・ニコルズ……………ヴィンテージ服を愛する二三歳
ジャン＝リュック（ルーク）・ドゥ・ヴィリエ……リジーのボーイフレンド
シャリ・デニス……………………………………リジーの親友
チャールズ（チャズ）・ペンダーガスト…………シャリのボーイフレンド
ムッシュー・アンリ………………………………ウェディングドレス修復師
マダム・アンリ……………………………………ムッシュー・アンリの妻
ティファニー・ドーン・ソーヤー………………法律事務所の受付嬢
ジル・ヒギンズ……………………………………動物園職員。法律事務所の顧客
ギヨーム・ドゥ・ヴィリエ………………………ルークの父親。ワイナリー経営者
ビビ・ドゥ・ヴィリエ……………………………ルークの母親

リジー・ニコルズのウェディングドレス・ガイド

人生でもっとも輝く日にぴったりのウェディングドレスを選ぶのは簡単なことではありません。でも、そのせいで悲嘆にくれる必要はないのです！

伝統的なロングドレスを着用するフォーマルな式を予定している人でも、選択肢は何種類もあります。

ドレス選びの秘訣は、花嫁がこだわりすぎるあまりにブライドジラ――自分勝手で欲張りな花嫁――に変貌してしまう前に、ぴったりの一着を見つけること。そこでわたしのようなウェディングドレスのプロフェッショナルが登場となるわけです！

1

会話は明瞭さと内容を備えているだけではまだじゅうぶんではない……目標と絶対的必要性も伴っていなければならない。さもなければ会話は雑談へ、雑談は無駄口へ、そして無駄口は混乱へと落ちぶれてゆくのである。

——ルネ・ドーマル（一九〇八年〜一九四四年）
フランスの詩人、批評家

目を開けたら、射しこむ朝日がベッドの頭側の壁にかかったルノワールの絵を斜めに横切ってるのが見えて、一瞬自分がどこにいるのかわからなかった。

そして次の瞬間、思い出す。

思い出したとたん、めまいがするほどの興奮に胸が躍った。大げさじゃなくて、ほんとにめまいがするくらいよ。なんて言うか、《ＴＪマックス》で買った服を新学期初日にはじめて着たときみたいなめまい。

それも、頭上のルノワールが本物だからとかいう理由じゃなくて。実際に本物なんだけど。

わたしが寮の部屋に飾ってたみたいなポスターなんかとは違ってね。あの印象派の巨匠その人の手による、ほんとの真作よ。

最初は信じられなかった。だって、誰かの寝室に入ったらベッドの脇に本物のルノワールがかかってる光景なんて、見る機会がどれだけあると思う？　えーと、一回もないかな。少なくともわたしはね。

最初に部屋を見せてもらったとき、ルークが出て行ったあとでお手洗いを使うふりをしてその場に残った。それから布サンダル《エスパドリーユ》を脱ぎ捨ててベッドに上がり、油絵をじっくり間近で観察したの。

思ったとおり。ルノワールが少女の袖口にこのうえなく緻密にレースを描きこんだときに使った絵の具の塊が見えた。それに、少女が抱いてる猫のしま模様。粒々っぽいのが盛り上がって見える。ほんとに本物のルノワールだわ。間違いない。

それが今わたしの横たわってるベッドの頭側の壁にかかってて……そしてそのベッドは左側にある長細い窓から射しこむ陽の光を浴びてて……その陽の光は通りの向かいにある建物に当たって反射してて……その建物はなんと、メトロポリタン美術館で。そう、セントラル・パークの正面にある美術館よ。五番街の。ニューヨークの。

そうよ！　わたし、ニューヨークで目覚めてるのよ!!　ビッグアップルよ！　眠らない街よ（もっとも、わたしは毎晩最低八時間は寝ないとまぶたが腫れぼったくなっちゃうし、シャリに言わせれば機嫌が悪くなるらしいけど）！

でもめまいがしてる原因はそのどれでもない。朝日、ルノワール、メトロポリタン美術館、五番街、ニューヨーク。そのどれを取っても、わたしの胸を躍らせてる原因にはかないっこない。その全部と、新学期にはじめて着る《TJマックス》の服を合わせたよりもすてきなもの。

それは、ベッドの中のわたしのすぐ横にいる。

眠ってるときの彼って、なんてかわいいの！　子猫ちゃんみたいなかわいさじゃなくて、男の人独特のかわいさよ。ルークはわたしみたいに大口を開けてよだれをたらしながら寝たりしない（自分がそうするって知ってるのは、お姉ちゃんたちに言われたから。それに、起きるといつも枕によだれの跡がついてるから）。彼はきちんと唇を閉じたままでいる。

それに、まつげがものすごく長くてくるんとしてる。どうしてわたしのまつげはこんなふうじゃないの？　不公平だわ。だって女の子はわたしなのに。わたしのほうが長くてくるんとしたまつげをしてなきゃいけないのよ。ドライヤーで温めたビューラーを使ったうえにマスカラを七回は重ね塗りしないとあるかないかもわからないような硬くて短いのじゃなくて。

ああ、もうやめ。彼氏のまつげにこだわるのはやめにしよう。起きなくちゃ。一日中ベッドでごろごろしてるわけにはいかないのよ。だってニューヨークにいるんだもの！

それに、仕事も見つかってないし、住むところもないし。

なにしろ、あのルノワール。そう、あれはルークのお母さんの物だから。ついでに、ベッドも。あ、あと、このマンションの部屋も。

でも、ここはルークのご両親が離婚しかけてたときにお母さんが買ったところなのよ。今はもう離婚なんかしないことになったんだけど。わたしのおかげでね。だからお母さんは、ルークがここにいたいだけいてもいいって言ったってわけ。

いいな、ルークは。わたしのママも離婚を考えてニューヨークのメトロポリタン美術館の真正面にあるものすごくゴージャスなマンションを買って、でも離婚しないことにしたから年に何回かニューヨークへショッピングやバレエ鑑賞に来るときしか必要なくなったんだったら良かったのに。

ああもう、ほんとに。いいかげん起きなきゃ。いつまでもベッドの中になんかいられない（ちなみにこのキングサイズのベッドには、ガチョウのダウンが詰まったふわふわの真っ白い大きな羽毛布団がかかっててものすごく快適）。ドアを開けたらニューヨークの街がわたしを待ってるっていうのに（ま、正確に言うとドアを開けたらエレベーターで下まで降りて、飾り立てられた大理石のロビーを抜けていかなきゃならないんだけど）。

あ、わたしだけじゃなくて、彼氏も一緒よ、もちろん。

なんだか、言葉にするとすごく変な感じ……考えるだけでも変な感じ。わたしと、彼氏。わたしの彼氏。

だって人生で初めて、本物の彼氏ができたんだもの！　誓って本物の彼氏よ。実際にわたしのことを彼女だと思ってくれてる人。本当はゲイで、アントニオって名前の男性と付き合ってるのが敬虔なクリスチャンの両親にバレないよう、わたしを隠れみのに使ってるわけじゃない。自分にとことん惚れさせて、元カノと三人でセックスしようって言ったときにわたしが捨てられたくなくていやだって言えないようにしようとしてるんでもない。ギャンブル依存症で、借金で首が回らなくなってもわたしがたくさんお金を貯めてるからたかればいいと思ってるんでもない。

そうしたことを過去に経験してきたって言ってるわけじゃないわよ。それも一度ならず。しかもこれはわたしの妄想じゃない。ルークとわたしはほんとに付き合ってるのよ。たしかに、怖くなかったと言えばうそになる。ほら、アナーバーへ戻るためにフランスを離れるときね。これっきり彼とは音信不通になっちゃうんじゃないかと思って。わたしのことがそれほど好きじゃなくて、手を切りたいと思ってたんだったら絶好のチャンスだったから。

でも、ルークはずっと電話をくれ続けた。最初はフランスから。そのあと、アパートと車を処分するために戻ったヒューストンから。そして、到着してすぐのニューヨークから。また会える日が待ち切れないよって何度も何度も言ってくれた。また会えたらわたしにどんなことをするつもりでいるかも全部、繰り返し話してくれた。

それで、先週になってようやくわたしが到着したら、実行に移したの。わたしにするつもりだって言ってたいろんなことを、全部。

まだ信じられない。わたしがこんなにも大好きなルークみたいな人が、ほんとにわたしのことも同じように好きでいてくれるなんて。ひと夏だけの恋じゃなかったなんて。だって夏はもう過ぎて、今は秋で（まあ、あとちょっと夏が残ってるけど）、それでもわたしたちまだ続いてるのよ。二人一緒にニューヨークにいて、彼はこれから医学部へ通って、わたしはファッション業界に就職して、何か――わかんないけど、ファッション関係の仕事をして、そして二人とも眠らない街で成功を収めるの！

わたしが仕事を見つけたらすぐにでもね。あ、あと住む場所も。

でも大丈夫。シャリとわたしとでもうじき、我が家と呼べるすてきな部屋を見つけるから。それまでの間わたしはルークの部屋に泊めてもらえるし、シャリは彼氏のチャズが先週イースト・ヴィレッジに見つけたエレベーターのないぼろアパートに泊まっていられる（チャズの実家はニューヨーク郊外のウェストチェスターにあって、彼のお父さんは毎朝そこからマンハッタンへ通勤してるんだけど、チャズは全寮制学校へ送りこまれるまで育ったその家へ戻って来るようにと言う両親の申し出を当然のごとく拒否した）。

チャズが引っ越したのはたしかに最高にいい地区ってわけじゃないけど、でも最悪の場所ってわけでもない。なにしろチャズが博士課程に入ったニューヨーク大学に近くて、安いっていう利点があるし（政府の家賃統制のおかげで、二LDKが月にたったの二〇〇〇ドルよ。そりゃ、ベッドルームのひとつは壁のくぼみみたいな造りだけど。それでも安いわ）。

それと、たしかにシャリは早くもリビングの窓から多重刺傷事件を目撃しちゃったって言ってたけど。でもそんなの関係ないわ。その事件は家庭内のもめごとだったのよ。中庭を挟んだ向かい側のアパートに住んでる男の人が、妊娠中の奥さんとお義母さんを刺したってだけだったんだから。いくらマンハッタンだからって、赤の他人に刺されるような事件がそう毎日あるわけじゃないわよ。

その事件にしたって、結局死者は出なかったんだし。奥さんが産気づいちゃって、アパートの玄関ポーチでおまわりさんたちが取り上げた赤ちゃんだって無事だったわ。三八〇〇グラムもあったのよ！　まあ、パパはライカー島にある刑務所に入れられちゃったわけだけど。でもいいじゃない。ニューヨークへようこそ、フリオちゃん！

でもわたしの見たところ、チャズは内心、わたしたちが住むところを見つけられなければいいのにって思ってる。そしたらシャリは彼と一緒に住むしかなくなるから。そういうところが、チャズはロマンチストなのよね。

それにまじめな話、そうなったら楽しくない？　そしたらルークとわたしが遊びに行って、四人で楽しく過ごせるわ。フランスにあるルークのシャトーで過ごしたときみたいに、チャズがキール・ロワイヤルを作って、シャリがみんなをあごで使って、わたしはバゲットとハーシーズチョコのサンドイッチを作って、ルークは音楽をかけるかなんかして。

実際そうなるかも。なにしろ、シャリとわたしのアパート探しはまだ難航してるから。もう一〇〇〇件は入居者募集の広告に問い合わせたのに、わたしたちのどっちかが部屋を見に行くまでにほかの人に取られちゃうか（ちょっとでもいい部屋ならね）、でなきゃあまりにもひどくてまともな神経の持ち主だったら絶対に住まないような部屋かなんだもの（ある部屋についてたトイレは、なんと床に開けられた穴の上に木材を渡しただけのものだった。ヘルズ・キッチン地区にあるワンルームだったんだけど、それで一カ月の家賃が二二〇〇ドルもするのよ！）。

でも大丈夫。いずれはちゃんと部屋を見つけるから。いずれ仕事も見つけるし。まだパニクったりしない。

今のところは。

いけない！　もう八時！　ルークを起こさないと。今日はニューヨーク大学のオリエンテーション初日なのよ。ルークは大卒者向けの医学部進学課程に入って、これからお医者さんになるための勉強をするの。遅刻したらいけないわ。

でもこうして眠ってる彼ってばほんとにすてき。シャツも着てないし。最高品質のエジプト綿でできてる（ってタグに書いてある）シーツのクリーム色に、よく焼けた肌がすごく映えるわ。いったいどうしたら――。

きゃあ！　やだ、何？

えーと、もう起きてたみたいね。いきなりわたしに覆いかぶさってきたってことは。

「おはよう」彼は目を開けもせずに言った。その唇がわたしの首筋を這う。それだけじゃなくて、彼の体のほかの部分が、わたしの体のほかの部分を這い回ってる。

「もう八時よ」わたしは声を上げた。そんなこと、もちろん言いたくないんだけど。だって、このまま午前中ずっと恋人と愛し合う以上に素晴らしいことなんか、ある？　しかも本物のルノワールが頭上にかかるベッドで、メトロポリタン美術館の向かいにあるマンションで、ニューヨークでよ！

でもだめ。彼はお医者さんになるんだもの。いつか、ガンに侵された子供たちを治すのよ！　オリエンテーションの初日に遅刻なんかさせちゃだめ。子供たちのことを考えなさい！

「ルーク」わたしが言う間にも、彼の唇がわたしの唇に迫ってくる。もう！　寝起きなのに口臭すらないなんて！　どうしてそんなことが可能なの？　それ以前に、どうしてわたしは起きてすぐ洗面所へ行って歯を磨いておかなかったの？

「なんだい？」言いながら、彼は舌先をゆっくりと動かしてわたしの唇に触れた。でも開けないわよ。口の中がどんなにおいか知られたくないもの。ゆうべデリバリーで頼んだ《バルーチズ》のチキン・ティカ・マサラとシュリンプカレーの後味が、八時間前に使ったリステリンとクレストのダブルパンチにも負けずにまだ残ってるってことは、相当ひどいはず。

「今日は朝からオリエンテーションでしょ」口を開けたくないときにはそれだけ言うのも一苦労。そのうえ、体重八〇キロの魅惑的な裸の男性が自分の上にのしかかってるときたら。

「遅刻しちゃうわよ！」

「いいよ、別に」つぶやいて、彼が唇を押しつけてきた。

ムダよ。口は開けないから。

でもこれだけは言っとかないと。「じゃ、わたしはどうするの？　わたしだって起きて、仕事と住む場所を探しに行かなきゃならないのよ。実家のガレージには一五箱分もの荷物が積んであって、住所が決まり次第すぐ送ってもらうことになってるんだから。早くしないとママがガレージセールで全部売り払って、二度とお目にかかれなくなっちゃうわ」

ルークはわたしのヴィンテージランジェリーのストラップをつまみ上げた。「きみもぼくみたいに、裸で寝ればいいんだよ」

人の話を全然聞いてないんだからって怒る暇もなかった。ルークはほんとに息をのむほどのすばやさでテディ《テディ》をはぎ取り、次の瞬間、彼がオリエンテーションに遅刻しそうなことも、わたしの職探しと部屋探しのことも、実家のガレージで山積みになってる荷物のことさえも、頭の中から消し飛んでしまった。

しばらくして、ルークは頭をもたげて時計を見ると、驚いたようにつぶやいた。「まずい。遅刻しそうだ」

わたしはベッドの真ん中で、じっとりと汗にまみれて横たわってた。スチームローラーでぺちゃんこに押しつぶされたみたいな気分。

最高の気分だわ。

「だから言ったのに」頭上にかかる油絵の中の少女を見上げながら言う。

「そうだ」バスルームへ行こうと起き上がりながら、ルークが言った。「いい考えがあるよ」

「ヘリを頼んで、ダウンタウンまで送ってもらうの？　オリエンテーションに間に合うにはそれぐらいしか方法はないわよ」

「違うよ」バスルームからルークの声がする。そしてシャワーの音。「ぼくと一緒にここに住めばいいじゃないか。そしたら探すのは仕事だけですむだろ」

ついさっきの激しい運動でかわいらしい感じにくしゃくしゃになった豊かな黒髪が洗面所のドアから覗いて、ルークが物問いたげにわたしを見た。「どう思う?」

返事はできなかった。だって幸せいっぱいになりすぎて、心臓がはちきれちゃったから。

リジー・ニコルズのウェディングドレス・ガイド

伝統的なロングドレスにもさまざまなスタイルやカットがありますが、もっとも一般的なものは次の五種類です。

©リジー・ニコルズ・デザインズ

さあ、あなたにぴったりなのはどのシルエット？

それこそ人類の長い歴史の中で、世界中の花嫁が口にしてきた問いなのです。

2

陰口を叩く者は秘密を漏らすが、心が誠実な者は秘密を守る。
——旧約聖書　箴言《しんげん》　第一一章一三節

一週間前

「ま、少なくともその彼と同棲するわけじゃないしね」ローズお姉ちゃんがそう言う背後で、木の枝にぶら下げたポニーのお楽しみ人形《ピニャータ》を五歳の幼女たちが一〇人がかりで取り囲み、金切り声を上げながら順繰りにぶっ叩いてた。

ちくりと刺さる。ローズお姉ちゃんの言葉がよ。五歳児たちに関してはどうもしようがないから。

「あのねえ」わたしは苛立って言った。「お姉ちゃんも結婚する前にしばらくアンジェロと同棲してたら、本当は運命の人じゃなかったってわかったかもよ」

お姉ちゃんがピクニックテーブル越しにぎろりと睨みつけてきた。

「わたしは妊娠してたのよ。選択の余地があったわけじゃないわ」

「えーと」言いながら、一番大きな声で叫んでる五歳児を見やる。今日のお誕生会の主役、姪のマギー。「避妊って言葉、聞いたことある？」

「いい？　世の中にはね、将来のことをよくよく思い悩んでばっかりいるんじゃなくて、今この瞬間を楽しんでる人たちもいるのよ。だからハンサムな男性に抱かれようとしてるとき、避妊のことを真っ先に考えたりはしないわけ」

マギーが棒でピニャータをぶっ叩くよりも自分の父親をぶっ叩くほうが面白いと気づいて実行に移すのを眺めながら、わたしはお姉ちゃんの発言に対する反論をたくさん考えついた。でも珍しく、口を閉じて何も言わずにおいた。

「大体ねえ、リジー」お姉ちゃんが話し続ける。「あんた一、二カ月ヨーロッパに行っただけでなんでもわかってるような顔で帰って来たけど、そんなの大間違いよ。特に男に関しちゃね。男ってのはタダで牛乳が飲めるんでなけりゃ乳牛を買ったりはしないものなんだから」

「うわあ」わたしは目をぱちくりさせた。「その言い方、日に日にママそっくりになってってる気がするんだけど？」

それを聞いてもう一人の姉、サラがこらえきれずにプラスチックのコップにマルガリータを噴き出した。ローズお姉ちゃんがそっちを睨む。

「何よ。人のことを笑ってる場合じゃないわよ、サラ」

サラお姉ちゃんは愕然とした表情を浮かべた。「わたし？　わたし、ママになんか全然似てないわよ」

「ママじゃないわよ」とローズお姉ちゃん。「でも今朝、コーヒーに入れてたのがカルーアじゃなかったなんて言うつもりじゃないでしょうね。朝の九時一五分によ」

サラお姉ちゃんは肩をすくめた。「ブラックコーヒーの味は好きじゃないんだもの」

「ああ、はいはい、おばあちゃん」そう言うと、ローズお姉ちゃんはとがめるような目でわたしを見た。「言っときますけどね、アンジェロは間違いなくわたしの運命の人なのよ。結婚前に同棲なんかしなくたってそれぐらいわかったわ」

「えーと、ローズ」とサラお姉ちゃん。「あんたの運命の人が長女に暴行を受けてるけど」

ローズお姉ちゃんが振り向くと、アンジェロが股間を押さえて地面に崩れ落ちるところだった。一方マギーはというと、お誕生会の小さな招待客たちによる熱烈な声援を受けて、両親のミニバンの側面をばしばし叩いてる。

「マギー！」ローズお姉ちゃんが悲鳴を上げ、ピクニックベンチから飛び上がった。「ママの車はだめ！　車はだめよ！」

「ローズの言うことなんか聞かなくていいわよ、リジー」ローズお姉ちゃんがテーブルを離れるや否や、サラお姉ちゃんが言う。「結婚前に同棲するのは、肝心な点で二人が合うかどうかをたしかめるのにぴったりの方法なんだから」

「肝心な点って、たとえば？」

「ほら、わかるでしょ」お姉ちゃんは曖昧に言った。「二人とも朝にテレビを見るかどうかとか、そういうことよ。だって、一人は朝にワイドショーを見るのが好きで、もう一人は一日を始めるに当たって完全な静寂を必要としてたりなんかすると、ケンカの種になることがあるから」

ああ。そういえば、家族の誰かが朝にテレビをつけるとサラお姉ちゃんが激怒してたもんだわ。それにしても、お姉ちゃんの旦那さん、チャックがワイドショー好きだったとは知らなかったわ。そりゃコーヒーにカルーアぐらい入れたくなるかもね。

お姉ちゃんは馬をかたどったマギーのバースデーケーキの残骸に指を滑らせ、バニラ味のアイシングを舐め取った。「それにさ、彼に言われたわけじゃないでしょ？　一緒に住もうって」

「うん。わたしとシャリが一緒に住むつもりなのはわかってくれてる」

そこへ、子供たち用にレモネードのおかわりを満たしたピッチャーを持ったママがやって来た。「どうにも納得いかないわ。そもそもなぜニューヨークへ引っ越す必要があるの？　アナーバーに住んで、ここでウェディングドレスの修復屋さんを開けばいいじゃないの」

「だからね」と、数日前にフランスから帰国して以来、もう三〇回はしてきた説明をまた繰り返す。「ほんとにこの仕事を成功させたかったら、顧客層ができるだけ幅広い場所でやらなきゃいけないからよ」

「でも、そんなのおかしいと思うわ」言いながら、ママはわたしの隣にどすんと腰を下ろした。「マンハッタンでは手ごろなアパートを見つけたりケーブルテレビの工事なんかの予約を取ったりするのだってものすごい競争率なのよ。知ってるんだから。スーザン・ペネベイカーの一番上の娘——サラ、あなた覚えてるでしょ、同じクラスだったから。なんて名前だったかしら？　ああそうそう、キャシーね。あの子が女優を目指してニューヨークへ行ったんだけど、住むところを見つけるだけでも大変だったって三カ月で帰って来たのよ。自分で商売を始めるなんて、どれだけ大変だと思うの？」

キャシー・ペネベイカーが自己愛性人格障害を（少なくとも、キャシーがアナーバー周辺の女の子たちから略奪しておきながら、奪った瞬間に追うスリルがなくなったからってすぐに捨てた彼氏の膨大な数に基づくシャリの分析によれば）わずらってるってことは、ママには指摘しないでおいた。そういう問題を抱えてたら、ニューヨークみたいに異性愛者の男性が不足してて、女性たちが自分の恋人を異性愛者でい続けさせるために暴力も辞さないなんて場所ではあまり好かれなかったでしょうね、キャシーは。

そんなことは言わず、かわりにわたしはこう言った。「最初は小規模にやるわ。まずは古着屋さんかどこかで仕事を見つけて、ニューヨークのヴィンテージファッション事情に詳しくなって、お金を貯めて……それから自分のお店を開くの。家賃が安いローワー・イーストサイドあたりで」

安いって言っても、比較的だけどね。

するとママが言った。「お金を貯める？　家賃だけで毎月一一〇〇ドル払ってたら、お金なんか貯まるわけないでしょう！」

「家賃にそんなにかからないわよ。シャリと折半するんだもの」

「スタジオ――つまり寝室もなくて、部屋がひとつしかないようなアパートだって、マンハッタンじゃ月二〇〇〇ドルするのよ」とママ。「そこで何人ものルームメイトと生活しなきゃいけないんですって。スーザン・ペネベイカーが言ってたわ」

サラお姉ちゃんがうなずいた。お姉ちゃんもキャシーの彼氏略奪癖を知ってて、そんな癖があったらルームメイト（少なくとも女性の）とうまくやってくのは難しかっただろうってわかってるのよね。「朝のワイドショーでもそう言ってたわ」

でも家族の誰がなんて言おうとかまわない。どうにかして、自分の店を開く方法を見つけるんだから。たとえブルックリンに住むしかなくなったとしてもね。あそこはずいぶん前衛的な場所だって聞いてるわ。ほんとに芸術家肌な人たちはみんなブルックリンかクイーンズに住むのよ。投資銀行家たちが家賃を吊り上げたせいで、マンハッタンには住めなくなっちゃったから。

「次回、わたしが忘れてたら思い出させてちょうだい」ローズお姉ちゃんがピクニックテーブルへ戻って来ながら言った。「もう二度とアンジェロにお誕生会の企画は任せないって」

みんなして振り向くと、アンジェロが立ち上がって、でもいかにもつらそうな弱々しい足取りでテラスへ向かうのが見えた。

「俺のことは気にするな」皮肉たっぷりにローズお姉ちゃんに向かって言う。「助けなんかいらない。一人で大丈夫だ！」

ローズお姉ちゃんは天を仰ぐと、マルガリータのピッチャーに手を伸ばした。

「運命の人ねえ」くっくっと笑いながら、サラお姉ちゃん。

ローズお姉ちゃんがまたしてもぎろりと睨んだ。「うるさいわよ」そしてテーブルにピッチャーをどんと戻す。「空っぽだわ」パニックになりかけてるような声で言う。「マルガリータがなくなっちゃった」

「あら、まあ」ママが心配そうに言った。「お父さんがついさっき作ったばかりなのに」

「わたし、作って来る」わたしは勢いよく立ち上がった。ニューヨークで自分がどんな失敗をしでかす運命にあるかなんて話をこれ以上聞かずにすむなら、なんでもするわ。

「パパが作ったのより強くしてよ」注文をつけるローズお姉ちゃんの頭上を、ピニャータのポニーについてた張り子の脚が飛んでった。「お願いね」

わたしはうなずいてピッチャーをつかむと、勝手口を目指した。その途中で、ちょうど家から出てきたおばあちゃんと行き合う。

「あら、おばあちゃん。『ドクター・クイン』は面白かった？」

「さあね」おばあちゃんが酔っ払ってるのは一目瞭然だった。まだ午後の一時だけど、また部屋着をうしろ前に着てるから間違いない。「寝ちまったんだよ。バイロン・サリーは出てなかったしね。どうしてバイロンが出てこない話なんか作るんだろうね？　ドクター・クインがガウチョパンツ姿で走り回るのなんか、誰が見たがるって言うんだい。肝心なのはバイロンだけだよ。ところで、みんながあんたのニューヨーク行きをやめさせようと説得してるのが聞こえたけど」

わたしは振り返って肩越しに母親と姉たちのほうを見やった。三人そろってケーキの残骸に指を突っこんではアイシングを舐めてる。

「ああ。まあね。ほら、わたしがキャシー・ペネベイカーみたいになっちゃうんじゃないかって心配してるだけよ」

おばあちゃんは驚いた顔をした。「つまり、人の男に手を出す売女にかい？」

「おばあちゃん、キャシーは売女じゃないわよ。ただ――」首を振りながらも、つい笑ってしまう。「そもそも、どうしてそんなこと知ってるの？」

「あたしゃ常に世論に耳を傾けてるんだよ」おばあちゃんは謎めかして言った。「みんな、あたしがただの老いぼれた酔っ払いだから、世間で何が起こってるか知らないと思ってる。だけどあたしは自分を見失ったりしないんだよ。ほら。取っておき」

何かを手に押しこまれて、見下ろした。

「おばあちゃん」わたしの顔から笑みが消える。「これ、どうしたの？」

「気にするんじゃないよ」とおばあちゃん。「あんたにあげたいんだ。大都会に引っ越すんだったら、必要になるからね。逃げ出さなきゃいけなくなって、急ぎで現金が必要になったりしたらどうするんだい？　何があるかわからないだろ」

「でもおばあちゃん、だめよ」

「しのごの言わずに、取っとくんだよ！」おばあちゃんがわめく。

「わかったわよ」わたしは丁寧に折りたたまれた一〇ドル札を、ワンピースのポケットに突っこんだ。今日のはモノトーンのノースリーブ。ヴィンテージのスージー・ペレットよ。

「ほら。これでいい？」

「いいとも」おばあちゃんはわたしのほっぺを撫でた。口臭はほのかにビールの香り。小学校のとき、よく宿題を手伝ってもらったことを思い出す。答えはたいがい間違ってたんだけど、いつも独創性が認められておまけで点数がもらえたのよね。「さよなら、ろくでなしの悪たれ孫娘」

「おばあちゃん。わたし、しあさってまではまだいるのよ」

「船乗りとは寝るんじゃないよ」おばあちゃんはわたしの言葉を無視した。「淋病をうつされるからね」

わたしは微笑んだ。「ねえ、あなたに会えなくなるのが一番さびしいわ、カカシさん」

「何を言ってんだかさっぱりわからないよ」おばあちゃんは『オズの魔法使い』を知らないみたい。「誰がカカシだって？」

説明しようとしたそのとき、マギーが首の取れたピニャータの胴体を頭にかぶって、黙ったままわたしたちの横を通り過ぎた。そのうしろには突如として無言になった招待客たちが、ひづめのついた脚だの、尻尾の一部だの、ピニャータの部品をそれぞれ頭にかぶって、完璧な編隊を組んで続く。

「まいったね」薄気味悪いばらばらピニャータの行進が通り過ぎてしまうと、おばあちゃんはつぶやいた。「一杯やらなきゃ」

その意見に、わたしはためらうことなく同意した。

リジー・ニコルズのウェディングドレス・ガイド

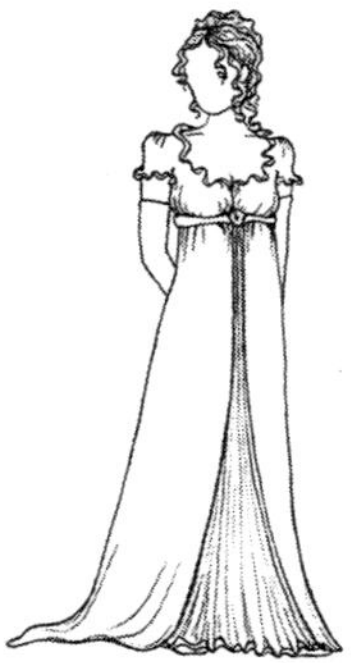
©リジー・ニコルズ・デザインズ

あなたに一番似合うのはどのウェディングドレスでしょう？

もしあなたが運良く長身でほっそりとしていれば、どのタイプのどの形のドレスでも大丈夫でしょう。モデルがみんなほっそりとした長身なのはそういうわけ——何を着ても似合うからなのです！

でもあなたがその他大勢の女性と同様、長身でほっそりとはしていなかったら？　その場合、どのドレスが一番似合うでしょうか？

たとえばあなたの背が低くてぽっちゃり体形だったら、エンパイア・ウエストのドレスはどうでしょう？　流れるようなシルエットは体をよりすらっと、そしてほっそりと見せてくれます。だからこそ、このスタイルのドレスは古代ギリシャの女性たちにも、ファッションにとても敏感だったフランス皇后ジョセフィーヌ・ボナパルトにも好まれたのです！

3

偉人は思想について語り、凡人は物について語り、小人はワインについて語る。

――フラン・レボウィッツ（一九五〇年～）

アメリカのユーモア作家

ほんと、自業自得よね。おとぎ話を信じるなんて。

別におとぎ話が史実だとかなんとか信じてたわけじゃないわよ。でも、女の子には必ずどこかに王子さまがいるんだってずっと信じてたのは事実。ただ見つけさえすればいいだけ。そしたらめでたしめでたしになるって。

だから、わたしが事実を知ったときどうなったか、想像がつく？　つまり、わたしの王子さまが本物だって。本物の王子さまだってことを。

いや、ほんとだから。彼、ほんとに王子さまなのよ。

まあ、厳密に言うと、母国で公認されてるわけじゃないんだけど。フランスでは、二〇〇年以上前にかなり徹底的に王侯貴族を殺して回ったみたいだから。

でもわたしの王子さまの場合、ご先祖の誰かがギロチンから逃れて大急ぎでイギリスへ脱出したおかげで助かった。そして何年も経ってから、一族のお城を取り戻すことまでできたのよ。きっとものすごく大変で時間のかかる裁判を戦い抜いたんだと思うけど。そのご先祖さまが彼の家族と同じような性格だったら、きっとそうしたはず。

たしかに、南フランスにシャトーを所有してるってことは毎年何十万もの税金をフランス政府に納めなきゃいけないってことだし、屋根瓦だの賃借人だののことで絶えず頭を悩ませてなきゃいけないってことでもある。

それでもね、そんなもの持ってる男の人なんか、会ったことある？　シャトーよ、シャトー。

でも言っとくわ。わたしが彼を好きになったのはそんなことが理由じゃない。最初に会ったときは彼の称号のことも、シャトーのことも知らなかった。彼は一度だってそのことを自慢しなかったし。もし自慢なんかされてたら、そもそも好きになんかならなかったわ。だって、そんな人に惚れる女の子なんかいる？　少なくとも、わたしが友達になりたいような女の子じゃないわね。

ううん、ルークはまさに特権を剝奪された王子らしくふるまったのよ。つまり、そのことを恥じてるみたいに。

実際、ちょっと恥ずかしいみたい。自分が王子さまで――本物の王子さまで、パリから鉄道で六時間かかる、一〇〇〇エーカーもの残念ながらあまり生産的ではないワイナリーがついてるだだっぴろいシャトーの唯一の相続人だってことが。この事実をわたしが知ったのはほんの偶然だった。シャトー・ミラックの大広間にものすごくブサイクな男の人の肖像画がかかってて、銘板を見たらその人が王子だって書いてあって、しかもルークと同じ名字だったから。

ルークは認めたがらなかったんだけど、最終的には彼のお父さんから聞き出した。王子という称号には、そしてシャトーを維持していくということには、非常に重い責任が伴うんだって。ま、称号のほうはそうでもないかもしれないけど、シャトーの維持はほんとに大変みたい。毎年税金を払えるだけの収益をどうにかして上げられるのは、裕福なアメリカ人家族や、たまには歴史映画の撮影用に制作会社なんかにもシャトーを貸し出してるから。なるほど、あのワイナリーはほんとに儲からないってことね。

でもそのこと（王子さまのことね）を知ったときにはもう、わたしはルークに首ったけだった。彼こそがわたしの運命の人なんだって、あの列車で隣に座った瞬間から思ってたの。彼のほうもわたしに対して同じ感情を抱いてくれる日が来るなんて、もちろん夢にも思わなかったけど。ルークってばとにかく笑顔がすてきで（シュウ・ウエムラだってものすごく努力しないと作れないようなあの長い長いまつげは言うまでもなく）、恋に落ちずにはいられなかったのよ。

だから彼が称号と財産持ちだって事実は、そのままでも世界一おいしいケーキにイチゴが載っかってたってだけのこと。ルークはわたしが大学で会ったどんな男の人とも違う。ポーカーにもスポーツにも全然興味を示さない。彼が考えてるのは、医学のこと（彼が情熱を傾けてるもの）と、それから、わたしのことだけ。

それについて、わたしに異論があるはずないでしょ。

だから、わたしがすぐさま結婚式の計画を練り始めたのも当然の成り行きよね。別にプロポーズされたわけじゃないけど。少なくともまだ、今のところは。

でもね、計画を練るぐらい、かまわないじゃない。いずれは結婚するに決まってるんだから。だって、結婚するつもりもないのに一緒に住もうなんて彼女に言う男の人はいないでしょ？

そういうわけで、いずれ結婚するときは、シャトー・ミラックで式を挙げるの。その昔、領主であるドゥ・ヴィリエ一族が治めていた谷全体を見下ろす、芝生が青々と茂るあの広い庭で。季節は夏ね、もちろん。わたしのヴィンテージウェディングドレスのリフォームショップ《リジー・ニコルズ・デザインズ》がウェディングドレスの巨匠デザイナー、ヴェラ・ウォンに買収された直後の夏が一番いいかしら（ショップも買収もまだ実現してないけど、でも当然そうなるはずでしょ？）。花嫁の介添はシャリで、付添人はお姉ちゃんたちになってもらおう。

そしてお姉ちゃんたちが自分たちの付添人（すなわち、わたし）に着させたのとは違って、わたしはちゃんと趣味のいいドレスを選ぶわ。わたしが無理やり着させられた、ペパーミントグリーンのタフタ生地でできたフープスカートみたいなドレスなんか絶対選ばない。二人と違って、わたしは優しくて思慮深いんだから。

　きっと一族全員が出席したがるわね。みんなヨーロッパなんか行ったことないんだけど。国際的なドゥ・ヴィリエ一家と違って、うちの親戚はあまり洗練されてないのがちょっと心配だわ。

　でも、みんなすぐに意気投合するはず。パパが中西部のバーベキュースタイルでグリルの番をするって言い張って、ママは黄ばんじゃった一九世紀もののリネンシーツを漂白する裏ワザをルークのお母さんに教えてあげるの。おばあちゃんはちょっと厄介かも。フランスでは『ドクター・クイン　大西部の女医物語』を放送してないものね。でもキール・ロワイヤルを一、二杯空ければ、きっと大人しくなるはず。

　結婚式の日が、人生で最高に幸せな一日になるのは間違いなし。目に浮かぶようだわ。木漏れ日があふれる青々とした芝生、純白のシースドレスに身を包んだわたし、白い開襟シャツに黒のタキシードパンツ姿のルークは最高にハンサムで上品で。それこそ、王子さまみたいに見えるのよ。

　今直面してる問題を解決することさえできれば、全部うまくいくわ。

「さてと」シャリが言いながら、さっき手に入れて来たばかりのフリーペーパー『ヴィレッジ・ヴォイス』の告知欄を開いた。「基本的には、見るだけの価値がある物件で仲介業者が絡んでないものはないってことね」

　問題は、かなりうまいこと話を持っていかないといけないってこと。しかも、巧妙に。

「そうなると、我慢して仲介料を支払わないといけないってわけか。ちぇっ」シャリは話し続けてる。「でも後々のことを考えれば、その価値はあると思うわ」

いきなり言っちゃうわけにはいかない。少しずつ、徐々にそっちの方向に持っていかないと。

「あんたが金欠なのは知ってるから、仲介業者に払うお金は貸してくれるってチャズが言ってるわ。わたしたちの仕事が始まってから返せばいいって。ていうか、あんたの仕事が始まったら、ね」そう。シャリは夏のうちに面接を受けて、フランスへ行く前にはもう小規模な非営利団体に就職が決まってたから。明日が仕事初日なのよね。「まあ、ルークがお金を立て替えてもいいって言うんだったら別だけど。立て替えてくれそう？　あんまり訊きたくないだろうけど、でも彼、大金持ちじゃない」

前フリもなく唐突に言うなんてだめよ。

「リジー？　あんた人の話を聞いてるの？」

「ルークに一緒に住もうって言われたの」気づいたら、口から言葉が飛び出してた。

シャリは、ボックス席のべたべたするテーブル越しにわたしをまじまじと見つめた。

「……今ごろ、そういう話が出てくるわけ？」

あーあ。早くも大失敗。怒らせちゃった。絶対怒ると思った。わたしってば、どうしてこの軽くて大きな口を閉じておけないわけ？　どうして？

「シャリ、今朝言われたばっかりなのよ」と言い訳する。「ついさっき、ここに来る直前に。

返事はしてないわ。あなたと相談しなきゃって言っただけ」

シャリはあきれた顔をした。「てことは、そうしたいのね」明らかにトゲのある言い方。

「彼と一緒に住みたいんでしょ。でなきゃすぐ断ったはずだもの」

「シャリ！　違うわよ！　て言うか、その……そうだけど。でも考えてみてよ。だってね、現実問題、どっちにしたってあなたはしょっちゅうチャズのところに入り浸ることになるわけで――」

「チャズと寝ることと」シャリが冷ややかにわたしの言葉をさえぎる。「チャズと一緒に住むこととはまったく別問題よ」

「でもチャズはそうしてほしいと思ってるでしょ。考えてみてってば、シャリ。わたしがルークと一緒に住んで、あなたがチャズと一緒に住めば、これ以上部屋探しで時間を無駄にしなくてすむし、仲介業者への手数料と二カ月分の家賃を払う必要もなくなるのよ。そしたら五〇〇〇ドルは浮くわ。一人五〇〇〇ドルよ！」

「それ、やめて」きつい口調でシャリが言った。

今度はわたしが目をぱちくりさせる番だった。「何を？」

「お金の問題にすり替えないで。そんな問題じゃないんだから。お金が必要なら、手に入れられるでしょ。実家から送ってもらえばいいのよ」

一瞬、シャリに苛立ちを覚えた。彼女のことは死ぬほど大好き。ほんとに大好きよ。でも、うちの両親は三人の子持ちで、それが全員常に金欠ときてる。パパがやってるサイクロトロン研究所主任の仕事は、快適に暮らせるだけの年収は稼げるわ。でも成人した娘たちにいつまでも仕送りできるほど余裕はないのよ。

一方シャリはというと、アナーバーじゃ名の知れた外科医の一人娘。お金が必要になったらご両親に頼みさえすれば、理由も訊かれずに欲しいだけ出してもらえる。過去七年間ずっと販売員のバイトをしてて、その前の中学・高校時代は毎週金曜と土曜の晩にベビーシッターのバイトをしてて、そのせいでまともな社交生活も送れなくて、最低賃金でどうにかやりくりしてたからお金のかかる贅沢（映画とか、外食とか、安物の《スアーヴ》よりも値段が張るシャンプーとか、車とか）もできなくて、ひたすらお金を貯めていつの日かニューヨークへ旅立って夢を追い求めようと努力してきたのはわたしのほうなのよ。

別に文句を言ってるわけじゃないわ。うちの両親はできるだけのことをしてくれたんだってわかってる。でもみんながみんなお金にすごく寛容な両親を持ってるわけじゃないってことをシャリが理解してくれないのが頭にくるのよ。前にも説明したのに。

「わたしたち、ニューヨークの奴隷になるわけにはいかないのよ」とシャリは言う。「人生における重要な決断――彼氏と一緒に住むなんて決断を、家賃を浮かすためって理由で決めちゃだめ。それをやり出したら、負けよ」

わたしは無言でシャリを見つめた。ほんとに、どこからこういう考えを仕入れてくるんだろう。

「問題がお金のことだけで、親に頼みたくないって言うんならチャズに借りればいいわ。それはわかってるでしょ」

代々やりくりのうまい弁護士の家系に生まれたチャズは、かなり裕福。やたらと親戚が死んでは財産を遺してくれるからってだけじゃない。彼は財産以外に一族の倹約精神も受け継いでて、質素な生活をしながら堅実な投資を続けてるから。質素って言っても彼の純資産額を考えると、ってことだけど。チャズはシャトーみたいに目に見える資産を持ってるわけじゃないけど、どうやらルークよりもお金持ちらしい。

「シャリ。チャズはあなたの彼氏でしょ。あなたの彼氏からお金なんか借りたくないわよ。それとわたしがルークと一緒に住むのと、どう違うって言うの？」

「あんたがチャズと寝るわけじゃないってところがよ」いつもの辛らつさでシャリが指摘する。「ビジネスとしての貸し借りになるわけ。プライベートは一切関係なしでね」

でも、チャズにお金を借りるって考えは、たとえ彼がまったく気にせず、いいよって即答してくれるのがわかってても、しっくりこなかった。

それに、実際、お金が問題じゃない。そんなんじゃ全然なかった。

「正直言うとね」ゆっくりと言葉をつむぎ出す。「お金だけの問題じゃないのよ、シャリ」

シャリはうめき声を上げて、両手で顔を覆った。

「もう、やだ」うつむいて言う。「こうなるってわかってたのよ」

「何が？」どうしてそんなに怒ってるのかわからない。そりゃ、常にミシガン大学のベースボールキャップをうしろ前にかぶってて、いつも顔に剃り残しがあるようなチャズは王子さまでもなんでもないわよ。でも彼は面白いし、いい人じゃない。キルケゴールや非課税のロス個人退職金《IRA》の話をしてるとき以外は。「ごめんなさい。でもこれじゃいけない？　だって、具体的には何が問題だって言うの？　あの多重刺傷事件のこと？　治安が悪い場所だからチャズのところには住みたくないの？　でも警察が言ってたでしょ、あれは家庭内不和だったんだって。あんなことはもう起こらないわよ。少なくとも、フリオのパパをライカー島から出しさえ――」

「それとこれとは全然関係ないわよ」つっけんどんにシャリが言う。ボックス席の横の壁にかかってる《パブスト・ブルーリボン・ビール》のネオン広告の光を受けて、手に負えないほどくりっくりの巻き毛の黒髪に青っぽい光沢が加わってる。「リジー、あんたルークと知り合ってまだ一カ月なのよ。なのにもう一緒に住もうなんて言うの？」

「二カ月よ」不愉快になって訂正する。「それに彼はチャズの親友でしょ。で、わたしたちはチャズのことをもう何年も知ってるじゃない。ていうか何年も一緒に暮らしてきたじゃない。ま、寮でだけど。とにかく、ルークがまったく赤の他人ってわけでもないでしょ。アンドリューのときとは違って」

「まさしくそれよ。アンドリューのことを忘れたの？」とシャリ。「リジー、あんた前の恋が終わっていくらも経ってないのよ。これ以上ないってくらいろくでもない恋ではあったけど、恋には違いないわ。で、ルークのことを考えてみなさいよ。つい二カ月前まで、彼はほかの誰かと住んでたのよ！　それが終わったと思ったらすぐさま新しい彼女と住むって？

あんたたち、もうちょっと時間をかけたほうがいいとは思わないの？」

「別に結婚するわけじゃないのよ、シャリ。ただ一緒に住むことを検討してるってだけ」

「ルークはそうかもね。でもリジー、わたしはあんたのことをよく知ってるのよ。あんた、もうルークとの結婚式をひそかに空想してるでしょ。認めなさいよ」

「してないわよ！」叫びながらも、いったいどうしてわかったのか不思議でたまらなかった。まあ、たしかに生まれてからほぼずっと知ってる仲ではあるけど。それにしたってよ。気味が悪いわ。

シャリがわたしを睨んだ。「リジー」とすごむ。

「わかったわよ」わたしは血の色をしたビニールの座席に力なくもたれかかった。ここは《ハニーズ》っていうおんぼろのカラオケバーで、場所は東一三丁目沿いの一番街と二番街の間にあるチャズのアパートと、東八一丁目と五番街の角にあるルークのお母さんのマンションとの中間地点に当たるミッドタウン。だからわたしたちのどちらにとっても同じくらい不便（見ようによっては便利だけど）。

《ハニーズ》はあやしげな店ではあるけど、いつ行っても空いてるから（少なくとも、カラオケ命の客たちが入り始める夜九時までは）話がしやすいし、ダイエットコークがたったの一ドルで飲める。それに、二〇代前半のパンクっぽい韓国系の女性バーテンダーはわたしたちが何も注文しなくってもかまわないみたい。携帯で彼氏と口論してばっかりだから。

「そうよ、彼と結婚したいわよ」しょげかえってわたしが言う背後で、バーテンダーが「わかってる？　わかってんの？　あんたサイアクよ」ってモトローラ製のピンク色の携帯に向かって怒鳴ってる。「だって彼のことを愛してるんだもの」

「リジー、あんたが彼のことを愛してるのはけっこうだと思うわ。ごく自然なことよ。でも、彼と一緒に住むのが一番いい考えかどうかについては、ちょっとまだ納得できないんだけど」もう、やだ。シャリが唇を嚙み始めちゃった。「ただね……」

わたしはダイエットコークから顔を上げた。「何よ？」

「いい、リジー？」薄暗い照明の下で、シャリの黒い瞳は底なしに暗く見えた。今はまだ正午だから、外では太陽が照ってるんだけど。「ルークはたしかにすてきな人よ。それにあんたがしたこと——彼の両親のよりを戻させたこととか、医学を勉強するっていう夢を追求するよう彼を説得したこととか——は偉かったと思うわ。でもあんたたち二人が長い期間付き合っていけるかってことに関しては——」

わたしは啞然として、目をぱちくりさせた。「そのことに関しては、何？」

「どうも、想像できないのよ」とシャリ。

こんなことを言うなんて信じられない。わたしの大親友が——大親友だと思ってたのに。

「どうしてよ？」涙がこみ上げてきそうになるのを感じながら問いただす。「彼が王子さま——みたいなものだから？　それでわたしはただのミシガン出身のおしゃべりな女の子だから？」

「まあ、そんなところね。て言うか、リジー。あんたはベッドでコーヒー・ヒース・バー・

クランチ味アイスクリームのパイント・パックを抱えて『今日の裁縫《ソーイング・トゥデイ》』誌を読みながらMTVのリアリティー番組の連続放送を観るのが好きな子よ。エアロスミスを大音量でかけながら、シンガーミシンの五〇五〇番で一九五〇年代のカクテルドレスを裾上げするのが好きな子でしょ。そのどっちか片方でも、ルークの前でしてる自分を想像できる？　そもそもあんた、彼の前で本当にありのままの自分らしくふるまってるの？　それとも、ルークみたいな男性が好きそうな女の子っぽくふるまってるの？」

わたしはシャリを睨みつけた。「そんな質問すること自体信じられない」もう泣いてるも同然なんだけど、それを隠そうとする。「ルークの前でも自分らしくふるまってるに決まってるでしょ」

ただ、ニューヨークに到着して以来、毎日必ず《スパンクス》の補正下着を着けてるのは事実。そのせいでウエストラインに真っ赤な跡がついちゃうから、それを外したあと、線が消えるまではルークに裸を見せられないのも。

でもそれはフランスにいる間にまたパンを食べるようになって、夏に減らした体重がちょっぴり戻っちゃったからってだけ。ほんの七キロぽっちよ。

ああ、どうしよう。シャリの言うとおりだわ！

「ねえ」わたしの愕然とした表情に気づいたらしく、シャリが言った。「彼と一緒に住むのがいけないって言ってるんじゃないのよ、リジー。ただ、ウェディング計画に関してはちょっと冷静になったほうがいいんじゃないのって言ってるだけ。あんたのウェディングに関してよ、ルークとの」

わたしは涙をぬぐおうと手を上げた。「次に言うセリフが『男は牛乳がタダで飲めるんでもなければ乳牛を買ったりしない』なんてのだったら、本気で吐くから」苦々しい思いで言う。

「そんなこと言わないわよ。ただ、物事は一歩ずつ着実に進めなさい。いいわね？　そしてルークの前で自分らしくふるまうことを恐れないで。だってもしありのままのあんたを愛してくれないなら、彼は結局のところ、あんたの王子さまじゃないってことなんだから」

しばらくの間、シャリの顔を呆然と見つめずにはいられなかった。だって、本気でよ。読心術者か何かみたい。

「いつの間にそんなに賢くなったのよ？」涙ながらに訊いてみる。

「わたし、心理学を専攻してたのよ。忘れた？」

わたしはうなずいた。シャリの就職先は、家庭内暴力の被害者が新しい住居を見つけたり保護命令を申し立てたりする手助けをして、食糧配給や育児支援なんかを確保してあげる非営利団体。女性たちにカウンセリングするのが彼女の仕事になる。お給料はそんなに高くない。でもその分、シャリは自分が人の——特に女性たちの——命を救い、彼女たちやその子供たちがより良い生活を送る手助けができるって充実感で満たされてるのよ。

でも考えてみたら、ファッション業界に従事するわたしたちだって同じことをしてるのよ。必ずしも人命を救ってるわけじゃないけど。でも、わたしたちなりのやり方で、人生をより良くするお手伝いをしてる。昔の歌でそんなのがあったでしょ。オーティス・レディングの『トライ・ア・リトル・テンダネス』だったかな？「女の子って疲れるものなの。着てるのはいつも古ぼけた服ばかりで」って。

女の子たちに新しい服を（もしくは古い服を修復して）着させてあげるのがわたしたちの仕事。そしたら彼女たちももう少し元気になるわ。

「あのね」とシャリ。「正直言うと……なんていうか、ちょっとがっかりしたのよ。わたし、あんたと二人で住むのを本当に楽しみにしてたから。リサイクルショップ巡りをして中古の家具を買って自分たちで修理したら楽しいだろうな、とかそんなことまで考えてた。それとか、車を借りてニュージャージーのＩＫＥＡまでいろいろ買いに行くとか。それが、チャズの一族がここで開いてる法律事務所のお下がり家具で生活しなきゃいけなくなったなんてさ」

思わず笑ってしまった。チャズの部屋のリビングに置いてある手のこんだ金の装飾が施されたカウチを思い出しちゃって。床がわずかに南へ傾斜してて、すぐ外に非常階段があるせいで窓に開閉式の鉄格子がついてるような部屋なのに。ちなみにシャリはその窓から、フリオのパパの刃傷沙汰を目撃しちゃったんだけど。

「カウチをどうにかできないか、今度見に行くわ」わたしは言った。「アナーバーで《ソー・フロー・ファブリックス》が潰れたときに買いこんだ生地が山ほどあるの。ママが荷物を送ってくれたら、カバーを縫ってあげる。あとカーテンもね。これ以上刃傷沙汰を目撃しなくてすむように」

「そうしてくれると助かるわ」シャリはため息をついた。「じゃ、これ」と『ヴィレッジ・ヴォイス』をこっちへ押しやる。「これはあんたが必要でしょ」

わたしはぽかんとそれを見下ろした。「どうして？　ルークとわたしはもう住む場所があるのに」

「仕事を見つけるためよ、バカ」とシャリ。「それとも、ルークは住居を提供するだけじゃなくてあんたの古着屋巡りまで援助してくれるって言うの？」

「ああ」わたしは小さく笑った。「そうだったわね。ありがと」

そして求人広告のページをめくったそのとき……。

《ハニーズ》の扉が開き、『ロード・オブ・ザ・リング』で魔法使いのガンダルフが持ってたみたいな長い杖を持った小人が入って来てわたしたちのテーブルまでゆっくりと近づき、わたしたちを見ると、一言も発せずにくるりと向きを変えて出て行った。

シャリとわたしが二人してバーテンダーのほうを見る。彼女は小人の存在に気づかなかったらしい。わたしたちは顔を見合わせた。

「この街って」とわたし。「ヘンなところね」

するとシャリが言った。「何を今さら」

リジー・ニコルズのウェディングドレス・ガイド

知っておくべきこと……ウェディングドレスの袖の長さ！

ストラップレス
おわかりですね。袖がまったくないスタイルです！

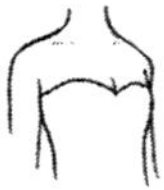

スパゲッティ・ストラップ
とても細いストラップつき。

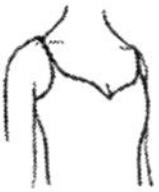

スリーブレス
幅広のストラップつき。

キャップ
ごくごく短い袖つき。通常は肩から少し出る程度。四〇歳以上の花嫁には似合いません（運動をしていれば別ですが。それもウェイトトレーニングを）。

ショート
袖口がまっすぐで、通常、上腕の中ほどまでのもの。フォーマルな結婚式ではカジュアルすぎると思われることが多い袖丈です。

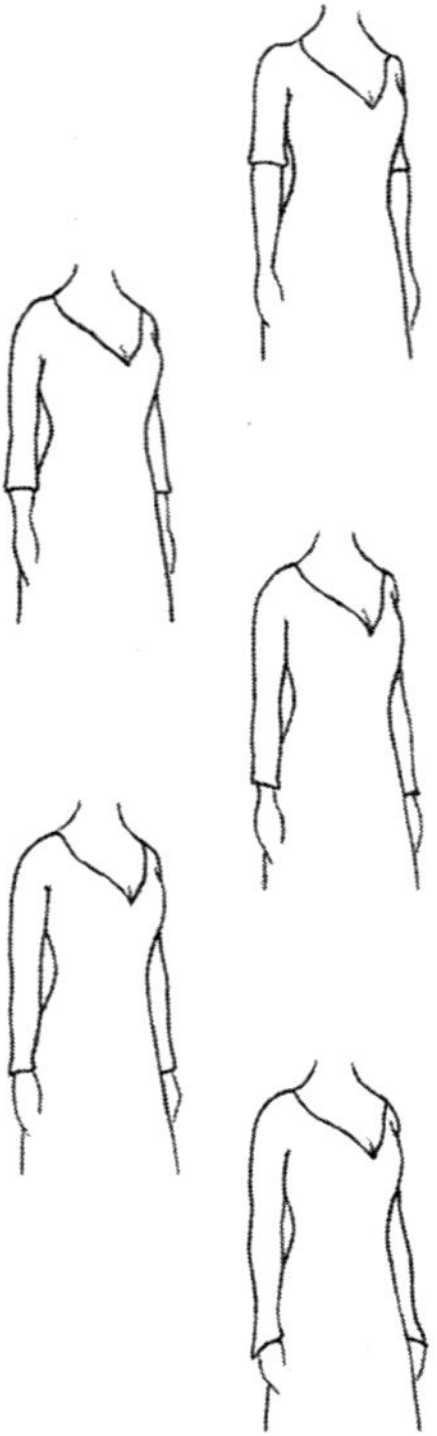

肘上
ワキの「ブツブツ」が気になる花嫁にはこの丈が一番良いでしょう。

七分袖
これは腕を七分、つまり肘と手首の中間点まで覆います。おおむね誰にでも似合う袖丈です。

九分袖
手首より五センチほど上までの袖。ウェディングドレスにはしっくりこない袖丈です。

手首丈
クラシックスタイルの花嫁や、見苦しい湿疹などを隠したい花嫁にはちょうど良い袖丈です。

フルレングス
手首の付け根よりも三センチほど下に届きます。ドレスを「中世風」または「ルネッサンス風」にしたい花嫁が好む袖丈です。

4

噂とは詩人の道具であり、科学者の職業用語であり、主婦や才人、大君、知識人の慰めである。それは子供部屋で始まり、演説の終了と同時に終わる。

――フィリス・マッギンリー（一九〇五年～一九七八年）
アメリカの詩人、作家

もしかしたら、シャリは正しいのかも。わたし、ルークとの関係にもっと時間をかけるべきなのかもしれない。何も今すぐ結婚式の計画を立て始める必要はないわ。どのみち、まだ学位が取れたばっかりなんだし……て言うか、ほんとはまだ取れてもないんだけど。こないだ卒論を提出したところで、アドバイザーの教授によれば公式には一月にならないと卒業したことにならないらしいから。だからって履歴書に書いた卒業年月日を変えるつもりはないけど。だって、そんなの誰が調べるって言うの？

それに、そんなこと知ったらママとパパが卒倒しちゃうわ。わたしがまだ学位も取れてないうちに（しかも、卒業祝いにあれだけたくさんのブックライトを受け取っておきながら）

ヨーロッパへ旅立ったなんて事実を知ったら。

　そこで（ヨーロッパで、って意味よ）出会った男の人と一緒に住むなんて知ったらなお卒倒しちゃうわね。このことは極秘にしとかなきゃ。シャリと一緒に住んでるってことにしとこうかな……でも、もしうちの両親がドクター・デニスと話したりなんかしたらどうする？　まずいなぁ……。

　まあいいわ、そのことはあとで考えよう。

　今はもちろん、キャリアの問題に意識を集中しなきゃ。だって、いつか『ヴォーグ』の取材を受けたかったら、取材に値するようなことをしなきゃいけないでしょ？

　でも、デュピオーニ・シルクで作ったキャップスリーブのビスチェタイプのトップスに、アンティークローズっぽい色合いの膝丈スカート、シャリが着たらすっごくかわいいと思うのよね。ちょうどあのショーウインドウのマネキンがはいてるスカートみたいな……。

　もう、だめ。だめったらだめ。そのことは今考えない。シャリにはものすごく似合って、ローズお姉ちゃんとサラお姉ちゃんが着るとものすごくぶざまに見えるドレスをデザインする時間はあとでいくらでもあるわ。現時点では、仕事を見つけることに神経を集中しなきゃ。今この瞬間、一番重要なのはそれなんだから。自分の人生をどうしたいの？　ただの奥さんなんかにはなれないわ。そんなこと誰にだってできるでしょ。

　そりゃたしかに、『ヴォーグ』はわたしが王子さまの奥さんってだけでも取材しに来るだろうとは思うけど。まぁ、正真正銘の王子さまではないにしても。本物じゃない王子の妻はよく取材を受けてるもの。「セレブ」って呼称でね。「セレブ」になんかなりたくない。そもそもパーティーなんか好きですらないし。だめ、わたしはこの世に生きた証しを残したいの。何かわたしだけにしかできないこと。それは今のところ、ヴィンテージのウェディングドレスを修復することなのよ。

ものすごく需要のありそうな仕事でしょ？　直してもらいたい古いウェディングドレスの一着や二着、誰だって屋根裏にしまってあるわよね？　問題は、自活しながら、わたしの腕を必要としてる女性たちをどうやって見つけるかってこと。たしかにインターネットってものはあるけど——。

うわあああ、あのジョナサン・ローガンの赤いスパニッシュ・レースのワンピース。あんなかわいいの見たことない……レースがちょっとほつれてるのが惜しいわね。でもあれくらいならすぐ直せるわ。いくら——うそ。四五〇ドル？　おかしいんじゃないの？　これとそっくりなワンピースを、アナーバーの《ヴィンテージ・トゥ・ヴァヴーム》では一五〇ドルで売ったのよ。それにこれ、二号かなんかでしょ。こんなに小さな服、誰が着られるって言うの？

「何かお探しですかぁ？」

ああ、そうだ。買い物しに来たわけじゃなかったわ。

「こんにちは」わたしはまぶしい笑顔（に見えるといいなという表情）を、チェック柄のパンツ（もちろんシャレよね）をはいて顔にいくつもピアスをつけてる店員に向けた。「店長さんはいらっしゃいますか?」

「店長になんの用?」

ふむ。顔中ピアス娘はちょっと態度が悪い。でもここは人通りが多いヴィレッジの道沿いにあるお店だから、いろいろあるのよね。疑り深くないとやっていけないんだわ、きっと。どんな気持ち悪い変人が入ってくるかわかったもんじゃない。さっきそこの角にいたみたいな、ズボンを足首まで下ろしてゴミ箱を引っかき回しながらスターリンについてぶつぶつ言ってるようなのがたくさん来るんだとしたら、見慣れない人間に冷たい態度で接するのも理解できるわ。

わたしは明るく言った。「実はですね、こちらで今、人を募集しているかどうか伺いたくて。わたし、ヴィンテージファッションの小売業で長年経験があって、さらに——」

「カウンターに履歴書置いてって」と顔中ピアス娘。「店長が興味あったら電話するから」

でもなんとなく、店長は電話なんかかけてこない気がした。メトロポリタン美術館コスチューム部門の人事担当者だって電話をかけてこなかったし、ニューヨーク市立博物館の衣装・織物コレクションの責任者だって電話をかけてこなかった。ヴェラ・ウォンから電話がかかってこなかったのと同じ。これまでに履歴書を置いて来た数えきれないほどたくさんの場所から一度も電話がかかってきてないのと同じ。

ただ今回は、ほかの店のときみたいに店長がわたしの履歴書を見て資格が足りないと思ったからとか、募集してないとか、ニューヨークの誰かからの紹介状がないからとかじゃない。

店長がわたしの履歴書を見ることすらないからなのよ。顔中ピアス娘がわたしのことを気に入らないってもう判断してて、わたしが店を一歩出たらすぐに履歴書をゴミ箱に放りこんじゃうから。

それでも最後のあがきを試みる。「勤務時間ならものすごく融通が利きます。それに裁縫の経験も豊富なんです。服の直しが得意で――」

「うちじゃ直しはやってないのよ」顔中ピアス娘はあざ笑うように言った。「最近じゃ、服を直したい人はクリーニング屋に行くからね」

わたしはごくりと唾を飲みこんだ。「そうですか。あの、あちらのジョナサン・ローガンがちょっと傷んでるようですけど。わたしなら簡単に修復でき――」

「うちの服を買う人は、自分で直すのが好きなの」と顔中ピアス娘。「カウンターに履歴書置いてってよ。あとでこっちから連絡するから……」

ごてごてにメイクした彼女の目がわたしの頭のてっぺん――ジャクリーン・オナシス風の大きなスカーフでうしろに束ねてる――からワンピース――一九五〇年代のレア物、青と白の水玉模様でスカートがアコーディオンプリーツになってるジジ・ヤングのワンピース――へと移り、最後に靴――白いバレエシューズ風のフラットシューズ（マンハッタン中歩き回るのにヒールなんか履けないもの）へと降りていった。表情を見る限り、顔中ピアス娘がわたしの格好を気に入ってないのは一目瞭然。

「……気が向いたらね」顔中ピアス娘はモヒカンを振り上げ、わたしに向かって片手を振ってみせた。そしたらにぎやかな柄の袖だと思ってたのは実は彼女の地肌で、腕が全面タトゥーに覆われてることが判明した。「バイバイ」

「えっと」タトゥーから目が離せない。「さよなら」

わかった。わかったわよ。つまりニューヨークの就職活動はちょっと……アナーバーとは違うってことね。

それか、今日は運が悪くて変な店に当たっちゃっただけとか。

そうだわ。そうよ。誰もがあんな感じなわけがないもの。最初にヴィレッジに来たのが間違いだったのかも。

でなきゃ、そもそも小売の線は考えないほうがいいかもしれない。ブライダルショップとかのほうがいいかも――ヴェラ・ウォンのところは当然だめよ、すでに玉砕しちゃったんだから（ヴェラ・ウォン本社に電話したとき出た女性は、わたしの履歴書は届いてますかっていう問い合わせに対して、必ずこちらから連絡しますってこのうえなくはっきりと答えてくれた。ただし、あと一〇年くらいして、ほかの意欲あふれるウェディングドレスデザイナーたちが送ってきた履歴書を全部見終えてからね）――そういうところにわたしが手がけたドレスの写真を添えて履歴書を送ればいいわ。そっちのほうが賢明かも。そのほうが……。

ああどうしよう、ルークにはどう返事すればいい？　シャリの言うとおりだわ。誰かと一緒に住むって大変なことで、仲介料が浮くからってだけで決めるべきじゃないのよ。

ただもちろん、決めたのはそれが理由じゃないわ。ルークを愛してて、彼と住むのが最高にすてきなことだと思うからよ。

ただし、ほら、結婚に対して過剰な期待さえしなければ――シャリが言ったみたいにね。一歩ずつ着実に。だってわたしたちは今人生の転換期にあるんだから。ルークは大学、わたしは……まあ、これから見つける何かしらの仕事をする。今は結婚を考える時期じゃないわ。そんなのまだ何年も先の話よ。

でもあんまり何年も先じゃないほうがいいな。だってウェディングドレスは絶対ノースリーブを着たいけど、二の腕がいつ何時たるみ始めて、花嫁の魅力が損なわれるかわからないんだもの。もっと言えば、女性としての魅力が損なわれるんだけど。

わかったわ、このやり方じゃうまくいかないわね。ほっつき歩いてヴィンテージショップに履歴書を置いて回る作戦は失敗。練り直しよ。電話帳かインターネットで、わたしのスタイルにぴったり合うところを探すほうに専念しなきゃ。わたし――。

ん〜〜〜、見てよあのステーキ肉。今すべきことはこれかも。ディナーの買い出し。だってルークは一日中オリエンテーションを受けて、外食する気分じゃないはずよ。

そりゃたしかに、わたしは世界一料理がうまいってわけじゃない。でも肉をグリルするぐらい誰にだってできるでしょ。て言うか、あそこにはグリルがないから、フライパンで焼くしかないけど。

そうしよう。ステーキ肉とワインを買って帰って、ディナーを作ろう。そしたら一緒に住むことと、その意味についてルークと話し合うことができる。で、すべてきちんと片付いたら、明日からまた職探しに戻ればいいわ。

完璧ね。オッケー。

でも買い物はここじゃなくてルークのマンションの近くでしようかな。あんまり重い荷物を抱えて地下鉄に乗りたくないから。て言うか、地下鉄はどこ？

「あの、すみません。六番線にはどう行けばいいんでしょうか？」

やだ！　失礼ね！

わたし、クソ野郎なんかじゃないわよ。地下鉄の場所を訊いただけでどうしてクソ野郎なわけ？　まったく、ニューヨーカーについての噂はほんとなんじゃない？　これまでのところ、失礼な人にしか会ってない。キャシー・ペネベイカーがミシガンに帰っちゃった理由はこれかしら。つまり、あの彼氏略奪癖以外にってことだけど。

それか、ニューヨークの人たちがあまりに不親切なもんだから、彼氏略奪癖にますます拍車がかかったとか？

ところで、ここはどこ？　二番街と九丁目の角。正確には東九丁目ね。東西は五番街を境に分かれてるから（そこにルークのお母さんのマンションがある。セントラル・パークと……それにメトロポリタン美術館も見下ろせる場所）。ルークが教えてくれたのよね。五番街にたどり着くには、イーストリバーから西に向かってるんだったら一番街、二番街、三番街を通り越して、それからレキシントン街、パーク街、最後にマディソン街を越えるの（数字じゃない名前がついてる通りの順番は、「Look Past My Face（わたしの顔の向こうを見て)」――つまりレキシントンのL、パークのP、マディソンのMで、最後に五番街《フィフス》のFというふうに覚えればいいって)。

丁《ストリート》(たとえば《ブルーミングデールズ》がある東五九丁目とか、《サックス・フィフス・アヴェニュー》がある東五〇丁目)は、街《アヴェニュー》に対して垂直に通ってる。つまり《ブルーミングデールズ》は五九丁目とレキシントン街の角、《サックス》は五〇丁目と五番街の角ってわけ。で、ルークのお母さんのマンションは八一丁目と五番街の角……マディソン街沿いの八一丁目と八二丁目の間にあるレディースブランド《ベッツィ・ジョンソン》から角を曲がってすぐのところ。

その先にはもちろんウェストサイドがあるわけだけど、そっちを覚えるのはあと。今は自分が住んでる側がどこか見つけるだけでも大変なんだから。

さて、イーストサイドを南北に走る地下鉄はレキシントン街沿いを走ってる。つまり、迷ったときにはレキシントンを見つけさえすれば、いずれは地下鉄の駅にたどり着けるってルークは言ってた。

ただし、今のわたしみたいにヴィレッジにいたら話は別。ここでは地下鉄はレキシントンじゃなくてパーク・アヴェニュー・サウスを走ってるし、そのパークだっていきなり四番街とブロードウェイに、四番街はラファイエットとバワリーに、っていうふうにどんどん分岐してっちゃう。

でも、そのことも今は覚えようとしなくていい。差し当たり二番街から西へ向かって、名前がころころ変わるパーク・アヴェニュー・サウスをどうにか見つけて、ここいらへんにあるはずの地下鉄の駅を見つければ、おうちに帰れる……。

おうち。うわあ。わたし、もうあの場所を「おうち」って呼んでる。

でもどこだってそう呼ぶんじゃない？　愛する人と暮らす場所であれば。でしょ？

もしかしたら、キャシーがニューヨークを出て行ったのはこれが理由かも。感じの悪い人たちとか理解不能な道路の配置とか彼氏略奪癖とかじゃなくて、ただ、この街には彼女が愛する人がいなかったから。

少なくとも、彼女のことを愛してくれる人が。

かわいそうなキャシー。大都会でこてんぱんにやられて、放り出されちゃったわけね。

でも、わたしはそんなことにはならないわよ。第二のアナーバー出身キャシー・ペネベイカーにはならない。尻尾を巻いて逃げ帰ったりなんかしない。どんなにつらくたって、絶対にニューヨークで成功してみせるわ。だってここで成功できれば、どこへ行っても――。

あっ、タクシー！　しかも空車！

はいはい、タクシーは高いです。でも今回だけならいいでしょ。だってほんとに疲れてて、地下鉄はものすごく遠くて、ルークが帰ってくるまでにディナーを作れるよう早く帰りたくて、それに――。

「八一丁目と五番街の角までお願いします」

――あら、あそこにアスター・プレイス駅の入り口があったわ。あと一ブロックだけ歩いてれば、一五ドル節約できたのに……。

まあいいわ。今週はもうタクシーには乗らない。でも、エアコンの効いたタクシーに座ってるのはほんとに快適。臭いプラットホームまで階段を下りてって、座れもしないぎゅうぎゅう詰めの地下鉄が来るのを待たなきゃいけないのとは大違い。それにどの車両にも物乞いがいてお金をせびってくるのよ。だめって言えたためしがない。わたしは冷淡で無関心なニューヨーカーにはなりたくないの。ジジ・ヤングのワンピースをあざ笑ったあの顔中ピアス娘みたいにね。人の苦難に共感することができないなら――それに、着られるくらい状態のいいジジ・ヤングのワンピースを見つけるだけでもどれだけ大変かわからないなら――生きてる意味なんかあるの？

わたしが地下鉄に乗るたびに五ドルずつ貧しくなっていくのはそういう理由。しかも乗車賃は別にしてよ。これならタクシーに乗るほうが安くつくわ。多少はね。

ああもう。シャリの言うとおりだわ。仕事を見つけなきゃ。そしてきちんと自立しなきゃ。

それも、早く。

リジー・ニコルズのウェディングドレス・ガイド

あなたがどちらかといえば小柄なほうなら、Aラインのドレスを試してみてはいかがですか？　たっぷりとしたフルスカートは小柄な花嫁を生地に埋もれさせてしまいます。プリンセスラインかマーメイドラインを選んでいれば別ですが、これはすべての小柄な花嫁に似合うわけではないので、このタイプのドレスを試着するときはじゅうぶん気をつけてください！

©リジー・ニコルズ・デザインズ

小柄な花嫁にはオフショルダーやスクープネック（細いストラップつきのものも）がおすすめです。一方、シースドレスやストレートラインはおすすめできません。忘れないでください、あなたは結婚するのであって、カジュアルブランド《アン・テイラー・ロフト》の店員になるわけではないのです！

5

噂話を絶対にしない人を連れて来てください。そうしたらわたしは人間にまったく興味のない人を連れて来ましょう。

——バーバラ・ウォルターズ（一九二九年〜）
アメリカの放送ジャーナリスト

肉に下味をつけてたら、電話が鳴った。わたしの携帯じゃなくて、マンションの電話。つまり、ルークのお母さんの電話。
自分あてにかかってきたんじゃないってわかってるから、出なかった。だいいち、今手が離せないし。ニューヨークスタイルの狭いキッチンでプチごちそうを準備するのはほんとに大変。さっきここへ帰って来るときに乗ったタクシーの車内ぐらいの広さしかないんだもの。ルークのお母さんのマンションはとってもすてきよ。マンハッタンの一LDKとしては。天井と壁をつなぐ仕上げ部分とか、黄金色の金具とか、寄木張りの床とか、全部戦前に建てられた当時のまま残ってるんだから。

でもこのキッチンに関しては、家庭料理を作るための場所というよりは、テイクアウトの料理をパックから出すための場所って感じ。

五回くらい呼び出し音が鳴ったあとで、ミセス・ドゥ・ヴィリエの留守番電話が作動した。南部訛りを、ウケを狙って大げさに発音してる彼女のメッセージが流れる。「ハロー。ビビ・ドゥ・ヴィリエよ。わたし今別の電話に出てるか、お昼寝中なの。伝言を残しといてくれたら、すぐかけ直すわ」

わたしは忍び笑いを漏らした。お昼寝だって。『ヴォーグ』はビビの見開き特集を組めばいいのに。プロの女主人《ホステス》ってのは彼女のことだわ。そのうえ、王子さまと結婚してる。まあ、正真正銘のじゃないけど。それに、服の趣味も最高（ほんのちょっと保守的ではあるけど）。彼女がシャネルかラルフ・ローレン以外の服を着てるのを見たことがないもの。

「ビビ」男性の声が部屋に響き渡った。ちなみに部屋には調味液——刻みたてのニンニク、ショウユ、ハチミツ、それにオリーブオイル（全部三番街にある《イーライズ》って高級スーパーで買ったんだけど、五番街からはかなり歩かなきゃいけなかった）のにおいも充満してる。「ずいぶん長いこと連絡をもらっていないね。どこにいるんだい？」

どうやら、ビビのお友達は知らないみたいね。彼女が南仏で姪の結婚式に出てる間に夫と仲直りして、二人で（ルークの両親のことよ）まだドルドーニュにいて、フランス風に言えば「ファンタスティーク」に踊り明かしてるのを……ま、フランスでもそんなふうには言わないかもしれないけど。

「いつもの場所で待っているよ」男性の声が話し続けてる。「今週末。待ちぼうけを食わされないことを祈っている」

ちょっと待ってよ。いつもの場所って？　待ってるって？　この人、いったい何者？　だいいち、そんなにビビと親しいんだったら、彼女がどこの国にいるかくらいどうして知らないわけ？

「それじゃまた、ダーリン《シェリー》」男性は言って、電話を切った。

シェリーですって？　今の人、もしかしてそうなの？　普通、人の留守番電話に伝言を残して最後に〝シェリー〟なんて言う？　そんなことするの男娼《ジゴロ》くらいでしょ？

うそ。ルークのお母さんはジゴロを雇ってるの？

まさか。そんな必要ないわよ。あんなに活気あふれた美しい女性が——そのうえ、マンハッタンの別宅に飾られた絵画の数々を一目見ればわかるとおり、間違いなく大金持ちの女性が。もちろん、彼女のコレクションの中でもあのルノワールが一番貴重なものよ。でもミロやシャガールだって山ほどあるし、バスルームにはピカソの小さなスケッチまでかかってるんだから。

彼女の靴のコレクションだってすごいのよ。ベッドルームにあるクローゼットの上の棚が全部靴で埋めつくされてるの。ぎっしり詰めこまれた箱にはジミー・チュー、クリスチャン・ルブタン、マノロ・ブラニクって書かれてる。

そんな女性がどうしてジゴロなんかと付き合うの？

でも……もしかしてジゴロじゃなくて、恋人なのかも！　ビビ・ドゥ・ヴィリエに恋人がいても不思議じゃない。だってルークのお父さんとは離婚協議中だったわけだし……わたしが現れるまでは、ね。ルークのお母さんみたいに洗練されて世慣れた女性に恋人がいないはずがない……でもその恋人のことは、ルークのお父さんとよりを戻したとたんにすっかり忘れちゃったみたいだけど。

少なくとも、わたしから見る限りは忘れちゃったんだと思う。だって彼女がどこにいるかも知らされてないんだったら、当然忘れられてるんでしょ。

ああもう。これってすごく……気まずい。どうしてよりによって今晩、ルークと同棲について話し合おうってときに電話してきたりするわけ？　ルークになんて言えばいいの。「あ、そういえばどこかの男の人があなたのお母さんあてに伝言を残してて、彼女のことをシェリーって呼んでたわ……じゃ、これからわたしがあなたと一緒に住んでも自分のアイデンティティを失わずにすむにはどうしたらいいか話し合いましょうか」って？

そうだ、発信者番号を見ればどこからかけてきたのかわかるかも。そしたら少しはヒントが――。

あっ、あーあ、もう。伝言を消しちゃった。「消去」ボタンが点滅してるってことは、そういう意味よね。

まあいいや。これで一件落着。

だってこのほうがいいでしょ。さっきの人、名乗りもしなかったし。「あの、もしもし、ミセス・ドゥ・ヴィリエ。その、あなたの夫じゃないフランス語訛りの男性から電話があって、いつもの場所であなたに会えるかどうか知りたがってました」なんて言うわけにいかないでしょ？　彼女に恥をかかせちゃうわ。

未来の親族に恥なんかかかせるわけにはいかない。

こら。今またやっちゃったでしょ。結婚のことは頭の中から追い出しなさい。食卓の準備でもしようかしら。あの美しい銀器も、いつかはわたしの——。

だめだってば！　そうね、テレビでもつけたらいいのかも。ニュースの時間だわ。これで気がまぎれるはず。

『今やメディアが《ハーレムの恐怖の館》と呼ぶ一軒家の裏庭で、警察によって身の毛もよだつ発見がなされました。人骨が——これまでのところ六体の完全な骨格が見つかっていますが、さらに見つかるものと思われ——』

なんなのよ、いったいどういう街？　人骨だらけの裏庭？　いや。絶対いや。チャンネルを変えよう。

『——ここ一カ月だけで、この交差点でのひき逃げ事件は七件目になります。今回の被害者は若い母親で、幼い子供たちを学校へ送っていく途中にひき逃げされて死亡——』

なんなのよ、ほんとに！　やっぱり求人広告でも見よう。あっ、六ページ目にゴシップ欄がある！　求人一覧を見る前に、こっちをざっと見ておこうかな。

——ニューヨークの上流社会は、マクダウェル一族が不動産で成した財産の唯一の相続人、ジョン・マクダウェル氏の間近に迫った結婚式に騒然としている。花嫁のジル・ヒギンズ嬢はセントラル・パーク動物園の従業員。二人はルーズヴェルト病院の緊急治療室で出会った。ヒギンズ嬢は檻から逃げ出したアザラシを持ち上げる際に負傷した腰の治療のため、そしてジョン・マクダウェル氏はポロの試合でねんざした足首の治療を受けに来院し――。

ああ！　なんてロマンチックなの！　それにすごく楽しそうな仕事ね、アザラシの世話って！　もしわたしが――。

玄関の鍵が回る音！　ルークが帰って来たわ！

二時間前にスパンクスを外しておいてよかった。赤い跡はもう消えたわよね。

それに、もうあんなもの着けない。ルークがわたしを――ありのままのわたしを愛してくれないなら、二人の関係は終わりよ。

でも……あの色あせたジーンズにわたしが選んであげたすてきなボタンダウンのシャツを着た彼ってば、ほんとにほれぼれするわ！　やっぱり、スパンクスはまだしばらく手放さなくていいかも……フランス土産につけてきた余計な七キロを落とすまでは。きっとすぐ落とせるわ、これだけ街中を歩き回ってれば。それに、《イーライズ》ではバゲットに見向きもしなかったのよ。

「ただいま」とルーク。満面の笑みを浮かべてる。「調子はどう？」

ただいま、調子はどう。一緒に住もうかって恋人に訊いた一〇時間後に言うセリフがそれなのね。答えを知りたくて悶々としてたってわけじゃないのはたしかだわ。

それか、悶々としてはいたけど無関心を装ってるのかも。

「なんのにおい？」

「ニンニクよ。ステーキ肉に下味をつけてるの」

「いいね」彼はドアの脇にある大理石のコンソール・テーブルに鍵を置いた。「おなかぺこぺこだよ。今日は何してたの？」

うわあ。今日は何してたの？　誰かと一緒に住むってこういうことなのね。誰かっていうか、男の人と。なんだか、女友達と一緒に住むのと似た感じだわ。

ただ、寮で同室だったときにシャリがしてたみたいに答えを待ったりせず、ルークは近づいてきてわたしの腰に手を回し、キスしてくれた。

もとい。やっぱり女友達と一緒に住むのとは違うわ。全然。

ルークが微笑みかけてくる。「それで、ご両親にはいつ知らせるんだい？」

ああ、なるほど。彼がわたしの答えを聞きたくて悶々としてなかったのは、もう答えがわかってたからなのね。

驚いて、彼の首に回してた腕を外してしまった。

「どうしてわかったの？」

「冗談だろ？」ルークが笑い出す。「リジー放送局は今日も絶好調だったよ」

わたしは彼を睨んだ。「うそばっかり。誰にも言ってないもの！　一人にしか――」頬に血がのぼり、言葉を切る。

「そのとおり」ルークは長い人差し指でいたずらっぽくわたしの鼻先をつついた。「シャリがチャズに話して、チャズがぼくの真意をたしかめようと電話してきたんだ」

「あなたの――」頬だけじゃなくて、顔中真っ赤になってきた。「チャズにそんなことする権利はないわよ！」

でもルークはまだ笑ってる。「当人はあると思ってるみたいだよ。ほら、そんなに怒った顔をしないで。チャズはきみのことを実の妹みたいに思ってるんだ。微笑ましいじゃないか」

微笑ましくなんかない。次にチャズに会ったら、まったく妹らしくない説教を聞かせてやるわ。

「あなた、なんて答えたの？」怒りよりも好奇心のほうが勝って、訊かずにはいられなかった。

「何を？」ルークはわたしが買っておいたワインを見つけて、空気に触れさせるためにコルクを抜き、グラスに注いだ。

「あなたの、その、真意よ」

わたしはできるだけ何気ないふうを装った。それに、軽い感じを。あんまり重たくすると男の人はいやがるらしいってことに気づいたから。彼女が将来のことばかり話そうとするのを特にいやがるみたい。まるで森に棲む動物みたい。ただ木の実を少しずつ与えて手を出さずにいるぶんには何も問題がないのよね。

でも網を取り出して捕まえようとした瞬間——森林火災から避難させようとしてるとか、動物のためを思ってやってたんだとしても——大騒ぎになるわけ。だからルークの前で「ケ」のつく言葉なんか絶対言わないわ。交際期間二カ月で同棲を考えるのはたしかに早いかもしれない。でも「結婚」の二文字を軽々しく話題に上らせるのは早すぎるどころじゃないのよ。

たとえ、二人のうち一方の頭の中が常にウェディングドレスのことでいっぱいだとしてもね。

「心配するなって言っといたよ」ルークは言いながら、ワイングラスをひとつこちらへ差し出した。「きみの評判に傷がつくことのないよう、全力を尽くすってね」自分の持ったグラスをわたしのグラスにかちんと合わせる。「それと、ぼくに感謝しろよとも言っといた」そう付け加えてウインクした。

「あなたに感謝？　どうして？」

「だって、これで晴れてシャリがチャズの部屋に住むことになるだろう。あいつ、前にも彼女に頼んだんだけど、シャリはきみを見捨てるなんてできないって断ってたんだ」

「そうなの」わたしはまばたきした。それは知らなかったわ。シャリは一言もそんなこと言ってなかった。

でもわたしに同情して一緒に住もうとしてたんだったら、どうしてルークの提案について話したとき、あんなふうに反応したの？

「とにかく、お祝いでもしたらどうかなと思って」ルークが話し続けてた。「四人でさ。もちろん今日じゃないよ。もうステーキを準備してくれてるから。でも明日の晩とか。ダウンタウンにすごくいいタイ料理屋があって、きっときみが気に入ると――」

「話し合いたいんだけど」そう言う自分の声が聞こえた。ちょっと。どこから出た言葉？

ルークはびっくりしたようだったけど、気を悪くしたふうではなかった。お母さんの白いカウチに身を沈め（あれには絶対食べ物や飲み物を持ったまま座ったりしないわ）、にっこりとわたしを見上げる。

「そうだね。もちろん。話し合わなくちゃいけないことはたくさんあるからね。たとえば、きみの大量の服をどこにしまうかとか」笑みがますます広がる。「チャズから聞いたけど、きみのヴィンテージファッションのコレクションはかなりすごいらしいじゃないか」

ただ、今わたしが心配してるのは服のことじゃないのよね。気持ちのことなのよ。

「もしここであなたと暮らすことになるんだったら」言いながら、カウチの肘掛けに腰を下ろす。もしワインをこぼしたとしても、ここなら大惨事にはならずにすむわ。それに、彼のかっこよさに惑わされない程度の距離も保てる。「経費は折半したいの。光熱費とか、食費とか、全部。半々よ。わかるでしょ。公平さを保つために。わたしたち両方にとって」

ルークの顔から笑みが消えた。ワインを口に含んで、肩をすくめる。「いいよ。きみが好きなようにしてくれれば」

「それに、家賃も払うわ」

ルークは不思議そうな顔でわたしを見た。「リジー、家賃なんかないんだよ。ここは母さんが買ったんだから」

「わかってるわ。つまり、ローンの分を多少でも払いたいの」

そしたら、ルークの顔に笑みが戻ってきた。「リジー。ローンもないんだ。母さんは支払いを一括ですませたからね」

あらら。これは予想してたよりも難しそうね。

「そう。でもいくらか払わないわけにはいかない。あなたにたかるわけにはいかないもの。そんなの不公平だから。それに、多少なりともお金を出してれば、ここでやることについて意見を言う権利があるでしょ？」

するとルークが片方の眉を持ち上げた。「なるほどね。てことは、模様替えでもしたいのかな？」

ああもう。全然思うように話が進まない。どうしてチャズはルークに電話なんかしたの？いつもわたしばかりおしゃべりだって責められるけど、言わせてもらえば、女子よりも男子のほうがよっぽどおしゃべりだわ。

「そんなんじゃないわ。あなたのお母さんのセンス、ほんとにすてきだもの。ただ、場所を空けるために少しだけ家具を動かさなきゃいけないけど」と咳払いをする。「ミシンと、ほかにもちょっと置き場所がいるから」

今度は、ルークの眉が両方持ち上がる。「ミシンだって？」

「そうよ」わたしは言い訳するように答えた。「自分で事業を始めるんだったら、そのために自分専用の場所がここにないと。だから家賃を払いたいの。公平な話でしょ。そうね……毎月の管理費なんかはあるの？　ほら、建物の維持とかにかかるお金」

「ああ」とルーク。「三五〇〇ドルだよ」

息が止まるかと思った。カウチの肘掛けに座っててよかった。でなかったら、口いっぱいの赤ワインを寄木張りの床じゃなくて白いカウチのほうに噴き出しちゃったかも。

「さんぜんごひゃくドル？」飛び上がってふきんを取りにキッチンへ急ぎながらわたしは叫んだ。「一カ月で？　管理費だけで？　そんなに出せないわ！」

ルークは声を上げて笑ってた。「じゃあその一部でどう？」わたしが床を拭くのを眺めながら言う。「一カ月一〇〇〇ドルとか」

「了解」ほっとして答えた。とは言っても、毎月一〇〇〇ドルだってどこからひねり出せばいいのか見当もつかないから、心からほっとはできなかったけど。

「よし。じゃあ全部解決したところで――」

「してないわ」わたしはルークをさえぎった。「その、全部は」

「してない？」そう訊き返しながらも、ルークの顔に驚いた表情は浮かんでなかった。どっちかと言うと、楽しそう。「食費は解決、光熱費は解決、ミシンを置く件も解決、家賃も解決。あと何がある？」

「そうね」とわたし。「わたしたちのこととか」

「ぼくたち？」ルークは、怯えきった森の小動物みたいに逃げ出したりはしなかった。今のところは。ただ、少し興味を示してるってだけ。「ぼくたちが何？」

わたしはありったけの勇気を振りしぼった。「わたしがここに住むのは、あくまでお試しよ。うまくいくかどうかたしかめるために。つまり、ほら、わたしたち知り合ってからまだ二カ月じゃない。もし……わからないけど、冬になってわたしがものすごいガミガミ屋にでも変身したら困るでしょ？」

ルークの眉がまた両方持ち上がった。「変身するの？」

「わからない。じゃなくて、多分しないと思うわ。でも大学のマクラッケン寮にいたときにね、同じ階にブリアナって女の子がいたの。で、彼女は寒い季節になるといつも完全に普通じゃなくなっちゃってたのよね。暖かい季節なら普通だったかっていうとそうでもないんだけど。でも寒いときは特にひどかったの。だから。もしわたしたちのどっちかがこれじゃうまくいかないと感じたら、いつでも同棲を解消できるようにしておいたほうがいいと思うの。ここはあなたのお母さんのマンションだから、出て行くのはわたしのほうになるわけだけど、そしたらわたしが次に住む場所を見つけて、あなたがここの鍵をつけ替えるまでに三〇日間の猶予期間をちょうだい。それで公平でしょ？」

ルークはまだ微笑んでた。でもその微笑みは、ちょっとぎこちなかった。

「きみはずいぶん公平性にこだわるんだね」

「そうね」長々とした主張に対する反応がそれっぽっちだったことに少し意気消沈しながら

わたしは言った。「そうかも。だって、世の中って不公平なことばかりなんだもの。母親はひき逃げされて死んじゃうし、裏庭では人骨が発見されるし、それに——」

ルークは眉をひそめてた。そして手を伸ばしてくる。

「なんの話をしてるのかさっぱりわからないよ」と言いながら、わたしを膝の上に引き下ろす。幸い、わたしはもうワイングラスを持ってなかった。「でもこうやっておしゃべりができて本当に良かった。これで全部終わった？」

頭の中でざっと確認してみる。家賃と光熱費の折半、ミシン、わたしたちのどちらも必要に応じてモノポリーで言うところの「釈放カード」を使うことができる（必要になるとしたらルークのほうね。わたしは出て行くつもりがないから）。よし。終了。

わたしはうなずいた。「これで全部よ」

「よかった」ルークは言うと、わたしをカウチに押し倒した。「で、これはどうやって脱がすのかな？」

リジー・ニコルズのウェディングドレス・ガイド

洋ナシ体形のあなた、諦めないで！　たしかに、ロックバンド《クイーン》はヒップの大きな女の子たちが世界を動かすと歌っていました。とは言え、着られる服が全然見つからないことがあまりにも多いのです！

©リジー・ニコルズ・デザインズ

ただし、ウェディングドレスとなると、洋ナシ体形の女性はラッキーです。Aラインは目線を下半身からそらし、バストラインへと向けてくれるからです。

この効果をさらに高めるには、オフショルダーまたは深いVネックラインを選びましょう。ホルターネック、フルスカートやプリーツスカートを選んではいけません。ヒップが余計にふくらんでしまいます。バイアスカット、またはストレートカットは洋ナシ体形には致命的です。注意をそらしたい部分そのものに生地がまとわりついてしまうからです！

6

三人いても秘密は守れる。そのうち二人が死んでいれば。
――ベンジャミン・フランクリン（一七〇六年～一七九〇年）
アメリカの発明家

ウェディングドレス修復専門店。

入り口にかかってる看板にはそう書いてある。

それってわたしのことでしょ。だって、わたし、それをやってるんだもの。ウェディングドレスだけじゃないわよ、もちろん。どんな服でもたいがい修復（それかリフォーム）できるわ。でもウェディングドレスが一番難しいのよ。そして言うまでもなく、一番儲かるのよね。

あんまりお金のことばかり考えないようにはしてるけど。でも、この街ではただ息をするだけでも大量に必要らしい物についてあんまり考えないようにするのって、すごく大変。なにしろ、ルークのお母さんのマンションに入居してるほかの住民たちがエレベーターから降りて来るのを見てると、人生でこんなにたくさんのグッチやルイ・ヴィトンを目にすることはないんじゃないかって思うくらいだし。

　別に息をするのにグッチやヴィトンが必要ってわけじゃない。でも、マンハッタンでまがりなりにも普通の生活を送ろうと思ったら、お金は必要なのよ。しかもたくさん。普通ってのはつまり、タクシーとか映画とかカフェラテとかに散財せず、一日三食自炊するってことだけど。

　そうよ、ルイ・ヴィトンの最新のモノグラム入りキャンバストートなんかなくたってまったく問題なく生活できる。

　でも近所のピタサンドイッチ屋で軽く食事を取ることさえできないっていうのはちょっとつらい。もっとも自分のお尻の大きさを考えたら炭水化物なんか取ってる場合じゃないし、だいいち、メトロポリタン近辺にはピタサンドイッチ屋なんかないんだけど。あるわけないわよね、五番街の住宅は良心的な価格の飲食店や食料品店から文字どおり何キロも離れてるんだから。もっと言ってしまえば、五番街はまるで不毛の地。何百万ドルもするマンションと、美術館と、公園しかないんだもの。

　エレベーターのないアパートにチャズと住んでるシャリがうらやましいくらい。たしかにルノワールはないかもしれないし、床は窓に向かって傾斜してるし、シャワーは後付けのスタンド式で水漏れするし、かぎづめ足のバスタブは中で誰か殺されたんじゃないかっていうくらいエナメル塗装が黒ずんでるけど。

でも通りの真向かいに、ものすごく安いスシ屋があるのよ！　それにアパートの入り口から二歩も行けば、ハッピー・アワーにバド・ライトが一ドルで飲めるバーも！　そのうえ、半ブロックも行けばスーパーがあって、配達もしてくれる……無料でよ！

　贅沢を言っちゃいけないのはわかってる。だって、うちにはドアマンがいるんだもの。それに、エレベーター係も。そして窓からはメトロポリタン美術館が見えて、その窓は全部二重になってるから、五番街に響き渡るクラクションもサイレンも聞こえない。

　そんな場所に毎月たった一〇〇〇ドルで住めるのよ。プラス光熱費で。

　でもたまにカフェミスト一杯頼むだけで罪悪感にさいなまれるようなことがなくてすむなら、そんなの全部諦めてもいいとさえ思える。

　そういうわけで、わたしはムッシュー・アンリのお店へやってきた。ミセス・ドゥ・ヴィリエのマンションから四ブロック足らずのところにあって、マンハッタンでも屈指のウェディングドレス修復・保存の人気店。この街のセレブはみんな、ムッシュー・アンリにウェディングドレスを修復、リフォーム、保管してもらってる。少なくとも、ゆうべランドリールームで会った五B号室のミセス・エリックソンがそう言ってた（ミセス・ドゥ・ヴィリエのマンションは古すぎて部屋に洗濯機と乾燥機が置けない造りになってる。改装工事をしたら維持管理費がますます高くなるらしい）。とにかく、彼女によればすすぎのときにお酢をカップ半分入れると、柔軟剤を節約できるんだって。そりゃ詳しいはずだわ。だってゴルフボールくらいはあるんじゃないかっていうダイヤのついたカクテルリングをはめてたのよ。自分で洗濯をしてるのは、酔っ払いのメイドをクビにしたばかりで、派遣サービスがまだ新しいメイドを見つけてくれてないからだって言ってた。

だから、ムッシュー・アンリの店の呼び鈴を押したとき、わたしは今度ばかりはまったく無駄足じゃないって確信を持ってた。ミセス・エリックソンはウェディングドレスの修復業者に詳しそうに見えたし、服のリフォームとヴィンテージの路線でつまずいた今、わたしはそっちの路線を追ってみることにしてた。なにしろ、この二週間でマンハッタン、ブロンクス、ブルックリン、クイーンズ、スタテン・アイランド全五区の古着屋を一軒残らず廻ったのに、どこも従業員を募集してなかったんだもの。

少なくとも、店長たちはそう言ってた。履歴書に書いてあるわたしの学位を見て、学歴が高すぎるって言った人も何人かいた。わたしがリフォームしたヴィンテージ服のポートフォリオを見てくれたのは一人だけで、その人は見終わってからこう言った。「こういうのはミネソタじゃ喜ばれるかもしれないけど、ニューヨークのお客さんはもうちょっと洗練されてるんだよね。スージー・ペレットじゃ通用しないわけ」

「ミシガンです」わたしは訂正した。「わたし、ミシガン出身です」

「あ、そ」店長は言って、くだらないとでも言うような目をした。

まじめな話、人がこんなに意地悪になれるなんて思いもしなかったわ。しかもヴィンテージファッション業界の人がよ。だって、わたしの地元じゃこの業界の人たちはお互いにとても協力的で思いやりもあって、重要視されるのは品質と独創性なのよ、ブランドじゃなくて。

そういえば、こう言った店長もいた。「シャネルじゃなかったら、意味がないんだよ」

間違ってる！　絶対間違ってるわ！

そしてミセス・エリックソンはこう言った。「どうしてそんな不潔なお店なんかで働きたいの？　本当に、あたくし知っているのよ。エスターっていうお友達がスローン・ケタリングがんセンターのリサイクルショップでボランティアをしているの。たかがプッチのスカーフ一枚を巡ってどれだけすさまじい奪い合いが起こるか、信じがたいほどだってことよ。ムッシュー・アンリのお店へおいでなさいな。ムッシューならあなたの認識を正してくれるわ」

ルークは、地下のランドリールームで会った女性から就職アドバイスを受けるのはあんまり賢明だとは思えないって言った。

でもわたしがどれほど切羽詰まってるか、ルークは知らないのよ。だって話してないから。ルークの前では、洗練されてすごく気が利くふうにふるまってるから。たしかに、実家からわたしの荷物が全部届いて置き場所がないってわかったときはなんだかぎょっとされたけど。幸い、ルークのお母さんのマンションには地下のガレージに鍵つきの物置があったから、大量の生地や裁縫道具の大半はそこに押しこむことができた。

でも服は全部、《ベッド・バス・アンド・ビヨンド》で買ってきてベッドルームに置いたキャスターつきのハンガーラックにかけたの。ルノワールの少女に非難めいた視線を向けられながらね。ルークはそれを見たときにもぎょっとした様子で「母さんよりも服をたくさん持ってる人がいるなんて想像もしなかったよ」と言ったけど、すぐに気を取り直して、セクシーなアンサンブルをいくつか着て見せてとまで頼んできた（セクシーなやつだけじゃなくて、どういうわけか、『アルプスの少女ハイジ』の衣装にもものすごく興奮してた）。

ただ、ルークが知らないのは、このままではハイジの衣装も、ほかのヴィンテージコレクションも、ネットオークションにかけないといけなくなるってこと。だって貯金はもうあと数百ドルしか残ってないんだもの。

何年もかけて集めてきたヴィンテージを売らなきゃいけないなんて胸が張り裂けるほどつらい。でも来月の家賃を払うお金もないことをルークに告白するほうがもっとつらいわ。

彼がただ笑って、大丈夫、心配しなくていいよって言ってくれるのはわかってるんだけど、心配せずにはいられないのよ。囲われてる愛人みたいにはなりたくない。まずだいいちに、そんなのが有効なキャリアパスとはとても言えないってことはエビータ・ペロンを見ればわかるでしょ。でもそれだけじゃない、わたしお買い物がしたいのよ！　コレクションを増やしたくてうずうずしてるんだから！

ただ、それができない。金欠のせいで。

だからムッシュー・アンリだけが頼みの綱なの。ここがだめだったら間違いなくスージー・ペレットは売り払わなきゃいけなくなるし、へたするとジジ・ヤングまで手放さなきゃいけないかもしれない。

それか、人材派遣会社にでも登録するわ。誰でもいいから雇ってさえくれるなら、一生フアックス送信と書類整理だけしてたっていい。

でもムッシュー・アンリ(だか誰だか知らないけどムッシュー・アンリの店の呼び鈴に応えて出てきた男の人)が満面の笑みとこのうえない丁重さでわたしをお店の待合コーナーへと案内してくれた直後、わたしが結婚するわけじゃなくて(まだね)、従業員を募集してるかどうか尋ねに来たんだって伝えた瞬間、どうやら人材派遣会社に行くことになりそうだと思った。

だって口ひげを生やした中年の男性は急に落胆した表情になって、ひどいフランス語訛りの疑わしげな声でこう言ったんだもの。「誰に言われて来た? モーリスか?」

わたしは目をぱちくりさせた。「モーリスなんて人は知りません」そう答えたところへ小鳥のように小柄なフランス人女性が店の奥から出てきた……けど、その顔に張りついてた大きな笑みも、「モーリス」の一言を聞いた瞬間に消えてた。

「この子がモーリスのスパイだって言うの?」女性は男性に早口のフランス語で訊いた(今なら何を言ってるかわかる。まあ、だいたいは。ひと夏フランスで過ごしたし、その前の一学期もフランス語を取ってたから)。

「絶対にそうだろう」男性も、同じくらい早口のフランス語で返す。「でなきゃここへ何しに来るって言うんだ?」

「違います、ほんとに」わたしは声を上げた。聞いてわかる程度にはフランス語が上達したけど、自分でしゃべれるほどはうまくないのよね。「モーリスなんて名前の人は知りません。

ここへ伺ったのは、こちらがニューヨークで最高のウェディングドレス修復専門店だと聞いたからです。わたし、ウェディングドレスの修復師を目指してるんです。て言うか、わたし実際に修復師なんです。ほら、ここにポートフォリオが」

「この子、何を言ってるの？」マダム・アンリ（以外に考えられないわよね、この人？）が夫に訊く。

「さっぱりわからんよ」ムッシューは答えつつも、ファイルを受け取ってぱらぱらとめくり始めた。

「それはある家の屋根裏で見つけたユベール・ド・ジバンシィです」ビビ・ドゥ・ヴィリエのウェディングドレスが写ってるページに来ると、わたしは説明した。「猟銃を包むのに使われていたので、サビまみれになっていました。酒石酸《クリーム・オブ・ターター》に一晩浸け置きして、サビを落とすことができたんです。それからストラップと裾を手縫いでつくろって――」

「なぜこんなものを持って来たんだ？」ムッシュー・アンリは、ファイルをわたしに差し戻しながら言った。その背後には、彼が修復したウェディングドレスの修復前と修復後のフレーム入り写真が壁一面に並んでる。とても素晴らしい腕前。修復前のドレスの中には年月を経て黄ばみ、わずかに触れただけでもばらばらになってしまいそうなものもあった。

　でもムッシュー・アンリはそれらを元の純白に戻すことに成功してた。生地の扱い方を心得てるか、ものすごい劇薬を隠し持ってるかのどっちかね。

「それはですね」わたしはゆっくりと言った。「わたし、ミシガンからニューヨークへ移って来たばかりで、仕事を探していまして――」

「モーリスに言われて来たんじゃないのか?」ムッシュー・アンリの目はまだ疑わしげに睨んでる。

「違います」まったく、なんだって言うの? 「なんの話をされてるのかさえ、わかりません」

自分よりずっと背の高い夫の脇に立って、その腕越しにポートフォリオを覗きこんでたマダム・アンリがわたしに視線を走らせた。わたしの快活なポニーテール(ミセス・エリックソンが、髪が目にかからないようにしておきなさいってアドバイスをくれた)からヴィンテージのビーズつきカーディガン(ニューヨークに着いたときよりずいぶん寒くなってる。夏はまだ終わったわけじゃないけど、空気には間違いなく秋が感じられるわ)の下に着てるジョセフ・リブコフのシースドレスまでをすべて観察する。

「ジャン、この子うそは言ってないわ」とフランス語で夫に言う。「見てごらんなさいよ。モーリスがわたしたちをだまそうと思ったら、こんなに頭の悪そうな娘を送りこんだりしないわ」

一瞬、「ちょっと!」と怒声を浴びせて不機嫌に店をどすどす出て行こうかと思った。「頭が悪そう」って言われたのが完璧に聞き取れたから。

その一方で、ムッシュー・アンリがポートフォリオのページをめくって、ルークのいとこのヴィッキーが自分でデザインした醜悪なウェディングドレスの写真と、わたしがそれをどうにか見られる程度にまで救済した修復後の写真を見比べてるのにも気づいた（でも結局彼女はわたしが修復したジバンシィを選んだんだけど）。実際、興味を示したように見える。

だからわたしは怒るかわりにこう言った。「それはすべて手作業で修復したんです」とヴィッキーのドレスの縫い目を指して言う。「それを手がけたときは旅行中で、シンガーミシンが手元になかったので」

「これを手作業で？」ムッシューはもっとよく見ようと目を細めて写真を眺め、それからシャツのポケットにしまいこんでた遠近両用眼鏡に手を伸ばした。

「ええ」マダムのほうは見ないように努力しながら答える。頭が悪そうって！　まったく、この人に何がわかるって言うの？　絶対字が読めないんだわ。だって履歴書にははっきりと、わたしがミシガン大学卒だって書いてあるんだから。まあ、少なくとも一月には卒業するんだから。頭が悪い人はミシガン大学には入れないのよ……たとえ父親がサイクロトロン研究所の主任だったとしてもね。

「それで、薬品を使わずにサビを落としたのかね？」

「クリーム・オブ・ターターだけです。一晩浸け置きしました」

ムッシュー・アンリは心なしか誇らしげに言った。「うちでも化学薬品は使っていないんだよ。だからこそブライダル・コンサルタント協会の推薦を受けて公認ウェディングドレス修復師になることができたのだ」

それにはどう返答すればいいのかわからなかった。公認ウェディングドレス修復師なんてものがあること自体知らなかったし。だから「すごいですね」とだけ言っておいた。

マダム・アンリが夫を肘でつつく。

「教えてあげなさいよ」とフランス語で言う。「あのことも言いなさい」

ムッシュー・アンリは眼鏡のレンズ越しにわたしを見下ろした。「全米ブライダル・サービスからは最上級の推薦を受けている」

「あのコションのモーリスが受けたよりも高い賛辞なのよ！」マダム・アンリが叫ぶ。

誰だか知らないけど、気の毒なモーリスって人のことを「ブタ」って呼ぶのはちょっと言いすぎなんじゃないかしら。

全米ブライダル・サービスってのも聞いたことがないし。

でもまたしても珍しいことに、わたしは口を閉じたままでいた。小さなお店のウインドウにはウェディングドレスが二着、トルソーに着せられてディスプレイされてる。その前に置かれた札によれば、どちらもリフォーム品……そして最高に美しい。片方は雨粒みたいに揺れる小粒の真珠で覆われて、太陽の光を受けて輝いてる。もう片方はレースたっぷりのフリルで複雑に構成されてて、じかに触れてどうやって作ったのか知りたいあまり、指先がうずうずする。

ミセス・エリックソンは正しかった。ムッシュー・アンリはこの道のプロだわ。この人からはたくさんのことが学べる——裁縫の技術だけじゃなくて、事業を成功させる術も。

ただ、残念なのはマダム・アンリがこんなに——。

「非常に神経を使う仕事だ」ムッシュー・アンリが続ける。「ここへ来る女性たち……彼女らにとっては、人生でもっとも重要な日だからな。ドレスは完璧でなければならず、しかも期日に遅れてはならない」

「わたし自身、ものすごい完璧主義者なんです」わたしは言った。「やらなくても良かったのに、徹夜してドレスを仕上げたこともあります」

　ムッシュー・アンリはわたしの言葉が聞こえてすらいないみたいだった。「うちの顧客は時として、非常に厳しい要求を突きつける。今日はこう言ったかと思えば、明日はこうしてほしいと……」

「わたし、とても柔軟に対応できます。それに人と接するのは得意なんです。ものすごく相手の気持ちをくみ取れる人間と言っても過言じゃありません」あらら。今の言葉を発したのはわたしの口？　「でも着る人をよりいっそう引き立てるドレス以外、顧客に選ばせたりはしません」

「うちは家族経営なんでね」ムッシュー・アンリは唐突に、驚くほどの断固たる口調で言ってポートフォリオをばたんと閉じた。「他人を雇うつもりはないんだよ」

「でも――」だめ。門前払いなんかさせないわ。あのフリルをどうやって作ったのか絶対に教えてもらわないと。「わたしは家族じゃないかもしれません。でも腕はたしかです。それにわからないことがあったとしても、飲みこみは早いんです」

「ノン」とムッシュー・アンリ。「無駄だよ。この店は息子たちのために立ち上げた――」

「当の息子たちは跡を継ぎたいなんてこれっぽっちも思っちゃいないわよ」彼の妻がフランス語で苦々しげに吐き捨てた。「わかってるでしょう、ジャン。あの怠け者のブタたちがやりたいことと言えば、ディスコテークへ行くことばかりなんだから」

えーと。自分の息子たちまでブタ呼ばわり？　それに……ディスコテーク？

「それにわたしはすべての作業を自らの手で行っている」ムッシュー・アンリが胸を張って言うと、マダムがふんと鼻を鳴らした。

「そうよ。だからわたしと一緒に過ごす時間がないのよね。息子たちとも。あなたがいつもここにいるから、子供たちは自分勝手に遊び回ってばかり。それに心臓のことはどうするの？　お医者さまに言われたでしょう、ストレスを減らさないと発作が起きるって。もっと仕事を減らして、たまには店を誰かに任せて、プロヴァンスでゆっくり過ごしたいってあなたいつも言っているじゃない。でもそのために何かしている？　しちゃいないでしょう」

「わたし、このすぐそばに住んでるんです」マダムの話を全部理解できてることを悟られないように、わたしは言った。「いつでもここに来られます。ほら、あなたがご家族ともっと一緒に過ごしたいなら」

マダム・アンリの視線がわたしを捉えた。「もしかしたら」と母国語でつぶやく。「この子はそれほど頭が悪いわけじゃないのかもしれないわね」

「お願いです」言いながらも、もしそんなに頭が悪いならわたしが五番街なんかに住めると思う？って叫びたいのをこらえてた。だって、住んでる場所で人を判断するような人こそ頭が悪いから。「こちらのドレスはほんとに美しいと思います。わたしもいつかは自分の店を開きたいと思っているんです。だから最高の技術を持つ人から学びたいと思うのは自然なことでしょう？　それに推薦状もあります。前に働いていたショップの店長に連絡していただければ――」

「ノン」ムッシュー・アンリは言った。「ノン。興味ないな」

そして履歴書をわたしに突き返す。

「頭が悪いのはどっちかしらね？」彼の妻がきつい口調で言う。

でもムッシュー・アンリは、突然わたしの両目にこみ上げてきた涙に気づいたからか（自分でもわかってる。泣くなんて！　採用面接で！）態度を和らげた。

「マドモアゼル」とわたしの肩に手を置く。「きみに才能がないと言っているわけじゃない。ただ、ここはとても小さな店だ。そして息子たちは今大学生だ。とても金がかかるんでね、人を雇う余裕がないんだよ」

そしたら、わたしの口から言葉がこぼれ出た。まるで寝てるときにたらすよだれみたいに出てきたその言葉は、自分が言うなんて思いも寄らないものだった。そして言うや否や、自分で自分を銃殺したくなった。でももう手遅れ。口から出てっちゃった。

「お金はいりません」

いや！　だめ！　何を言ってるの？

ただ、効果はあったみたい。ムッシュー・アンリが興味を示したから。それにマダムのほうは、宝くじでも当たったみたいな笑みを浮かべてる。

「つまり、インターンシップということかな？」ムッシュー・アンリはもっとよくわたしを見ようと遠近両用眼鏡をずらした。

「あ……あの……」ああどうしよう。いったいどうやってこの状況から抜け出せばいいの？しかも抜け出したいかどうかもわからないのに。「そんなようなものです。それで、わたしの働きぶりを認めていただけたら、正式な雇用を検討していただければ」

よし。これでだいぶましになったわ。そうすればいいのよ。馬車馬のように働いて、この店になくてはならない存在になるの。そしてわたしがいなければやっていけなくなったところで、給料を出さなきゃ辞めてやるって脅すのよ。

就職口を見つけるのに、これがもっとも効果的な戦略じゃないことはもちろんわかってる。でも、今のところほかに方法がないのよ。

「いいだろう」ムッシュー・アンリは言って眼鏡をすばやく外し、握手するために手を差し出してきた。「よろしく」

「えーと」彼の手を握ると、指や手のひらにたくさんのタコがあるのがわかった。「ありがとうございます」

それを見てたマダム・アンリが、悦に入った様子でフランス語でつぶやいた。

「はん！　やっぱりこの子、頭が悪いのね！」

リジー・ニコルズのウェディングドレス・ガイド

知っておくべきこと……ウェディングドレスのトレーンの長さ！

代表的なウェディングドレスのトレーンの長さは次の三種類です。

スウィープ
かろうじて床に触れるくらいです。

チャペル
ドレスのうしろ一メートルほどを
床に引きずります。

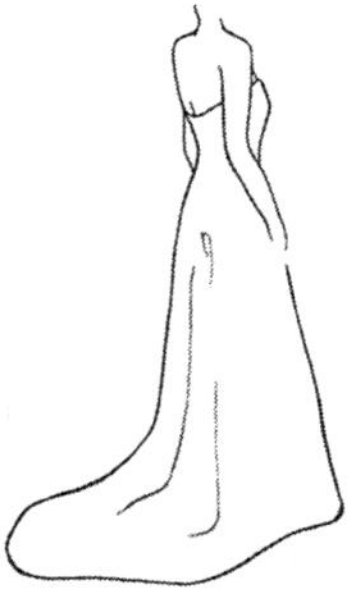

カテドラル
ドレスから二メートルほどうしろへ延びます。（それ以上長くすることも可能ですが、ロイヤルファミリーの結婚式に限られます！）

7

約束を守る一番良い方法は、約束をしないことである。
——ナポレオン一世（一七六九年～一八二一年）
フランスの皇帝

わたしは寸法を測りながら泣いてた。

仕方ないのよ。もうどうしようもないんだもの。

それに、誰もいないと思ってたんだし。

だからチャズがぼろぼろのペーパーバックを手にベッドルームから眠そうな顔で出て来て、「驚いたなあ、なんできみがここにいるんだ?」と言った瞬間、わたしは小さな悲鳴を上げてひっくり返り、メジャーを放り出してしまった。

「大丈夫か?」チャズが手を伸ばしたけど、もう手遅れ。わたしは彼の部屋のリビングでしりもちをついてた。

フローリングが傾いてるのが悪いのよ。ほんとに。

「だめ」わたしはめそめそと言った。「大丈夫じゃない」

「どうしたんだ？」チャズは笑ってこそいなかったけど、口角が明らかに上がってる。

「笑い事じゃないわよ」マンハッタンでの生活は、わたしからユーモアのセンスを完全に奪ってしまった。そりゃ、ルークと二人でベッドにいるときとか、お母さんのカウチで丸くなってストリップダンス大会の番組をプラズマ大画面（使ってないときには牧歌的風景を描いた本物の一六世紀の夕ペストリーで巧妙に隠されてる）で観てたりするときは楽しいわよ。

でもルークが授業に出かけて――それが基本的には平日の毎朝九時から夕方五時までなんだけど――ひとりぼっちになった瞬間に不安が波のように押し寄せてきて、自分がキャシー・ペネベイカーみたいにマンハッタンで空振り三振する間際だって気づかされる。実際、わたしとキャシーの唯一の違いは、人格障害があるかないかってだけ。

別に医療機関で診てもらったわけじゃないけど。

「悪い」チャズは謝った。わたしを見下ろしながらも微笑まないようにがんばってる。「真っ昼間に俺の部屋に忍びこんで何をしてるのか説明してくれるかな？　ルークがおふくろさんの部屋じゃ泣かせてくれないとか？」

「違うわよ」わたしは床に座りこんだままでいた。泣くのって気分がいい。それに、シャリとチャズは部屋をけっこうきれいにしてるから、服が汚れることを気にしなくてもいい。

「ソファカバーとカーテンを作るのに寸法を測れるよう、シャリが合鍵を貸してくれたの」

チャズが嬉しそうな顔をした。「ソファカバーとカーテンを作ってくれるのか？　ありがたい」でもわたしが泣きやまないのを見て表情を曇らせる。「やっぱありがたくないかもな。そのせいできみが泣いてるんだったら」

「ソファカバーのせいで泣いてるわけじゃないわ」手の甲で涙をぬぐう。「自分が負け犬だから泣いてるの」

するとチャズはため息をついた。「よし。どうやら一杯要りそうだな。きみも飲むか？」

「アルコールじゃ何も解決できないわよ」わたしは嘆いた。

「たしかに。でも今日はずっとウィトゲンシュタインの哲学書を読んでて厭世的な気分なんだ。一杯やればちょっとは自殺願望が薄れるかもしれない。で、きみは飲むのか？　飲まないのか？　ジントニックでも作ろうかと思ってるが」

「の——飲む」しゃくり上げながら答える。ジンを少し注入すれば元気が出るかも。おばあちゃんにはいつも効くみたいだし。

そういうわけでしばらくすると、わたしは金の縁取りがされたカウチにチャズと並んで座り（クッションまで金色。法律事務所のお下がりだって聞いてなかったら、絶対中華料理店から持って来たと思うところだわ。高級な中華料理店よ。だとしてもねえ）、自分の悲惨な財政状況について語ってた。

「つまりね」ほぼ空っぽになったフロスト加工の細長いドリンクグラスを手に、わたしは言った。「ようやく仕事が見つかったの。別に理想の仕事とかそんなんじゃないけど、学べることは多いと思うのよね。ただお給料は出ないわけで、来月の家賃をどうやって払ったらいいか見当もつかないのよ。日中はムッシュー・アンリの店にいなきゃいけないから、派遣の仕事もできないし。それにわたしがどれだけバーテンダーや飲食業に向いてないか、チャズならよくわかってるでしょ。ほんと、ヴィンテージのコレクションを売り払いでもしない限り、お金の算段をつけようがないわ。ここから家に帰る地下鉄代だってどうしたらいいのかわからないくらいなのよ。それにルークには言えない。絶対言えないわ。だって彼もマダム・アンリみたいにわたしのことを頭が悪いって思うだけだろうし。両親にだって頼めない。うちにはお金なんかないもの。だいいちわたしはもう大人なんだから自活できなきゃいけないでしょ。要するにもうムッシュー・アンリにごめんなさい、間違いでしたって頭を下げて、最寄りの派遣会社に行って何か――なんでもいいから――仕事がないか訊くしかないのよ」

わたしは大きく、震える息を吐いた。「でなきゃ、アナーバーに帰って《ヴィンテージ・トゥ・ヴァヴーム》でまた雇ってもらえることを祈るしかないわ。ただそれをしたら、いかにしてリジー・ニコルズのニューヨークへの挑戦がキャシー・ペネベイカー同様に失敗に終わったかってことをみんなが噂して回るんだろうけど」

「それって誰彼かまわず人の彼氏を略奪してた子か？」とチャズ。

「そうよ」シャリの彼氏はわたしたちの人生における重要な人々や背景を全部理解してて便利よね。ルークにしてるみたいに、いちいち説明しなくてすむから。

「なら大丈夫、誰もきみと彼女を一緒にしたりしないよ。彼女は人格障害をわずらってるんだからな」

「そうよ。つまりキャシーにはニューヨークで失敗しても言い訳があるけど、わたしにはないってことなのよ！」

チャズはちょっと考えた。「それに彼女はとんでもない淫売女だし。今のはシャリの言葉をそのまま引用してるだけだぜ」

なんだか頭痛がしてきたみたい。「キャシー・ペネベイカーの話は置いといてくれる？」

「持ち出したのはきみだろ」チャズが指摘した。

わたし、ここで何してるの？　親友の彼氏のカウチに座って、悩みを全部打ち明けてどうするつもり？　しかも、わたしの彼氏の親友でもある人に。

「ルークには言わないでよ」わたしはすごんだ。「今日ここでわたしがしゃべったことを少しでも漏らしたら、殺すからね。本気よ。わたし——絶対殺すから」

「わかったよ」真剣な顔でチャズがうなずく。

「よろしい」わたしは立ち上がった。足元がふらつく。チャズはジンをケチらなかったみたいね。「行かなきゃ。ルークがもうすぐ帰って来るわ」

「まあ待てよ」チャズが手を伸ばし、わたしのビーズつきカーディガンの裾をつまんでカウチに引っぱり下ろした。

「ちょっと。これカシミアなのよ」

「落ち着けって。一肌脱いでやるから」

わたしは両手を上げて拒絶を示した。「ああ、だめだめ。いやよ。あなたからお金は借りないわ、チャズ。この件に関しては自力でなんとかするか、どうにもできないかのどっちかしかないの。あなたのお金には触らないわよ」

「そりゃ良かった」チャズはそっけなく言った。「資金を提供するつもりはないんでね。俺が訊きたかったのは、ウェディングドレスの仕事がパートタイムでもいいのかってことなんだ。たとえば、午後だけとか」

「チャズ」わたしは手を下ろした。「わたし、ウェディングドレスの仕事でお金をもらうわけじゃないのよ。無給なんだから、はっきり言って勤務時間は自分で決められるの」

「なるほど。つまり午前中は空いてるってことだな?」

「残念ながらね」

「さて、ところでなんだが」チャズは言った。「つい最近、ペンダーガスト・ローリン・アンド・フリン法律事務所の午前担当の受付嬢が辞めて、ミュージカル『ターザン』のキャストに加わったところなんだ」

わたしは目をぱちくりさせた。「あなたのお父さんの法律事務所?」

「そのとおり。あそこの受付の仕事はどうやらあまりにもきついんで、朝の八時から午後二時までと、午後二時から午後八時までの二シフトに分ける必要があるらしい。現在午後のシフトはモデル志望の若い子が担当してて、午前中は売りこみのために空けてなきゃいけないそうだ……それか、前夜の飲み会による二日酔いから回復するためにか、どっちでも信じたいほうでいいけどな。とにかく、今、午前を担当する人間を探してるところなんだ。だからきみが本気で仕事を探してるって言うんだったら、そんなに悪い話じゃないと思ってね。ムッシュー・ナントカの店には午後行けばいいし、きみの大事なベティ・ブープだかなんだかのコレクションは売らなくてすむ。時給はたったの二〇ドルだが、主立った医療給付や有給なんかの福利厚生はついてるから――」

でもチャズはそれ以上言えなかった。「時給二〇ドル」って聞いた瞬間、わたしが抱きついてたから。

「チャズ、それ本気？」叫びながら、彼のTシャツをわしづかみにする。「わたしのこと、ほんとに推薦してくれるの？」

「いててて」とチャズ。「胸毛を引っぱるのはやめてくれ」

わたしは手を離した。「ああ、チャズ！　もし午前中ずっと働いて、それで午後にムッシュー・アンリのお店へ行くようにできれば……なんとかなるかもしれない。ほんとにニューヨークでやっていけるかも！　服を売らなくてもすむ！　ミシガンに帰らなくてもすむわ！」そして何より、自分がどれほどの負け犬か、ルークに告白しなくてすむ。

「人事担当のロバータに電話して、アポを取ってやるよ。でも言っとくけどな、リジー。楽な仕事じゃないぞ。そりゃたしかに、仕事は電話の取り次ぎだけかもしれない。でも親父の法律事務所は離婚と結婚前の同意書、つまり婚前契約を専門に扱ってる。だからやたらと要求の厳しい依頼人ばかりだし、弁護士もかなりピリピリしてる。けっこう緊張する場面も多い。高校を卒業した直後、親父にあそこの郵便仕分け室でひと夏働かされたことがあるからわかるんだ。最悪だったよ」

　でもわたしはほとんど聞いてなかった。「服装規定はある？　ストッキングをはかなきゃだめ？　ストッキングは嫌いなんだけど」

　チャズがため息をつく。「そういうことは全部ロバータに訊けばいいよ。なあ、たまにはきみ以外のことを話したいってわけじゃないんだが、シャリに何があったのか、知らないか？」

　それには注意を引きつけられた。「シャリ？　ううん。どうして？　なんの話？」

「わからん」一瞬、チャズは実際の年齢である二六歳——つまりシャリとわたしよりほんの三歳上——より幼く見えた。でも同時にいろんな意味で、それよりずっとずっと老けても見えた。子供の成長期において一番大事な小学校高学年から高校にかけて我が子を全寮制学校なんかに送りこむとこういうふうになっちゃうんじゃないかな、と個人的には思う。でもそう考えるのはわたしだけなのかも。自分に子供がいたらわざわざ遠くへやったりするなんて想像もできないけど、チャズの両親はそうした。彼にほんのちょっと注意欠陥障害があったってだけで。「ただ、例の上司のことばかり延々と話し続けてるんだ」

「パットのこと？」パットの話なら、わたしもうんざりするくらい聞かされてる。シャリと話をするたびに、勇敢な新上司のエピソードが増えてくみたい。

　でも実際、シャリが彼女に感銘を受けるのも不思議じゃない。やっぱり何百人、ひょっとすると何千人って女性たちを暴力的な家庭環境から救い出して、新しい安全な環境へと移す活動に尽力してる人なんだから。

そのことを言うと、チャズはうなずいた。「ああ。それは全部聞いてる。それにシャリが新しい仕事を気に入ってることも嬉しいよ。ただ……最近は顔を合わせることがめったにないんだ。ずっと仕事ばっかりで。九時から五時だけじゃない、残業も多いし休日出勤することもある」

「そうねえ」残念だわ、もう酔いが醒めてきちゃった。「きっと、今はいっぱいいっぱいなのよ。シャリが言ってたけど、前任だった子がどうやら何もかもめちゃくちゃな状態で辞めちゃったらしいわ。全部きちんと整理できるまで、何カ月もかかるだろうって言ってた」

「ああ。その話も聞いたよ」

「だったら、彼女を誇りに思うべきよ。世の中を変える手助けをしてるんだから」わたしとは違ってね。それに、言わせてもらえば、博士課程で勉強してるだけのチャズとも違って。もっとも、チャズは博士号が取れたら教職に就きたいって言ってるけど。それは偉いと思う。ほら、青少年の人格形成とか、そういうこと。わたしが将来やりたいことなんかよりはずっと偉い。

でも女の子たちだって疲れきってるのよね……。

ああもう、あの歌のことばっかり思い出すのはやめにしなきゃ。

「もちろん誇りには思ってるさ」チャズが言った。「ただ、世の中を変えるのを一日何時間か少なめにしてくれたらいいのにってだけだよ」

「んもう」わたしは微笑んだ。「すてき。彼女のことアイシテルのね」

そしたら皮肉めいた視線が返ってきた。「やっぱりきみも人格障害があるんじゃないか?」

笑いながらふざけて殴りかかったけど、よけられた。

「きみとルークはどうなんだ?」チャズが訊く。「つまり、きみの悲惨な金欠状態っていう恥ずべき秘密は別にして。きみらはうまくいってるのか?」

「もちろんよ」ルークのお母さんのことを相談してみようかな、と一瞬思った。前に電話してきた男の人――あのフランス語訛りの人――がまた留守電を残してて、待ち合わせにビビが現れなかったことに傷ついた様子だった。今回も名乗りはしなかったけど、約束はまだ有効だから待ってるって言ってたのよね。

その伝言も、ルークが授業から帰って来る前に消去しといた。あんまり男の人が聞きたがるような内容じゃないと思ったから。自分の母親に関して、ね。

もちろん、ルークが玄関を開けて入って来た瞬間に全部ベラベラとしゃべってしまわなかったって事実は、自分が成長して口を閉じておく能力を新たに身につけたことの証しだと思ってる。

そして今その話をチャズにベラベラしゃべってないって事実は、わたしがニューヨークで驚異的な冷静さを身につけたことのさらなる証しだわ。

だからその話をするかわりに、わたしは軽い調子でこう言った。「まだ森の小動物作戦を続けてるの。うまくいってるみたいよ」

チャズが目をぱちくりさせた。「森のなんだって？」

しまった。言っちゃってから気づいた。チャズが気のおけない性格なもんだから、ついうっかり気が緩んじゃって……いつもだったらシャリにしか聞かせないことを話しちゃった！　何やってるの？　自分の「森の小動物理論」をほかの男の人に聞かせるなんて。しかもただの男の人じゃない。よりにもよって、自分の彼氏の親友に！

「ううん、なんでもない」慌てて取りつくろった。「ルークとはうまくやってるわ」

「森の小動物ってなんの話だ？」チャズが訊く。

「なんでもないってば」わたしは繰り返した。「ただの――なんでもない。女の子同士の話よ。たいしたことじゃないわ」

でもチャズは見逃してくれなかった。「セックスに関係のある話か？」

「違うわよ！　やだ！　セックスなんか関係ないってば！　まったく！」

「じゃ、なんなんだよ？　いいだろ、俺になら話しても大丈夫だって。ルークには黙っとくよ」

「ああ、はいはい」わたしは笑った。「そのセリフなら前にも聞いたわ」

そしたら、チャズは傷ついたような顔をした。「なんだよ？　俺がきみの彼氏に何かチクったことが今まであったか？」

チャズを睨みつける。「わたし、今までほんとの彼氏なんかいなかったもの。少なくとも、ゲイだったり金目当てだったりしない人はね。それもお金があったころの話だけど」

「いいじゃないか、教えてくれよ。森の小動物作戦ってなんなんだよ？　絶対に誰にも言わないからさ」

「もう……」どうやら言うしかないみたい。でなきゃ、絶対に諦めてくれないわ。そしてわたしの運の悪さを考えたら、きっとルークのいる前で蒸し返すに決まってる。「ただ、わたしが考えてる理論ってだけ。いい？　男の人は森に棲む小さな生き物みたいなものだっていう理論。だから手なずけようと思ったら、急な動きはしちゃだめなの。わずかずつしか動いちゃいけないし、冷静に行動しなきゃいけないの」

「手なずけてどうしようって言うんだ？」チャズは本気でわかってないふうだった。「もうルークは手に入れたじゃないか。だって、一緒に住んでるだろ？　ただ、そのことを親に言えない理由が俺にはよくわからないがな。きみと一緒に住んでるのがシャリじゃないってことは、いずれバレるんだぜ。住所が五番街ってこと自体、ちょっとばかりあやしまれるとは考えないのか？」

わたしはあきれ顔をしてみせた。「チャズ。うちの両親は五番街って聞いたってわかりっこないわ。二人ともニューヨークになんか来たことないんだから。それにわたしがなんの話をしてるのか、わかってるでしょ」

「いいや、さっぱりわからないね。教えてくれよ」

「わかってるくせに」わたしは言った。でなきゃほんとに諦めてくれそうになかったから。

「生涯の約束を誓ってもらうことよ」

「生涯の……」チャズの表情に、ようやく理解の色が広がる。理解に加えて、恐怖らしき色までたっぷりと加わってるみたい。「きみ、ルークと結婚したいってのか？」

思わず、金色のクッションをつかむと怒りに任せて投げつけた。「そんな言い方しないで！」と叫ぶ。「それのどこが悪いの？　わたし彼を愛してるのよ！」

今度は、驚きのあまりよけることもできなかったらしい。クッションはチャズに当たって跳ね返り、ただでさえ傾いた床で不安定に揺れてた空のグラスを危うくひっくり返すところだった。

「あいつと知り合ってまだ三カ月かそこらじゃないか」チャズは声を上げた。「なのにもう結婚のことを考えてるのか？」

「じゃあ何よ？」こんなことになるなんてありえない。しかもまた。どうしてこの軽い口を開いちゃったの？　わたしはどうしていつも黙ってられないの？「そういうことを決めるための適正な期間でもあるわけ？　ひらめきってこともあるのよ、チャズ」

「それはわかるが……ルークだぜ？」チャズは信じられないとばかりに首を振ってる。これは良くない兆候かも。ルークがチャズの親友だってことを考えれば。何かしら内部情報を持ってるんだわ。

「ルークがどうしたのよ？」と詰問する。でも正直に言うと、口調こそ冷静だったかもしれないけど（少なくとも自分の耳にはそう聞こえた）、心臓が早鐘を打ち始めてた。なんの話？　どうしてそんな顔をしてるの？　まるで何か変な臭いでも嗅いだみたいな顔。

「いいか、誤解しないでくれよ。ルークは一緒に遊ぶぶんにはすごくいいやつだと思う。でもな、俺だったらあいつとは結婚しないよ」

「誰もそんなこと頼んでないわよ」と指摘する。「だいいち、ほとんどの州では違法だし」

「ははは」チャズは言うと、一瞬口をつぐんだ。「なあ、やっぱりいいや。俺が言ったことは忘れてくれ。林の動物作戦だかなんだか知らないが、続けるといいよ。がんばってな」

「森よ」今やわたしの心臓は早鐘を打つどころじゃなくなってた。爆発して胸から飛び出しそう。「森の小動物。あなたの話、どういう意味だか教えて。どうしてルークとは結婚したくないなんて言うの？　つまり、あなたがゲイじゃないからって事実は別として」それとルークにプロポーズされてないって事実も。わたしが、よ。

「なんて言うか」チャズは気まずそうに言った。「要するに、結婚ってのはかなり決定的な話だろ。相手と一生暮らしていこうって言うんだから」

「そうとは限らないわよ。あなたのお父さんは必ずしもそうじゃないって証明することでずいぶんと繁盛する商売を築き上げたみたいだけど」

「要はそこなんだよ。間違った相手を選んだら、しまいには何十万ドルも金がかかることになる。親父のところに依頼をしたらの話だけどな」

「でもわたし、ルークが間違った相手だとは思わないわ」わたしは辛抱強く説明した。「自分にとってはね。それに、何も明日彼と結婚したいって言ってるわけじゃないわよ。そこまでバカじゃないんだから。まずは仕事で実績を上げて、子供を持つとかそういうのはそのあと。それに、ルークにも一緒に住むのはあくまで試験的だって言ってあるわ。ただ、全部うまくいって、三〇歳くらいになったときにルークと結婚できたらすごくいいなって言ってるだけ」

「なるほど。それはけっこうだと思うよ。ただ、俺のほうが言ってるのはな、きみが三〇歳になるまでの六年間にはいろんなことがあるかもしれなくて――」

「七年よ」と訂正する。

「――で、もしきみらが競走馬だとして、俺が賭けるとしたら、ルークが一着に入るとは賭けないだろうってことだよ。て言うか、そもそも候補にも入らないだろうな」

わたしは首を振った。脈拍は治まってきてる。明らかに、チャズは自分が何を言ってるのかさっぱりわかってないんだわ。ルークには賭けない？　何を言ってるの？　ルークはわたしが今までに会った中で一番すてきな人よ。ローリング・ストーンズの『スティッキー・フィンガーズ』に入ってる曲の歌詞を全部暗記してて、シャワーを浴びながらよく歌ってて、しかも音程を外さない人がほかにいるとでも思うの？　オリーブオイルとお酢、マスタード、卵を使って今までに味わったことがないくらいおいしいドレッシングを作れる人がほかにいるとでも思うの？　投資銀行家としての高額年収を棒に振ってまで医学を学ぶために大学に戻って病気の子供たちを治そうなんて思う人がほかにいるってチャズは言うの？

「友達のことをそんなふうに言うなんて、どうかと思うけど」

そう指摘すると、チャズは弁解した。「別にあいつが悪い人間だって言ってるわけじゃない。ただな、リジー、俺はきみよりもずっと長くあいつを知ってる。で、あいつは昔からちょっと問題があって――その、状況が厳しくなると、踏みとどまらずに逃げ出す癖があるんだ。つまり、やめちまうってことだけど」

わたしはあきれ返った。「医学部に進むのを思いとどまって投資銀行家になって、それが間違いだったって気づいたから？　人はそういうものよ。わかってるでしょ、チャズ。間違いを犯すものじゃないの」

「きみは違うだろう。いや、きみも間違いは犯す。でもそういう間違いじゃない。俺と初めて会ったころには、きみはもう自分がしたいことをわかってた。それが楽な道じゃないってことも、たくさんの犠牲を払わなくちゃいけないだろうってことも、きっとすぐにたくさんの金が稼げるようにはならないだろうってことも、全部わかってた。でもだからと言って絶対投げ出したりはしなかった。状況が厳しくなっても、きみが夢を諦めることはなかったじゃないか」

わたしは口をあんぐり開けてた。「チャズ、今日ずっと話してた間、ほんとにこの部屋にいたの？　ついさっきまで、いかにしてわたしが夢を諦めかけてるかって話をしてたのよ」

「きみはついさっきまで、いったん故郷に戻って、ニューヨーク以外の場所で夢を追いかける道を探すって話をしてたんだ」とチャズは訂正した。「それとは違う。いいか、リジー。誤解しないでほしい。ルークが悪いやつだなんてこれっぽっちも言っちゃいない。ただ、俺だったら――」

「彼が競走馬であなたが賭けるとしたら彼が一着で入るほうには賭けないんでしょ」苛立って文章を終わらせてやる。「わかってるわよ。一回聞けばじゅうぶん。それに言いたいこともわかったわ、多分。でもあなたが話してるのは昔のルークのことでしょ。今のルークじゃないわ。わたしという人間に支えられた今のルークじゃない。チャズ、人は変わるものなのよ」

「そんなには変わらないさ」とチャズ。

「変わるわよ」とわたし。「そんなにもね」

「その主張を裏づける経験的データはあるのか？」チャズが訊いた。

「ありません」ほんとにいらいらしてきた。時々、シャリがどうしてチャズに耐えられるのか、不思議に思うわ。そりゃたしかに、外見はいいわよ。スポーツバカっぽい感じにね。それにチャズはシャリにベタ惚れで、ベッドでは最高らしいし（シャリはなんでもかんでもわたしに話しすぎじゃないかって思うことがある）。でもあのうしろ前にかぶったベースボールキャップはなんなのよ？　そして何？　その主張を裏づける経験的データはあるのか、ですって？

「だとしたら」チャズが言葉を継いだ。「その主張は曲論にすぎない――」

あのシェイクスピアのセリフ、なんだっけ？　『まずやらなきゃならんことは、弁護士を皆殺しにすることだ』？　正しくはこうだわ。『まずやらなきゃならんことは、哲学科の博士課程にいる院生を皆殺しにすることだ』。

「チャズ！」わたしは彼をさえぎった。「わたしが家に帰ってカーテン作りを始められるよう、窓を測るのを手伝ってくれるの、くれないの？」

チャズがちらりと窓に目をやる。それはものすごく悪趣味な開閉式の鉄格子で覆われてて、この街にまだ何人かうろついてるうえになぜか残らずこの近所に住んでるらしい麻薬中毒者たちが入って来ないようにしてる。

おそろしく見苦しい。男子だってそれぐらいわかるはず。

「手伝うかな」意気消沈した様子で彼は言った。「でもきみと議論してるほうがずっと楽しいんだが」

「残念ながら、わたしのほうはまったく楽しくないのよ」と教えてやる。

チャズはにやりとした。「了解。それじゃカーテンだ。あとな、リジー」

わたしはメジャーを拾い上げて、ヒーターに乗るために靴を脱いでるところだった。「何よ？」

「仕事の話なんだが。親父の事務所での。もうひとつだけ言っとかないと」

「何？」

「口にはチャックをしといてくれよ。要するに、あそこで見たり、漏れ聞いたりすることに関して。話しちゃいけないことになってるんだ。法律事務所だからな。依頼主には非常に慎重な——」

「いいかげんにしてよ、チャズ」またいらいらしてきちゃった。「黙ってられるわよ。知ってるでしょ」

チャズが何も言わずにわたしを一瞥する。

「大事なことなら、黙ってられるってば」わたしは言い張った。「たとえば、自分の給料がかかってるとかだったら」

すると彼は独り言のようにつぶやいた。「やっぱり、親父の事務所にきみを推薦するのはあんまりいい考えじゃないかも……」

わたしは彼にメジャーを投げつけた。

リジー・ニコルズのウェディングドレス・ガイド

そう、たしかにみんなやっています。でも、みんながブルックリン橋から飛び降りたら、あなたも真似をして飛び降りるんですか？

ですから、ブラのストラップをはみ出させるのはもうやめてください！

その「巨乳カバー」がどれだけ高級品かなんて関係ありません。それを人に見せつけるのは野暮です（特にストラップが色あせていたりよれよれになっていたりする場合。そしてとりわけ、あなたの結婚式の日には）！

ブラのストラップがずれないようにするには、ウェディングドレス修復師に頼んで、袖の肩口かドレスのストラップの内側に約四センチのヘムテープまたは糸ループをつけてもらいましょう。そしてスナップボタンの留め口をテープの肩寄りの端に、受け口を首寄りの端に縫いつけてもらいます。

©リジー・ニコルズ・デザインズ

そこにストラップを挟んでスナップを留めます。ストラップは目に入らなくなり……そして
あなたは、目がくらむほど美しくなるのです！

8

アメリカ人が仮に自らのことに関してしか行動できないよう制限されたとすれば、存在を半ば失ったも同然である。

——アレクシス・ドゥ・トクヴィル（一八〇五年〜一八五九年）
フランスの政治家、歴史家

ニューヨークって不思議な場所。ここでは物事がまたたく間に変化する。よく〝ニューヨーク時間〟って言うけどこのことなのね。とにかくなんでもほかより早く動いてるみたい。たとえば、両側にきれいな並木のある感じのいい通りを歩いてたとするでしょ。そしたら一ブロックも行かないうちに、突然ゴミだらけで落書きまみれのあやしい暗黒街みたいな、ドラマの『LAW&ORDER　犯罪心理捜査班』に出てくる事件現場そっくりの場所にいたりするのよね。道を一本渡っただけでよ。

そういうことを総合して考えると、ニューヨークで無職だったわたしが四八時間のうちに光栄にも仕事を二つかけもちする身分になったとしてもそう驚くことではないのかも。

今、チャズのお父さんの事務所で人事の人と面接してるんだけど、すごくうまくいってる。ほんっとに順調。冗談かと思うくらい。高級そうなロビー（金の縁取りがされたカウチは焦げ茶色の革の応接セットにグレードアップしてた。漆黒のウッドパネルの壁と深緑のカーペットによくなじんでる）でたっぷり三〇分近く待たされたあとで通された部屋の主であるせかせかした女性は、わたしがどうしてチャズと知り合ったかについて優しく二、三個質問してきた。「大学で同じ寮に住んでたので」と答えておいた。ほんとは、シャリとわたしがチャズに会ったのはマクラッケン寮の学生自治会が主催した野外上映会で、紙巻のマリファナを回し始めたのがチャズだったのよね。だからそのあとしばらく、わたしたちは彼のことを「マリファナの人」って呼んでた。そしたらある朝、彼が食堂で一人朝食を食べてるところをシャリが見つけて、隣にどすんと腰かけて、名前を訊いて、そしてその日の夕方までにはマクラッケン寮のタワー・スイート棟にあったチャズの一人部屋で彼と寝てた。三回も。

「いいわねえ」人事担当のロバータは、わたしとチャズの出会いについて完全とは言いがたい話を聞かされてるとも知らずに言った。「わたしたち、みんなチャールズが大好きなのよ。彼がここの郵便仕分け室で働いてた夏の間、いつもおなかがよじれそうだったわ。彼は本当に面白い人ね」

そうね。チャズはほんとに笑えるわね。

「本当に残念だわ」ロバータは諦めきれないような口調で話し続ける。「チャールズが法律の道を選ばなかったなんて。お父さまと同じ、とても聡明で学究的な頭脳を持っているのに。

親子のどちらかが議論を始めたら——とにかく、逃げるが勝ちよ！」

そうね。チャズは議論が大好きよね、間違いなく。

「それで、リジー」と愛想良くロバータが訊く。「いつから始められるかしら？」

わたしはぽかんとした。「わたし、採用していただけるんですか？」

「もちろんよ」まるでほかの展開なんかありえないとでも言うように、ロバータは不思議そうな顔でわたしを見た。「明日から来られる？」

明日から来られる？　わたしの普通預金口座には合計残高が現在三二一ドルしかない？　クレジットカードはもう利用限度額いっぱいまで使っちゃった？　マスターカードに一五〇〇ドルの借りがある？

「もちろん明日から来られます！」

ああ、チャズ、全部取り消すわ。大好きよ。ルークのことをどうにでも好きなように言っていいわ。彼と結婚したいって言うわたしの見識について、好きなだけ悲観的になっていい。チャズ、この件に関しては借りができたわね。ものすごく大きな借り。

「わたし、あなたの彼氏を愛してるの」ペンダーガスト・ローリン・アンド・フリン法律事務所が三七階のフロア全体を占有するマディソン街の高層ビルを出るなり、わたしは携帯でシャリに伝えた。

「ああそう」最近職場にかけるといつもそうなんだけど、シャリは少し殺気立った様子で答えた。「じゃ、あげるわ」

「もらった」マディソン街と五番街の間を五七丁目沿いに歩きながら言う。ものすごくいい天気で、コートが要らないくらいに暖かいけど汗ばむことはない程度に涼しい。だからほんの三〇ブロック北にあるムッシュー・アンリの店まで、地下鉄に乗らずに歩いて二ドルという大金を節約することにした。何よ。一セントを笑う者は一セントに泣くのよ。「チャズが、お父さんの事務所での仕事を紹介してくれたの」

「仕事?」キーボードを叩く音が聞こえた。メールと電話を同時にしてるのね。でもそれくらいかまわない。最近じゃシャリとは連絡をつけるのさえすごく大変だから、贅沢は言わないわ。「もう仕事は見つけたんだと思ってた。例のウェディングドレスのお店で」

「うん」そう言えば、ムッシュー・アンリとの取り決めについて、みんなにはきちんと正直に話してなかったわ。「実を言うとあれはお金がもらえる仕事じゃなくて――」

「はあ?」シャリの声音が変わって、キーボードを叩く音が止まったから、彼女が全神経をこっちに向けたことがわかった。「あんた、無給で仕事を引き受けたの?」

「そうよ」こんな人通りの多い歩道を急ぎ足で進みながら、同時に携帯電話で話をするのってけっこう難しい。オフィスに戻ろうとしてる会社員とか、プラダのコピー商品を売ってる露天商とか、口をあんぐり開けて高層ビルを見上げてる観光客とか、小銭をせびるホームレスの人とかがあまりにたくさんいすぎて、インディ五〇〇のカーレースでスピードウェイを走るくらい前進するのが大変だわ。「だって、駆け出しの人間がこの街で給料のもらえるファッション関係の仕事に就くのって、簡単じゃないのよ」

「そんなの信じられないわ」シャリは疑わしげに言った。「テレビでやってるじゃない。『プロジェクト・ランウェイ／NYデザイナーズバトル』って番組。あれはどうなの？」

「シャリ。わたし、リアリティー番組になんか出ないわよ」

「わかってるって。ただ……あれを見るとすごく簡単そうだから」

「実際は簡単じゃないの。とにかく、一緒にお祝いしたいと思って。あなたとわたしと、チャズとルークと。今夜、何か予定入ってる？」

「ああ」キーボードの音がまた聞こえ出した。と言っても、周りで車のクラクションとか大声で話す人たちがたくさんいる状況では、それさえ聞こえづらいんだけど。それでも、親友がわたしに半分しか注意を向けてくれてないのはわかった。「だめ。今日は無理。今日はみんな死ぬほど忙しくて――」

「わかった」今、シャリにとっては自分の仕事が世界一大事なのは理解できる。そうあるべきだもの。だって女性たちの命を救ってるのよ。「じゃ、明日の夜はどう？」

「リジー、今週はほんとに無理なの。ほぼ毎晩、遅くまで残業することになるわ」

「だったら土曜日は？」辛抱強く訊いてみる。「まさか土曜の夜まで仕事じゃないでしょ？」

間が空いた。一瞬、シャリがほんとに土曜の夜まで働くつもりだって言うのかと思った。でも返ってきた答えは違った。「まさか。そんなことないわよ。じゃ土曜日にしましょ」

「良かった。チャイナタウンに行こう。そのあと《ハニーズ》ね。土曜日の夜は本気モードのカラオケ愛好者たちが集まるのよ。あとね、シャリ？」

「何？　リジー。いいかげん切らないと、パットが待ってて――」

「わかってる」最近じゃ、いつだって誰かがシャリのことを待ってるみたい。「でもひとつだけ訊きたかったの。最近、チャズとうまくいってる？　彼にあなたのことを訊かれたんだけど」

　そしたら、シャリの関心がまた完全にこっちに向いた。「チャズがあんたにわたしの何を訊いたって？」と尋ねる声は、なんだかとげとげしい。

「ただ、あなたが大丈夫だと思うかって。だから大丈夫だと思うって答えといた。きっとチャズも、わたしと同じくらいあなたを恋しがってるのよ」道を渡ろうとして、信号が変わるのを待ちながらそのことを考える。「ううん、わたしよりも恋しがってると思う……」

「しょうがないでしょ」シャリがきつい口調で言う。「家庭内暴力の被害者が安全に暮らせる場所を探す手伝いをするのに忙しくて、彼氏のことばかり考えてられなくても。それも問題のひとつなのよね。ほら、男って地球が自分中心に回ってると思ってるでしょ。だから自分の身近にいる女性が職場で成功したり、まして卓越さえしたりするようになると、男は脅威を感じて、もっと自分のために時間を割いてくれる相手を求めていずれはその女性を捨てるってわけ」

　正直言って、シャリの話には啞然とさせられた。啞然としすぎたあまりに立ち止まってしまって、いらいら顔のビジネスマンにうしろからぶつかられた。「ぼけっとしてんなよ」急ぎ足に通り過ぎながら、ビジネスマンが毒づく。

「シャリ。チャズはあなたの新しい仕事に脅威を感じたりなんかしてないわ。むしろあなたが仕事を気に入ってることを喜んでるのよ。ただ、いったいいつ会えるんだろうって思ってるだけ。あなたを捨てたりなんかしないから」

「わかってる」間を置いて、シャリは言った。「わたし、ただ――ごめんね。あんたに全部ぶちまけるつもりじゃなかったのに。今日はなんかついてない日なのよ。今の話は忘れて」

「シャリ」わたしは首を振った。「ただついてない一日ってだけじゃないみたいね。あなたとチャズ――」

「もう切らなきゃ、リジー」とシャリ。「それじゃ土曜に」

電話が切れた。

ちょっと。今のはなんだったの？　たしかに、チャズとシャリはかなり波乱万丈な恋愛関係を続けてきた。口論はしょっちゅうだし、ときには本気でケンカもしてた（中でも一番深刻だったのが、シャリが研究室で世話してたラットのミスター・ジングルスを殺して解剖すると決めたときだった。チャズがそっくりな、でもミスター・ジングルスに対して芽生えたような愛着をまだ誰も持ってないラットを《ペットスマート》で見つけてきても決意を翻さなかったんで大ゲンカになったのよね）。

でもいつだって、二人はすぐ仲直りしてた（ミスター・ジングルスの死後、チャズが二週間もシャリと口をきかなかったときは別だけど）。むしろ、そもそもあれだけチャズにケンカを吹っかけてた理由のひとつは、仲直りのセックスがものすごくイイからだ、ってシャリは言ってた。

じゃ今回もそういうことなの？　二人の関係にもうちょっと刺激を織りこもうっていうシャリの巧妙な策略ってだけ？

わたし自身最近気づいたんだけど、たしかに二人で一緒に暮らしてると、愛の炎を常に燃え立たせておくのは易しいことじゃないのよね。このうえなく幸せな共同生活が、ありふれた日常的なことにすっかり邪魔されちゃうの。たとえば、皿洗いはどっちの番だとか、リモコンの主導権はどっちのものだとか、どっちがどっちの携帯の充電器を引っこ抜いてドライヤーを差して、あとで充電器を差し直すのを忘れたとか。

そういうことって、ほんとにロマンスをぶち壊しにするのよね。

だからって、ルークと一緒に暮らしてる時間が一分一秒でも楽しくないなんて言ってるわけじゃないわよ。だって、朝起きて頭上にルノワールの少女の笑顔を見る瞬間から、隣に横たわるルークの静かな寝息を聞きながら眠りに落ちる瞬間まで（いつも彼のほうが先に眠るの。どうやってるのかわからないけど、頭が枕に触れた瞬間にスイッチが切れたみたいに寝ちゃうのよね。ベッドに入る前、宿題のためにいつも読んでる生物学原論と一般化学の教科書のせいかも）、イギリスを離れてフランスに行くと決めたことを幸運のお星さまに感謝してる。だってそうしなかったらルークに出会うことはなかったし、今みたいに幸せじゃないはずだもの（お金の心配はさておいてね）。

とは言え、もしシャリが日常をちょっと変えるつもりでチャズを怒らせようとしてるんだとしたらなんとなく理解できるかも。チャズと一緒にテレビを観たことがあるけど、ひとつの多少面白そうな番組をつけておいてその間に画面上のチャンネルガイドでほかに何をやってるか調べるんじゃなくて、ただチャンネルをむやみに変えまくる彼のやり方ってほんとにいらいらするんだもの。ルークが自宅で過ごす楽しい金曜の夜に、ホロコースト特集みたいにすごく気が滅入るドキュメンタリーを観るのがふさわしいと思ってるのと同じくらいいらいらする。

でも、シャリとチャズのことを（ルークのラブコメ嫌いのことも）心配してる暇はなかった。その日の午後にムッシュー・アンリの店へ行って呼び鈴を鳴らしたら（合鍵はもらってない。クロスステッチ以外にもできることがあるって実証してみせないともらえないんじゃないかと思う）、中はもう大混乱だったから。

盛り上げた髪型にどぎつい色合いの服（マンハッタンの外に住んでて、こっちへ来るのに橋やトンネルを使わなきゃいけないから「橋とトンネル」って呼ばれる人たち特有の格好）の年配の女性が、巨大な白い箱を抱えて「見てください！　とにかく見てくださいな！」とわめいてた。その近くには女性の娘としか思えない若い女性（でも黒の服とまっすぐにブローした髪型でずっとスタイリッシュな格好）が不機嫌そうに、そして少なからず反抗的な態度で立ってた。

その間、ムッシュー・アンリは「マダム、承知しております。これがはじめてではないですからな。よくあることです」と言ってた。

わたしは邪魔にならないようにこそこそとマダム・アンリのところへ横歩きして行った。マダムは店の奥にある作業場へと続くカーテンのかかった戸口に立って、目の前で展開する騒ぎを傍観してた。

「何があったんですか?」

マダムが首を振って、「モーリスの店へ行ったのよ」とだけ答えた。

でもそれじゃ全然答えになってない。いまだにモーリスってのが何者なのか、さっぱりわからないんだから。

そのとき、ムッシュー・アンリが箱の中に手を伸ばし、長袖のきれいな、クモの糸のように繊細でもろそうな純白のドレスを慎重に取り出した。

少なくとも昔は純白だったはずだけど。レースが気持ち悪い黄色に変色しちゃってる。

「あの人、保証したのよ!」年配の女性が言う。「この保管ケースに入れておけば変色しないって言ったのに!」

「そうでしょうとも」ムッシュー・アンリはそっけない口調で言った。「そしてこれを見せたら、変色したのはあなたがケースの封をやぶったからだと言ったでしょう」

「そうよ!」憤慨するあまり、女性のあごが震えてた。「そのとおりのことを言ったのよ!ケースに空気が入るようにしたわたくしのせいだって!」

わたしは思わず、抗議の声を漏らしてしまった。ムッシュー・アンリがこっちを見る。わたしはみるみるうちに赤面して、慌てて一歩下がった。

でもムッシュー・アンリはその青い瞳をじっとわたしに据えて、そらそうとしない。

「マドモアゼル？」と訊いてきた。「何か言いたいことでもおありかな？」

「いいえ」マダム・アンリの刺すような視線を感じながら口早に答える。「その、ほんとに」

「あるのではないかな」ムッシュー・アンリの瞳はすごく輝いてた。眼鏡がないと近くの物は全然見えないんだけど、遠くの物は不気味なくらい見えてるのよね。「言ってみなさい。何を言いたかったのかね？」

「ただ」おずおずと口を開く。ムッシューの気に入らないことを言っちゃったらどうしよう。「繊維製品を密閉した容器に保管すると、逆に傷めてしまうことがあるんです。特に、湿気が中に入ると。生地に白カビが生えてしまうかもしれません」

ムッシュー・アンリが満足げな表情を浮かべるのがわかった。それに背中を押されて、あとを続ける。「メトロポリタンにある昔の衣装も、どれひとつとして密閉ケースに保管されていません。それでもまったく問題はないんです。古い生地を直射日光に当てないようにするのは大事ですけど、保管ケースの封をやぶったことでドレスが変色するなんてありえません。変色の原因は、保管前に不適切な方法で洗浄が行われたことです。多分、洗浄自体まったくされずに、シャンパンや汗のしみがそのまま放置された可能性が高いと思います」

詳述を終えたわたしにムッシュー・アンリが見せた笑顔はまばゆいばかりで、それを見たマダムが息をのむほどで……。

そしてマダムは、驚きの眼差しをわたしに向けてきた。どうやら、数日前の「頭が悪い」

発言を考え直してるみたいね。

「でもどうして？」母親が眉根を寄せる。「保管する前にドレスを洗浄してもらったはずなのに――」

「もう、ママ」うんざりした様子で娘がさえぎった。「まだわからないの？　あのモーリスって男は洗浄なんかしなかったのよ。ただケースに突っこんで蓋をして、洗浄したってうそをついたんだわ」

「そしてケースを開けてはならないと言った」ムッシュー・アンリが付け加える。「封をやぶれば生地が変色してしまい、さらに返金保証も無効になると」ちっちっ、と舌を鳴らし、ムッシュー・アンリは手にしたドレスを見下ろした。ちなみに、最高にすてきって感じのドレスとは言いがたい。別に、悪くはないわよ。

でも、もし年配の女性がドレスの保管されてたケースの封をやぶった理由が娘にウェディングドレスとして着させるためだとしたら、驚くことになるわね。だってこのブロー頭のお嬢さんがあのハイネックのヴィクトリア朝っぽいドレスを着てる姿なんか、世界中のスージー・ペレットをくれるって言われたって想像できないもの。

「このようなドレスをもう何千となく見てきました」悲しげにムッシュー・アンリが言う。「実に残念なことです」

年配の女性が不安そうな表情を浮かべた。「もうだめになってしまったのかしら？　それともまだなんとかなるの？」

「どうでしょうな」ムッシュー・アンリの答えは曖昧だった。でもそういうふりをしてるだけなのはわかる。ホワイトビネガーにしっかり漬けこんで、あとは酵素系漂白剤の《オキシクリーン》あたりで冷水すすぎをすればいいだけだもの。

でもムッシュー・アンリがそれ以上言わないうちに、ブロー頭のお嬢さんが口を開いた。「うわあ、残念。こうなったら新しいドレスを買うしかないみたいね」

「新しいドレスなんか買いませんよ、ジェニファー」盛り頭母さんがぴしゃりと言う。「わたくしはこのドレスでじゅうぶんだったし、あなたの姉さんたちもこれでじゅうぶんだったの。あなたにだって当然じゅうぶんよ！」

ジェニファーは暴動でも起こしそうな顔をした。ムッシュー・アンリにも、眼鏡をかけなくたってそれぐらい見て取れる。話をどう進めたらいいか判断しかねてためらってるのがわかった。マダム・アンリが口を開こうと咳払いする。

でもその前にわたしが口を挟んだ。「黄ばみは取り除けます。でも本当に問題なのはそこじゃありませんよね？」

ジェニファーが疑わしげにわたしを見る。彼女だけじゃなく、店にいる全員が同じ目でわたしを見た。

「エリザベス」知り合って初めて、ムッシュー・アンリがわたしを名前で呼んだ。しかも、その声は明らかにうそっぽい、甘いあまーい猫撫で声。ほんとはわたしを殺したいんじゃないかっていう感じ。「問題などないよ」

「いいえ、ありますとも」同じくらいうそっぽい声で、わたしは答えた。「だって、このドレスをご覧ください。そして、ここにいるジェニファーさんをご覧になってください」店内の全員がドレスを見て、それからジェニファーを見た。ジェニファーは毛づくろいでもするように、びしっとまっすぐにセットされた毛先を撫でつける。「何が問題か、おわかりですか？」

「いいえ」ジェニファーのお母さんがぶっきらぼうに言う。

「このドレスはきっとあなたにはとてもよくお似合いだったと思います、ミセス――」言葉を切り、問いかけるようにジェニファーのお母さんを見る。「ハリスよ」と彼女が答えた。

「ええ。ミセス・ハリス。堂々とした体格で、身のこなしもとても優雅でいらっしゃいますから。でもジェニファーさんをご覧になってください。ずいぶん小柄でいらっしゃいますよね。これだけ多くの生地を使ったドレスでは、主役が埋もれてしまいます」

ジェニファーが母親に睨むような視線を投げかけた。「ほらね？」吐き出すように言う。

「言ったでしょ」

「ああ、うむ」ムッシュー・アンリが居心地悪そうに大声を上げた。まだわたしを殺したそうな顔をしてる。「実際はですな、マドモアゼル・エリザベスは、ええ、厳密に言いますと、当店の従業員では――」

「でもこのドレスはジェニファーさんの体形に合うよう、簡単にリフォームすることができます」わたしは高いネックラインを指した。「ここを広く開けてスイート・ハート・ネックラインという形にするだけです。あとは、袖を取ってしまっても――」

「とんでもない」とミセス・ハリス。「カトリックの式なのよ」

「では袖幅を詰めましょう」わたしはさらりと言った。「膨らみをなくすように。ジェニファーさんのようにすてきなプロポーションは、隠すべきじゃありません。特に、人生で一番美しくありたい日には」

ジェニファーはずっと真剣に聞き入ってた。髪の毛をいじるのをやめたからわかる。

「そうよ。聞いた、ママ？　わたし、同じことを言ったでしょ」

「どうかしらねえ」ミセス・ハリスが唇を噛んでつぶやく。「あなたの姉さんたちは――」

「末っ子ですか？」と訊くと、ジェニファーはうなずいた。「ええ。だと思いました。わたしもそうなんです。末っ子っていやですよね、いつも姉たちのお下がりばかり着せられて。なんでもいいから新品の、自分だけの物を手に入れられるなら死んでもいいとまで思うこともありますよね」

「そうなのよ！」ジェニファーが叫んだ。

「でもお母さまのウェディングドレスの場合、自分だけのものが手に入るんです。しかもドレスを着ることによって一家の伝統を守ったうえで。ただ、自分らしいドレスになるようにちょっと手を加えればいいだけです。当店ではそれが簡単にできるので――」

「それがいいわ」ジェニファーは母親に向き直った。「今この人が言ったこと。そのとおりにしたい」

ミセス・ハリスはドレスから娘へと視線を移し、またドレスに目を落とした。そして小さな笑い声を漏らすと、こう言った。「いいでしょう！　あなたがしたいようになさい。新品のドレスを買うよりも安いなら――」

「ああら」マダム・アンリが一歩進み出た。「もちろんですとも。お嬢さまにこちらへいらしてお着替えいただけたら、すぐに寸法を取りますわ……」

ジェニファーはブローした髪をうしろへ払うと、それ以上一言も発せずにマダム・アンリに続いて試着室へと入って行った。

「大変」腕時計に目をやったミセス・ハリスが声を上げた。「まだしばらくかかるなら、駐車メーターにお金を入れて来ないと。ちょっと失礼」

と急いで店から出て行く。ドアが閉まった瞬間、ムッシュー・アンリがわたしに向き直り、まだ両手に抱えてる黄ばんだドレスを示して言った。「きみはずいぶん、その、客扱いに慣れているようだね」

「ええまあ」わたしは謙遜した。「でも、今のは簡単でしたから。彼女がどんな気持ちか、完全に理解できたんです。わたしも上に姉が二人いるので」

「なるほど」ムッシュー・アンリが鋭い眼差しでわたしを見下ろす。「さて、その口先と同じくらい器用に針先も動かせるかどうか、見てみたいものだな」

「見ててください」わたしはムッシューの手からドレスを受け取った。「ご覧に入れますから」

リジー・ニコルズのウェディングドレス・ガイド

重心が高い、または砂時計体形のあなたには、これで決まり。ストラップレスです！

何を考えているかはわかりますよ……結婚式で、ストラップレスなんて？

ですが、ストラップレスを慎みに欠けると見なす教会はもうほとんどありません！

それに、ボディスにちゃんと芯を入れて、さらにAラインのスカートと組み合わせれば、重心が高い花嫁にこのうえなくよく似合うのです。上半身にボリュームのある女性には、Vネックまたはオフショルダーやスクープネックもよく似合います。

ただ、ネックラインが高くなればなるほど、胸が大きく見えるのだということだけは覚えておいてください！

©リジー・ニコルズ・デザインズ

9

光よりも早く伝播する物はない。ただし悪い噂だけは例外で、これればかりは特別な物理法則が適用されるらしい。

――ダグラス・アダムズ（一九五二年～二〇〇一年）
イギリスの作家、ラジオ脚本家

「受付嬢？」

それがルークの反応だった。彼は珍しくわたしよりも先に帰って来て、夕食の準備をしていた（鶏肉のワイン煮《コック・オ・ヴァン》よ）。半分フランス人の彼氏を持つ数多くの利点のひとつが、料理のレパートリーがマカロニ・チーズにとどまらないってことよね。それに、フレンチキスもできるし。

「そう」わたしは花崗岩《かこうがん》のバーカウンターに向かい、座面がベルベットのスツールに腰かけてた。向こう側のキッチンとこっち側のリビング・ダイニングは、このカウンターで仕切られてる。

「でもなあ」ルークは二つのグラスにカベルネ・ソーヴィニヨンを注ぐと、グラスをひとつ渡してくれた。「きみは……なんて言うか、受付嬢をやるには学歴が高すぎるんじゃないか？」

「たしかにね。でもこれならわたしは生活費を稼ぎながら大好きなことも続けられるわ――少なくとも一日の半分は。だってファッション関係でお給料がもらえる仕事は見つからないんだもの」

「まだ一カ月にしかならないじゃないか。職探しにもうちょっと時間をかければいいんじゃないかな」

「えーと」どうやったらわたしがすっかり文無しで火の車だって事実を暴露せずに説明できるかしら？「時間はかけてるわ。もしもっといい仕事が見つかったら、もちろんいつでも辞められるから」

でもほんとは辞めたくない。少なくとも、ムッシュー・アンリの店は。だってあそこが気に入り始めてるんだもの。特に、モーリスってのが何者なのかやっとわかったから。モーリスはライバル店の「公認ウェディングドレス修復師」で、市内に一軒だけじゃなくて四軒も店舗を持ってて、ケーキやワインの汚れを新しい薬品による処理方法で対処するって謳《うた》ってムッシュー・アンリの顧客を奪ってる（そんな処理方法は存在しないのに）。しかもものすごく簡単な直しにさえとんでもない高額な料金を請求して、取引業者や従業員には不当な低賃金しか払ってない（ただ、ムッシュー・アンリがわたしに払ってる賃金より低い金額ってのはちょっと考えられないんだけど）。

そのうえ、モーリスはムッシュー・アンリを中傷してて、ジャン・アンリの商売は右肩下がりだから隠居してプロヴァンスに引っこむ予定で、いつなんどき店をたたんでいなくなるかわからないなんて話をニューヨーク中の花嫁に吹きこんでる。ただ、わたしが完璧に理解できてることも知らずに（まあ、ほぼ完璧にね）アンリ夫妻が話してる内容から察すると、商売が右肩下がりなのはどうやら事実らしい。

それだけでも大変なのに、アンリ夫妻はモーリスがまた店舗を増やす計画を立ててるって噂を聞きつけた……しかも、夫妻の店と同じ通りに！　けばけばしい真っ赤な日よけの天幕《オーニング》に揃いの真っ赤な特注のカーペット（ほんとによ！）まで敷いた店を開かれた日には、アンリ夫妻に勝ち目はないわ……この目立たないながらも上品なウインドウのディスプレイと、控えめなブラウンストーンの店構えじゃ。

だめよ。仮に明日コスチューム・インスティテュートが連絡してきたとしても、ムッシュー・アンリの店を辞めたりはしない。手を引くには、もう深くかかわりすぎちゃったもの。

「ふうん」ルークは半信半疑な様子で言った。「きみがそれでいいのなら……」

「いいわ」わたしは咳払いをした。「ねえルーク、誰もが典型的な九時五時パターンに向いてるわけじゃないのよ。自分には多少不足に思える仕事でも、それで生活費がまかなえて、空いた時間でほんとにやりたいことをやれるんだったら何も問題はないわ。時間が空いてるからってずっとテレビを見たりしないで、やりたいことをしっかりやってればね」

「きみの言うとおりだね」とルーク。「これ、味見してみて。どうかな」コック・オ・ヴァンの煮汁をすくったスプーンを差し出してくる。わたしはカウンター越しに身を乗り出して味見した。

「おいしい」歓喜のあまり、心臓が沸騰しちゃいそう。わたしのことを愛してくれてる彼氏がいて……しかも最高に料理上手。好きな仕事に就けた。そしてこの超ゴージャスなマンションの家賃を払う手段も見つけた。

結局のところ、ニューヨーク暮らしもけっこううまいことといってるじゃない。アナーバーの第二のキャシー・ペネベイカーにはならずにすむかもね。

「そうだ。土曜の夜、チャズとシャリと一緒にごはんを食べに行くんだけど。わたしの就職祝いで。それに最近二人と全然会えてないから。行ける?」

「楽しそうじゃないか」ルークは鍋をかきまぜながら言った。

「それにね」わたしは身を乗り出したまま言った。「ほんとに楽しい夜になるよう、がんばらなきゃいけないと思うの。チャズとシャリ、今ちょっと微妙な時期みたいだから」

「きみもそう思う?」ルークが首を振る。「最近のチャズはけっこうみじめな様子なんだよ」

「ほんとに?」わたしは目を見開いた。こないだ会ったとき、チャズがみじめな様子だった記憶はない。でも自分が泣きわめくのに忙しくて気がつかなかっただけかも。「そうだったの。でもきっと過渡期のごたごたってだけよ。シャリが仕事に慣れたら、元どおりになるわ」

「かもね」とルーク。

「かもね、ってどういう意味？　わたしが知らないこと、何か知ってるの？」

「別に」ルークが何気ないふうで答える。何気なさすぎるふうで。でも微笑んでるから、なんだか知らないけどそんなに悪いことじゃないはず。

「何よ？」わたしも笑いながら訊いた。「教えてよ」

「だめだよ。絶対しゃべるなってチャズに約束させられたんだ。特に、ほかの誰を差し置いても、きみにはね」

「ずるい」とふくれっ面をしてみせた。「内緒にするから。約束する」

「チャズはきみがそう言うだろうって言ってた」にやにやしてるってことは、絶対悪い話じゃない。

「教えてってばあ」駄々をこねてみる。

そしてその瞬間、ひらめいた。て言うか、わかった気がした。

「わかった」と叫ぶ。「プロポーズするのね！」

ぐつぐつ言ってる鍋越しに、ルークがわたしを見つめた。「なんだって？」

「チャズよ！　彼、シャリに結婚を申しこむんでしょ？　すごいすごい、それって最高じゃない！」

どうしてもっと早くわからなかったんだろう。そうに決まってる。だからこないだアパートに行ったとき、チャズはシャリについてあんなふうに探るような質問ばかりしたんだわ。

一緒に住んでてどんな感じか、シャリがわたしに何か話してないか探りを入れてたのね！　シャリとこの先もずっと一緒に住みたいと思ってるから！

「ああ、ルーク！」興奮しすぎて目が回ってきたから、スツールから落っこちないようにカウンターの端をつかまなきゃいけなかった。「ほんとにすてき！　シャリのドレスには最高のアイディアがあるわ……ほら、ビスチェみたいな形なの。でもオフショルダーのキャップスリーブで、素材はデュピオーニ・シルク。背中に小粒の真珠のボタンを並べて、ウエストまではぴったりしてて、そこからものすごくエレガントなベルスカートへと膨らんでいくの。フープスカートじゃないわよ、それは気に入らないだろうから……あ、でも、ベルスカートもいやがるかも。もしかしたらもっと――ほら、こういう感じ」

ルークのお母さんが置いたままにしてるメモパッドを引き寄せる。全ページの一番上に筆記体で「ビビ・ドゥ・ヴィリエ」ってプリントされてるやつ。そしてわたしたちが二人とも口座を持ってる銀行からもらったペンで頭の中にあるデザインを走り描きした。

「ほらね、こういう感じ」絵を掲げて見せると、ルークがおそろしさと面白さのないまぜになった表情でわたしを見つめてるのに気づいた。

「何？」その表情にびっくりして訊く。「気に入らない？　かわいいと思うんだけど。色はアイボリーよ？　取り外せるトレーンつきで」

「チャズはシャリに結婚を申しこむんじゃないんだよ」半分笑顔で、半分しかめっ面でルークは言った。どっちの顔をすればいいかわからないから両方やってるのがありありとわかる。

「違うの？」わたしはメモパッドを置いてスケッチを見下ろした。「絶対？」

「絶対だよ」今度は全面的に笑顔になった。「そんなことを思いつくなんて、信じられないな！」

「だって」あんまりがっかりしたから、落胆の表情を隠すこともできなかった。「どうして？　だって、あの二人はもうずっと付き合ってて――」

「そうだね。でもチャズはまだ二六だ。しかもまだ大学に通ってるんだよ！」

「大学院よ」と指摘する。「それに一緒に住んでるじゃない」

「ぼくたちだってそうだろ」ルークが笑った。「でも近々結婚する予定はないじゃないか」

彼に合わせて無理やり笑ったけど、正直、全然おかしくはなかった。そうね、近々結婚する予定はないかもしれないわ。でも可能性がないわけじゃないでしょ？　でしょ？

でもそんなこと彼に直接訊いたりなんかしなかった。だってまだ森の小動物作戦実行中なんだもの。

かわりに、こう言った。「チャズとシャリはわたしたちよりもずっと長く付き合ってるのよ。婚約したって別におかしくはないわ」

「だろうね」ルークは認めたけど、渋々だった。「それでも、あの二人はどっちも結婚するタイプにはあまり見えないけどな」

「結婚するタイプってどんなの？」その言葉が口から出た瞬間、後悔した。だってこの会話の流れから、ルークが結婚のことなんか全然意識してないのがはっきりわかったから。

わたしの頭の中が結婚でいっぱいだってこともばかげてる。だって、結婚以外に心配しなきゃいけないことはいくらでもあるのよ。自分が選んだキャリアで名を上げるとか。それ以前に、自分が選んだキャリアでお給料のもらえる仕事をするとか。

それに、この件に関しては冷静に対処しなきゃいけないのに——一緒に住むのはお試しなのよ。シャリが言ったみたいに、ルークとわたしは知り合ってからまだそんなに経ってないんだから……。

でも仕方ないでしょ……だってわたしが選んだ分野は、永遠の愛を誓う意思のある相手がいる女性が、想像しうる最高のドレスで永遠の愛を誓えるよう手助けする仕事なんだから。

それに、自分の恋愛生活をきちんとできたらもっとキャリアのほうにも集中する時間が持てるのにってついつい考えちゃう。

つまり、言ってしまえば、わたしが結婚したい（それか婚約だけでもしたい）唯一の理由は、もっとしっかりと仕事をしたいから。

それに加えてルークが……そう。ルーク・ドゥ・ヴィリエ、今まで会った中で最高にかっこよくてセクシーな男性。そんな人がわたしを選んでくれた——わたしをよ。

「わかるだろ」ルークが言う。「結婚するタイプってさ。ほかにろくなことがない人たちのことだよ。ほかに何をしたらいいかわからないからってだけで結婚するような人たち」

わたしは目をぱちくりさせた。「そんな人見たことないわ。ろくなことがないからってだけで結婚する人なんて聞いたこともない」

ルークがわたしに目を向ける。「そうかい？　きみのお姉さんたちは？　いや、悪く言うつもりじゃないよ。ぼくのいとこのヴィッキーだって似たようなもんだし。でもきみの話しぶりだと……」

「ああ」お姉ちゃんたちのことを忘れてた。妊娠したって理由で結婚した人たち。うちじゃ避妊って言葉を聞いたことがある人間はいないみたい。わたし以外は。「そうね」

「実際、そういうカップルを山ほど知ってるよ」ルークは言い切った。「ほら、学生時代の知り合いとかでさ……自分の人生がたいしたことないからって、ほかの人の人生に乗っかろうとするんだ。目的が金であれ、安定であれ、単純に大学を出たらすぐに結婚するもんだと思ってるからであれ。そしてね……そういう連中には本当に我慢ならないよ」

「そうね。そうでしょうね。でも……中には、ほんとに愛し合ってる人たちもいると思うわ」

「そう思いこんでるだけさ。そんなに若かったら、そもそも愛がどんなものかなんてどうしてわかる？」

「えーと」とわたし。「わたしがあなたを愛してるってわかってるように？」

「ああ」ルークは手を伸ばしてわたしの頬を包み、優しく微笑んだ。「すてきだね。でもこれはぼくたちの話じゃないから。そうだ、忘れるところだった」とグラスを掲げる。「新しい仕事に」

「あら」ちょっと驚いて言う。今は、新しい仕事のことなんか全然考えてなかった。「ありがと」

わたしたちは乾杯した。

ぼくたちの話じゃない、って彼は言った。それって重要よね？　わたしたちは別だって思ってること。だって実際別なんだもの。

「食卓の準備を頼んでいいかな？」コック・オ・ヴァンの仕上がりを確認しながらルークが言った。おいしそうなにおいがマンション中に充満してて、五B号室のミセス・エリックソンが今にも玄関をノックして一口食べたいって言うんじゃないかってくらいだわ。「もうあと一、二分もすれば食べられるよ」

「わかった」わたしは言うと、細心の注意を払って何気なさを装い、スツールから下りてミセス・ドゥ・ヴィリエが銀器（ステンレスじゃなくて、本物の銀よ。使用後は手洗いして、防さび加工の布を張った特殊なケースにしまわないといけないの）を保管してるケースが置かれたサイドボードまで歩いて行った。「じゃ、プロポーズじゃなかったら、なんなの？」

「何がなんだって？」

「わたしに教えちゃいけないってチャズが言ったことよ」

「ああ」ルークが笑う。「絶対シャリには言わないって約束する？」

わたしはうなずいた。

「あいつ、猫をもらってきてシャリをびっくりさせようと思ってるんだ。動物保護施設にいるやつをね。ほら、二人で飼うために。シャリがすごく動物好きだから」

わたしは目をぱちくりさせた。シャリは動物好きなんかじゃない。動物好きなのはチャズのほうよ。チャズは自分用に猫を飼おうと思ってるんだわ。でも不思議じゃない。シャリが働いてばかりであんまりさびしいから、誰かにそばにいてほしいだけよね。ルークが一日中授業に出てるから、ちょっとその気持ちがわかる。

でもそれを口には出さず、わたしは微笑んだ。「そうなの」

「シャリには絶対に言っちゃだめだよ」ルークが警告する。「サプライズじゃなくなっちゃうからね」

「ああ、大丈夫よ。絶対言わないから」わたしはうそをついた。

だって、親友の彼氏がサプライズにペットを連れてこようと企んでるなんて聞いたら、親友に教えないわけがないでしょ。これ以外の対応なんかありえない。

まったく。男の人ってほんとに変なの。

リジー・ニコルズのウェディングドレス・ガイド

知っておくべきこと……ウェディングドレスのネックライン！

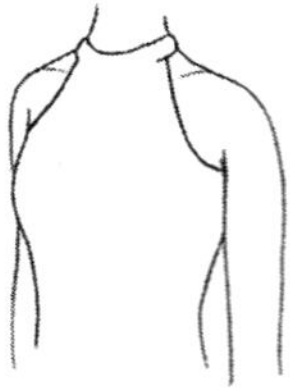

ホルターネック
前身ごろから続く布地やストラップを首のうしろで留めるスタイルです。肩が美しい女性にはとても良く似合う形ですが、通常背中が大きく開いているため、下に着けられるブラがなかなか見つからないという欠点もあります。

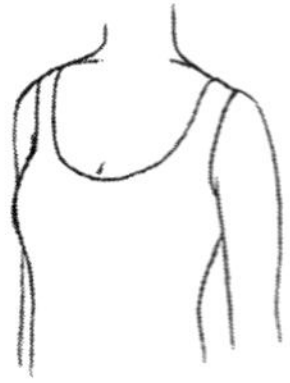

スクープまたはラウンド・ネックライン
U字のネックラインで、通常、胸元と背中が同じ深さにカットされています。誰にでも似合うスタイルです！

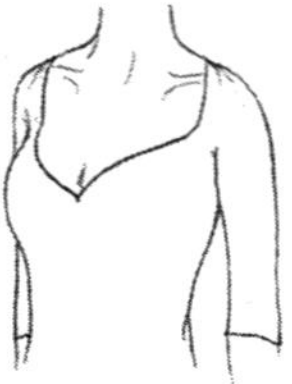

スイートハート・ネックライン
胸元が深くハート形に開き、背中は全面が覆われたネックラインです。

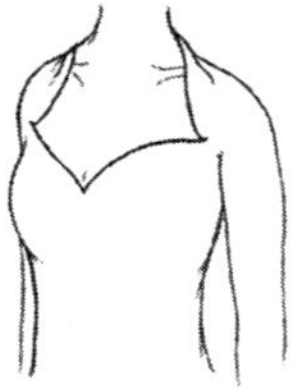

クイーン・アン・ネックライン
スイートハート・ネックラインをより強調したスタイルです。

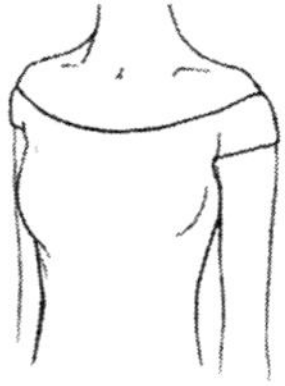

オフショルダー・ネックライン
わずかな袖またはストラップが肩のすぐ下にかかるだけなので、肩と鎖骨がむき出しになるスタイルです。肩幅の広い花嫁には理想的とは言えませんが、なで肩で胸が平均または大きめの花嫁には良く似合います。

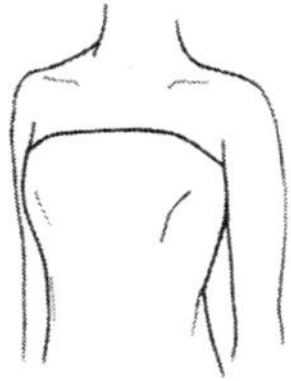

ストラップレス
体にぴったりするこのボディスにはストラップも袖もつきません。ぽっちゃり体形または肩幅が広い花嫁は、このスタイルが一番似合うでしょう。

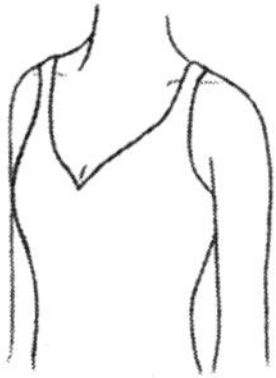

Ｖネック
読んで字のごとく、です！　このネックラインは胸元が深くＶ形に開くため、大きな胸を目立たなくします。

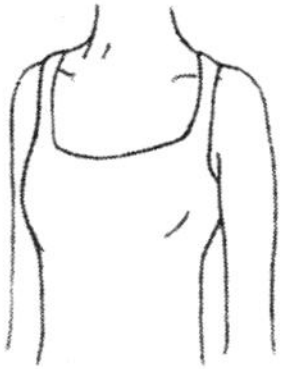

スクエア
これもやはり、読んで字のごとくです。四角くカットされたネックラインで、誰にでも似合うスタイルです！

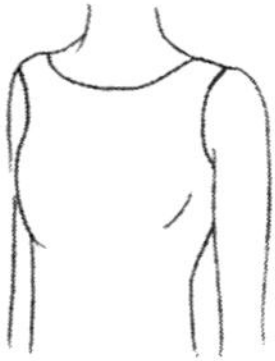

ボートネック
このスタイルは鎖骨から肩先まで横に広がり、前後の見ごろが合わさるようになっています。

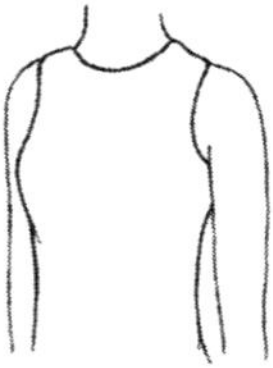

ジュエル
ハイカットの丸首スタイルで、胸の小さな花嫁や、慎み深さを理由に胸の上部や鎖骨を見せることを良しとしない教会で挙式する花嫁向きです。

アシンメトリー
左右非対称のこのネックラインは、下に着けられるブラを探すのが難しいスタイルです。洋裁師にカップを縫いつけてもらわない限り、このデザインを選ぶ花嫁はストラップレスブラを着けるか、ノーブラで式に臨まなければなりません……未来の親族に与える第一印象がそれで本当にいいのですか？

10

沈黙、無関心、そして無為が、ヒットラーの主な同盟者であった。
――ヤコボヴィッツ男爵イマヌエル(一九二一年~一九九九年)
ユダヤ教指導者《ラビ》

公式には、ペンダーガスト・ローリン・アンド・フリン法律事務所は午前九時にならないと営業を開始しない。

非公式には、八時ちょうどに電話が鳴り出す。だから受付嬢は早目に出勤して、電話を取り次げるようにしておかないといけないってわけ。

わたしは高級な黒革の回転椅子(キャスターつきのやつよ)に座って受付デスクにつき、午後の受付担当のティファニーが説明してる内容を把握しようとしてた(いや、ほんとにティファニーって名前なんだってば。わたしもうそだと思ったんだけど、奥にあるハイテクなキッチンへコーヒーを取りに行ってくれてる隙にデスクの両側にある引き出しを覗いたら、二〇色はありそうなマニキュアと三〇種類はありそうな口紅のサンプルに加えて給与明細まで全部そこに突っこんであって、一枚見てみたらちゃんとピンクと黒の文字で〝ティファニー・ドーン・ソーヤー〟って書いてあったの）。

「いい？」とティファニー。ペンダーガスト・ローリン・アンド・フリンの受付で働いてないときはモデルらしい。でも信じる。だって肌は磁器みたいにすべすべで透明感があるし、肩まで伸びた黄褐色系のブロンドはつやつやのカーテンみたいだし、身長は一八三センチあるし、体重は五五キロくらいしかないんじゃないかしら――今みたいにペンダーガスト・ローリン・アンド・フリンのキッチンが無料で提供してるブラックコーヒーに紐状のグミキャンディ《トゥイズラー》のチェリー味一パックって献立の朝食を食べてる彼女を見ると、ほんとにそう思うわ。

「要は、電話がかかってきたりとかしたら」説明するティファニーの入念にメイクが施された目は半分開いてない。さっき本人から聞いた話ではゆうべ「マジ、モヒート飲みすぎちゃって」、まだ「酔っ払ってる、みたいな」らしい。「相手が誰か訊いて、待ってくれって言って、転送ボタンを押して、そんでかける相手の内線番号押して、向こうが電話を取ったら誰からかかってきたか言って、そんで相手が電話に出るって言ったら転送ボタンを押して、出ないって言ったり電話を取らなかったりしたら、かけてきた人を待たせてる外線のボタンを押して、伝言を受けるわけ」

ティファニーは大きく息をついて、真剣そのものの面持ちで言った。「マジ複雑じゃない？　だからあたし今日早めに来るように言われたわけ。あんたがちゃんとやり方を覚えられるようにね。だからさ、マジ、パニクったりとか？　しなくてだいじょぶだから」

　わたしは人事のロバータが手のひらサイズに縮小コピーして、さらにやぶれたり濡れたりしないようラミネート加工してくれた内線番号のリストを見た。両面で一〇〇人以上の名前が印字されてる。

「転送ボタン、内線番号、かけてきた人の名前、転送または伝言を聞く」復習する。「大丈夫」

　ティファニーの紺碧の瞳が驚きに見開かれた。「うわあ。もう覚えたんだ。超すごい。あたし、それ覚えるだけでもマジ一週間くらいかかったんだけど」

「でも、たしかに難しいわ」彼女が傷つかないように答える。ティファニーは早くも自分の半生を全部わたしに話してくれてた。高校を卒業してすぐ、モデルになるために故郷のノースダコタを離れてニューヨークへやってきたこと。それから四年間で雑誌の仕事をたくさんやり、高級デパート《ノードストローム》が毎年出す秋物カタログにも出てること。バーで会って雑誌の仕事をもっとたくさんくれるって約束したカメラマンと同棲してるけど、彼は「て言うか、結婚してる？　みたいな。でもね、奥さんが超イジワル女なわけ。離婚できないのは彼がアルゼンチンかどっかの人で、移民局とかがマジうるさくて、まだしばらくはマジで結婚してるふりとか、してなきゃいけないからなわけ。奥さんが住んでるチェルシーのアパートの家賃さえ払ってれば、まだ結婚が続いてるってうそついてもらえるんだけど、ほんとは向こうもジムの専属インストラクターと住んでるわけ。でも彼が永住ビザ《グリーン・カード》さえ取れたら終わり、みたいな。そしたらあたしと結婚してくれるわけ」ってこと。グレープ味が嫌いなこと。つまり彼女は高卒でわたしは大卒（まあ、ほぼ大卒）だから、当然わたしのほうが彼女よりも多少飲みこみが早いんだけど、そのことで気を悪くしてほしくなかった。

「来た来た、電話よ」電話がかぼそい音で鳴り出すと、ティファニーが言った。ペンダーガスト・ローリン・アンド・フリン法律事務所の電話は、どれも呼び出し音のボリュームをすごく低く設定してある。パートナー弁護士たち（ティファニーによれば、残業や仕事内容がものすごくきついせいで、ひどくピリピリしてるらしい）や依頼人（ペンダーガスト・ローリン・アンド・フリン法律事務所からの法的助言に対して支払ってる一時間当たりの費用がものすごく高いせいで、ひどくピリピリしてるらしい）がうるさがらないように。「ほら、出てみたら。今教えたとおりよ」

　わたしは受話器を上げ、自信たっぷりに言った。「ペンダーガスト・ローリン・アンド・フリン法律事務所でございます。どちらへおつなぎいたしますか？」

「あんた、誰だ？」電話の向こうの男性が詰問する。

「リジーと申します」相手の口調に対して、できる限り感じ良く答えた。

「バイトか？」

「いいえ。新しく入りました午前担当の受付係でございます。どちらへおつなぎいたしましょう？」

「ジャックに回せ」とぶっきらぼうな返答。

「かしこまりました」と言い、必死で小さなラミネート加工の内線表に目を走らせる。ジャック？　ジャックってどの人？　「どなたからのお電話とお伝えすればよろしいでしょうか？」ジャックという名前を探しながら、時間稼ぎに訊いた。

「なんなんだ、おまえは！」電話の向こうの男性が声を荒らげた。「俺はピーター・くそったれ・ローリンだ、いいかげんにしろ！」

「もちろんですとも。少々お待ちください」

「きさま、ふざけるんじゃ――」

わたしは震える指で保留ボタンを押し、ティファニーのほうを見た。椅子に座ってうとうとしてる。官能的に長い黒いまつげが、完璧なカールを描いて高い頬骨に触れてた。

「ピーター・ローリンからなんだけど」と声を上げて彼女を起こした。「ジャックって人に回せって！　ひどい口のきき方なの！　わたしが待たせてるから怒ってるみたい……」

ティファニーはまるでピザを前にした男子学生みたいにすばやく反応し、わたしの手から受話器をもぎ取った。「クソ。くそくそくそ」小声でつぶやきながら、わたしの体越しに身を乗り出して保留ボタンを押す。そして滑らかな口調で言った。「おはようございます、ローリンさん。ティファニーです……ええ、わかってます。そうですね、彼女は新人なので……ええ、そうします……もちろんです。今おつなぎします」

マニキュアに彩られた長い指がボタンの上を舞い、外線ランプが（そしてピーター・くそったれ・ローリンも）消えた。

「ごめんなさい」電話を切るティファニーに、わたしは震えながら謝った。「内線表にジャックって名前を見つけられなかったの！」

「バカ女」ティファニーはボールペンを引っぱり出して、ロバータがくれた内線表に何か書きこんだ。それを返してよこしながら、わたしの驚いた表情を見て笑う。「あんたじゃないって。クソババアのロバータのことよ。一流大学《アイビー・リーグ》に行ったから自分はサイコーとか思ってんのよね。だから？　みたいな。結局やってるのは他人の休みの日程を調整するだけでしょ。サルでもできるっつの。クソババアが」

　わたしは目をぱちくりさせてティファニーが訂正した内線表を見下ろした。「フリン」って名字の前にある「ジョン」に線を引いて、上から「ジャック」って書いてある。ラミネートの上にボールペンで書いてるから、ほとんど読めない。

「ジョン・フリンはほんとはジャックって言うの？」

「ううん。ジョンよ。でも自分のことをジャックって呼ぶし、みんなもそう呼んでんの」とティファニー。「ロバータがどうしてみんなが実際に呼んでる名前じゃなくて本名を載せたのか、意味わかんないわ。あんたのことイジメたいのかも。あの女、自分よりかわいい子に超嫉妬すんのよね。ほら、自分が馬ヅラの鬼みたいな顔してるから」

「あら、もう来てるのね！」エレベーターホールのガラスドアを押し開けて受付エリアに入って来ながらロバータが言った。トレンチコート（裏地を見れば、バーバリーだってわかる）を着て、ブリーフケースを持ってる。「他人の休みの日程を調整してるだけ」にしては、ものすごく有能そうに見えた。「大丈夫そう？　ティファニーはちゃんと教えてくれてる？」

「はい」ティファニーに焦った視線を投げかけながら答える。馬ヅラの鬼なんて呼んだのをロバータに聞かれてたらどうするの？

でもティファニーはちっとも焦ってなかった。私物を詰めこんだ数多くの引き出しのひとつから爪やすりを探し出して、ジェルネイルの先を手入れしてる。

「今朝はご機嫌いかが、ロバータ？」やすりをかけながら、彼女は愛想良く尋ねた。

「元気よ、ティファニー」そう答えるロバータは、言われて見れば、たしかにちょっと馬に似てる。ずいぶんと面長で、歯がすごく大きい。それに背が低くてかなり姿勢が悪いから、率直に言うと、ちょっぴり鬼っぽく見える。「今日はリジーのためにダブルシフトを引き受けてくれてありがとう。本当に助かるわ」

「二時以降は五割増なのよね？」

「もちろんよ」ロバータの笑顔が目に見えてこわばった。「前に決めたとおりね」

ティファニーは肩をすくめ、べたべたに甘ったるい声で言った。「ならいいわ」

ロバータの笑顔がますますこわばる。「けっこう。リジー、もし――」

電話が鳴る。わたしは飛びついた。「ペンダーガスト・ローリン・アンド・フリン法律事務所でございます」と受話器に向かって言う。「どちらへおつなぎいたしましょう？」

「レオン・フィンクルからマージョリー・ピアースさまへお電話です」と女性の猫撫で声が言う。

「少々お待ちください」と言って転送ボタンを押した。ロバータがわたしの一挙手一投足を見つめてるのを感じながら、カンニングペーパーでマージョリー・ピアースの内線番号を見つけ、数字を押して、誰かが受話器を取り上げると「レオン・フィンクルさまからマージョリー・ピアースさまへお電話ですが?」と伝えた。

「出ます」電話の向こうの声が言うと、わたしは転送ボタンを押して横の赤ランプが消えるのを確認した。終了。受話器を置く。

「上出来よ」感心した様子でロバータが言った。「ティファニーはそれだけできるようになるのに何週間もかかったのにねえ」

ティファニーがロバータに放った視線は、どんなに熱いモカチーノでも一瞬で凍らせそうだった。「あたしはリジーと違っていい先生がいなかったしね」と冷たく言う。

ロバータはまた冷たい笑みを浮かべた。「ま、続けてちょうだい。それとリジー、今日帰る前にわたしのオフィスに寄ってくれる? 保険関係の書類に記入してもらいたいから」

「わかりました」返事をしたところへ電話がまた鳴り出したので、受話器に飛びついた。

「ペンダーガスト・ローリン・アンド・フリン法律事務所でございます」

「ジャック・フリンをお願いします」電話の向こうの声が言う。「テリー・オマリーです」

「少々お待ちください」と言って転送ボタンを押した。

「能無しのクソババア」《トゥイズラー》をかじりながら、ティファニーがつぶやく。

「テリー・オマリーさまからフリンさまへお電話です」ミスター・フリンの内線に出た女性

にそう告げる。

「あの女、ずっと使ってないから股の間にクモの巣が張ってんのよ」とティファニー。

「回してください」女性が言って、わたしは転送ボタンを押した。

「あたしにデスクでネイルを塗るなって言ったのよ。よくそんなこと言えると思わない？」ティファニーはロバータがいなくなった方向へ目をぐるりと回してみせた。「社会人としてよろしくないんだってさ」

わたしも法律事務所で仕事中にネイルを塗るのは社会人としてどうかと思ったけど、そのことは指摘せずにおいた。

また電話が鳴る。「ペンダーガスト・ローリン・アンド・フリン法律事務所でございます。どちらへおつなぎいたしましょう？」

「きみに」ルークの声がした。「仕事の初日、がんばってって言いたくて」

「ああ」体がとろける。彼の声を聞くといつもそう。「元気？」

ゆうべのことはもう気にしてない。わたしたちの年じゃ愛をほんとに理解するには若すぎるって言ったこと。だってそれはわたしたちのことじゃないって言ったから。明らかに一般論を話してただけよね。わたしたちの年代の人はほとんど、きっと愛がどんなものかなんてわかってないんだわ。たとえばティファニーなんか、愛がほんとはどんなものかなんてきっとわかってない。

それに、ディナーのあと、彼はものすごく上手に愛とはどんなものかを説明してくれた。

て言うか、愛を交わすとはどういうことか、ね。

「調子はどう？」とルークが訊く。

「おかげさまで。うまくやってます」

「すぐ隣に誰か座ってるから話しづらいんだろう？」これだから彼のことがほんとに大好きなのよね。ものすごく洞察力があるから。まあ、大抵のことに関しては。

「そうですね」とわたし。

「大丈夫だよ、どっちみちぼくも一時限目がもう始まるところなんだ。ただ様子を訊いておきたくて」

ルークが話してる間に受付エリアのガラスドアが開いて、ブロンドの、ちょっとがっちり体形の若い女性が入ってきた。着てる人間をまったく引き立ててないジーンズに白いタートルネックのセーターを着て、ティンバーランドのブーツを履いてる。ああいうブーツをペンダーガスト・ローリン・アンド・フリンのオフィスではあまり見かけることがない。どこかで見たような顔なんだけど、どこか思い出せなかった。

でもマニキュアを塗り直してたティファニーが顔を上げて、あんぐりと口を開けるのには気がついた。

「あ、もう切らないと」わたしはルークに言った。「またね」

電話を切った。女性が受付デスクに近づいて来る。わりとかわいい。健康的で、典型的なアメリカ人女性って感じのかわいさ。でも化粧はほとんどしてないし、低すぎるローライズジーンズの上におなかの脂肪が少し乗っかっちゃってるのも気にしてないみたい。もう少し股上が深めのジーンズにちゃんとお肉をしまっておけば、もっとましに見えるのに。

「こんにちは」女性がわたしに言った。「わたし、ジル・ヒギンズと言います。ミスター・ペンダーガストと九時に約束があるんですが」

「かしこまりました」わたしはカンニングペーパーにすばやく目を走らせてチャズのお父さんの内線番号を探し出した。「お越しになったことをお伝えしますので、おかけになってお待ちください」

「ありがとう」女性が微笑むと、健康的な白い歯がたくさん覗いた。彼女が革のソファに腰かける間に、ミスター・ペンダーガストの内線番号を押す。

「ジル・ヒギンズさまがペンダーガストさまと九時のお約束でお見えです」ミスター・ペンダーガストの魅力的な四〇がらみの秘書、エスターに告げる。さっき出勤時に自己紹介してくれたのよね。

「まずいわね」とエスター。「まだ来てないのよ。わたしがそっちへ行くわ」

受話器を置くと、ティファニーが肩をつついてきた。

「あれ誰だか知ってんの？」ソファに座る若い女性を頭で示してささやく。

「知ってるわよ。今名前を言ったじゃない。ジル・ヒギンズさんでしょ」

「そうだけど、だから、ジル・ヒギンズってのが誰だか知ってんの、って訊いてるわけ」

わたしは肩をすくめた。見覚えのある顔だけど、テレビや映画の女優なんかじゃない。それにしては肉がつきすぎだもの。

「わからない」とささやき返す。

「あの人、マジ、ニューヨークで一番金持ちな独身男と結婚するのよ」ティファニーは小声で言った。「ジョン・マクダウェル？　一族がマンハッタンに持ってる不動産の数って、マジ、カトリックの教会が持ってるより多い、みたいな？　で、教会ってニューヨークの誰よりもたくさん不動産持ってた、みたいな……」

好奇心も新たに、わたしは頭をぐりんと回してジル・ヒギンズを見た。

「あの動物園で働いてるっていう女性？」フリーペーパーの六ページ目に載ってた記事を思い出す。「立ち往生したアザラシを抱えようとしてぎっくり腰になった人？」

「それそれ」とティファニー。「マクダウェル一族が彼女に、婚前契約書に署名させようとしてるわけ。要するに、ほら、跡継ぎをひねり出すまでは一セントたりともやらないようにしたい、みたいな？　でも花婿のほうは彼女の権利をちゃんと守りたいから、ペンダーガスト・ローリン・アンド・フリンに交渉を依頼したってわけ」

「そうなの！」なんて切ない話。ジル・ヒギンズはほんとに優しそうな、普通の女性にしか見えないのに！　彼女が財産目当てだと思うなんて、どれだけ底意地の悪い人間？　「すっごく優しい人なのね。その、ジョン・マクダウェルは。彼女のために弁護士を雇うなんて」

ティファニーは不満そうに声を上げた。「どうだか。多分ほら、あとになってなんかいろいろポシャったときに、だまされたとか彼女に言わせないようにしときたいだけなんじゃないの」

それはずいぶんひねくれた見方のように思えた。でもわたしに何がわかるって言うの？　まだ仕事初日なのに。ティファニーはここでもう二年も働いてる。今までペンダーガスト・ローリン・アンド・フリンで働いた受付嬢の中では最長記録なのよ。

「連中が彼女のことなんて呼んでるか知ってる？」またティファニーがささやく。

「誰が？」

「マスコミよ。ジルのことなんて呼んでると思う？」

わたしはきょとんとした。「ジルじゃないの？」

「違うって。『脂身ちゃん《ブラバー》』って呼んでんの。アザラシの仕事とかしてるし、あのおなかの肉があるから」

「そんな意地悪なこと！」わたしは顔をしかめた。

「まだあんの」ティファニーは見るからに楽しそう。「マスコミの一人がね、あなたよりももっと魅力的な女性が世の中にはたくさんいて、あなたの婚約者を奪いたくてうずうずしてるのを知って不安になりませんかって訊いたら彼女、泣いちゃったわけよ。ほら、泣き虫のことも『ブラバー』って言うじゃん」

「そんなのひどい！」わたしはジルに視線をやった。そんなことに耐えてる人にしては、驚くほど落ち着いて見える。そんな状況に置かれたら、わたしだったらどう反応するかしら。マスコミはきっとわたしのことをナイアガラって呼ぶわ。ずっと泣きやまないだろうから。

「ミス・ヒギンズ！」エスターがロビーに現れた。千鳥格子《ハウンズ・トゥース》のスカートスーツ姿でぴしっと決めてる。「おはようございます。奥へどうぞ。ペンダーガストは間もなく参りますが、コーヒーをご用意しましたので。クリームとお砂糖、両方でしたね？」

ジル・ヒギンズは微笑んで立ち上がった。「そうです」言いながら、エスターに続いて廊下を歩いていく。「覚えていてくださって嬉しいわ」

二人がいなくなると、ティファニーは鼻先で笑ってマニキュア塗りを再開した。「て言うか、マクダウェルって男は金持ちかも知んないし、くっさいアザラシに魚とか投げる仕事は辞められるかも知んないけど。マジ、あたしだったら最低二〇〇〇万は積まれなきゃあの一族に嫁入りなんかしたくないっつの。けど彼女、何十万ドルかもらえたらラッキー、みたいな？」

「うそ」ティファニーはモデルだけじゃなくて女優もやったほうがいいかも。これだけ表現力があるんなら。「いくらなんでもそこまでひどくは――」

「マジで言ってんの？」ティファニーはあきれ顔をして見せた。「ジョン・マクダウェルの母親って超イジワルババアなのよ。結婚式に花嫁の意見は何ひとつ聞き入れられないわけ。ま、ある意味納得だけど。ジルってアイオワかどっかの出身で、父親は郵便配達員かなんからしいから。でもさ……脂身ちゃんは自分のウェディングドレスも選ばせてもらえないのよ！　豪邸のどっかで百万年くらいずっと腐ってたバケモノみたいな古臭いドレスを着させられるんだって。マクダウェル家の花嫁はみんなそれを着るのが『伝統』だってんだけど……あたしに言わせりゃね、ジルが超ブサイクに見えるようにして、ジョン・マクダウェルが考え直してママが抜かりなく選んどいたどっかの上流階級のバカ女に乗り換えるようにしようって魂胆だと思うわけ」

その話に、耳がダンボになった。ジョン・マクダウェルの母親がジルのかわりに花嫁として迎えたいと思ってる上流階級の小娘のことじゃないわよ。「ほんとに？　ウェディングドレスの修復師は誰を雇ったの？　知ってる？」

ティファニーが目をぱちくりさせた。「なんの修復師？」

「ウェディングドレスの修復師よ。だって、その……雇ってるんでしょ？」

「何言ってんのかマジ、全然わかんない。ウェディングドレスの修復師ってなんなわけ？」

でもそのとき、受付エリアのドアがまた開いてチャズのお父さんとおぼしき男性が入って来た。基本的にはチャズが年を取って、白髪まじりになったバージョン。ただしうしろ前のベースボールキャップはなし。その人がわたしを見て足を止める。

「リジー？」

「はい、ミスター・ペンダーガスト」わたしはにこやかに答えた。「お元気ですか？」

「ああ、元気だよ」ミスター・ペンダーガストが微笑む。「きみに会えたからね。ここにきみを迎え入れることができて本当に嬉しいよ。先日話したとき、チャズがきみのことを褒めちぎっていたからな」

これって最高の賛辞だわ。だってチャズはわたしが知る限り、自分の両親と極力口をきかずにすむようすごく努力してるんだもの。それがわたしのためにお父さんに電話をかけてくれたって事実だけでも、目頭が熱くなるわ。ほんと、世界一の男前よ。ルークは別にしてね、もちろん……。

「ほんとにありがとうございます、ミスター・ペンダーガスト。わたし、ここで働けてほんとに嬉しいです。ご親切に――」

その瞬間、電話が鳴った。

「おやおや、仕事だ」ミスター・ペンダーガストが瞳を輝かせる。「またのちほど」

「はい。それと、ミス・ヒギンズがもうお見えです」

「了解、了解」言いながら、ミスター・ペンダーガストは早足でオフィスに向かった。

「ペンダーガスト・ローリン・アンド・フリン法律事務所でございます」電話を取ってわたしは言った。「どちらへおつなぎいたしましょう?」

電話を無事転送すると、わたしは受話器を置いてティファニーに顔を向けた。

「おなか空いちゃった」と彼女。「下の《バーガー・ヘヴン》にデリバリー頼まない?」

「まだ一〇時にもなってないわよ」

「関係ないでしょ。二日酔いすぎてマジ、死にかけてんの。胃になんか脂っこいもの入れないと、リバースしそう」

「だったらね」わたしは提案した。「もうコツはつかめたと思うから、帰りたかったら帰っても大丈夫よ」

でもティファニーは空気を読んでくれなかった。「それで時給五割増を捨てろっての？なわけないじゃん。あたし、ダブルチーズバーガー頼むけど。食べる？」

わたしはため息をついて……諦めた。

今日は長い一日になりそうだから。それに正直言って、タンパク質が必要になりそうだから。

リジー・ニコルズのウェディングドレス・ガイド

さあ、ぽっちゃりさんたち、あなたたちのことを忘れたわけではありませんよ！　デザイナーたちは忘れたかもしれません――洋裁師の多くが、一六号以上の女性の依頼を引き受けることに恐れをなしているようですし。

ですが恐れる必要など本当はないのです。サイズの大きな女性だってウェディングドレス姿が美しく見えるのですから……正しいドレスを選べばね！　一番いいのは、ぴったりしたボディスにAラインのスカートを合わせることでしょう。

大きめの花嫁にフルスカートはNGです。大きなヒップがいっそう大きく見えてしまうからです。ストレートラインやシースドレスも同様です。ですが体の曲線を優しく覆うAラインスカートであれば、大きめさんにも良く似合います。XLサイズの花嫁にストラップレスはおすすめできません。ボディスがかなりぴったりとしてしまい、ぽっこりおなかの女性には似合わないからです。ただし、花嫁の体形にもよります。

プラスサイズの花嫁は率先して公認ウェディングドレス修復師の助けを借りてください。わたしたち公認ウェディングドレス修復師なら、プラスサイズの女性でも見映えがする、本当にふさわしいドレスを見つけるお手伝いができるのです。

11

女性の欠点を見つけたければ、彼女のことをその女友達の前で褒めれば良い。
——ベンジャミン・フランクリン（一七〇六年〜一七九〇年）
アメリカの発明家

小人がメリサ・マンチェスターの『あなたしか見えない』を歌ってる。

「ほかのやつを知ってるわけじゃないけどな」とチャズ。「でも彼の歌はことのほか感動的だね。八点つけるよ」

「七点だな」とルーク。「本当に泣きながら歌ってるのがちょっと気になるから」

「一〇点つけるわ」とまばたきして涙をこらえながらわたし。メリサ・マンチェスターの歌がどれもわたしを少しノスタルジックな気分にさせるせいなのか、今流れてるこの曲を『ロード・オブ・ザ・リング』の主人公のフロドみたいな格好をして、ばっちり魔法使いガンダルフの杖まで持った小人が泣きながら切々と歌い上げてるせいなのかわからないけど。もしかしたらディナー中に空けたチンタオ・ビール三本と、そのあとこのボックス席で飲んだアマレット・サワー二杯のせいかも。どっちにしろ、もう酔っ払っちゃった。

でもシャリに関しては、全然そんな気配がない。気もそぞろにバド・ライトのラベルを引っかいてる。今晩はずっとこんな調子。

「ねえ」肘でシャリをつっつく。「どうよ。彼の歌、何点つける?」

「あー」シャリは目にかかる巻き毛の黒髪を払って、バーの奥にある小さなステージで歌ってる男性を見やった。「わかんない。六点とか」

「厳しいな」チャズが首を振った。「見ろよ。全身全霊をこめて歌ってるんだぜ」

「だからよ。本気になりすぎ。たかがカラオケに」

「カラオケは多くの文化において芸術なんだぞ」とチャズ。「であるからして、真剣に鑑賞するべきだね」

「ありえないわよ。ミッドタウンにある《ハニーズ》なんて名前のあやしげな店で」

シャリの声の調子が変わった。チャズはふざけてるだけだけど、シャリは本気でいらついてるみたい。

でもそれを言ったら、ディナーの待ち合わせをしたダウンタウンのタイ料理店へチャズと一緒にやって来たときから、シャリはそんな調子だった。チャズが何を言おうが、シャリは反論するか無視するかのどっちか。料理を頼みすぎたと非難さえした。まるで料理を頼みすぎるなんてことがありうるみたいに。

「ただのストレスだと思うんだけど」さっき、通りの両側に立ち並ぶチャイナタウンの魚市場から側溝に放りこまれた魚の内臓を避けつつカナル通りに向かう途中、チャズとシャリの少しうしろを歩きながらわたしはルークにそう話してた。「最近シャリがものすごく仕事をがんばってたの、知ってるでしょ」

「きみだってそうじゃないか。でもきみはあんなひどい態度は——」

「ちょっと、やめてよ」とさえぎる。「勘弁してあげて。彼女のほうが、わたしよりもちょっと神経を使う仕事をしてるのよ。生命の危険にさらされてる女性たちを相手にしてるんだから。わたしが相手にしてる女性たちが危険にさらされてることと言えば、せいぜい挙式当日にお尻が大きく見えるかどうかってことぐらいだわ」

「それだって神経を使うさ」ルークは涙ぐましい忠誠心で言った。「自分を卑下しちゃだめだよ」

でも正直、シャリを悩ませてるのが仕事のストレスだとは思えない。だってそれだったら、さっき大量に食べたパッタイとビーフ・サテが解消してくれたはずだから（大量のビールは言うまでもなくね）。でもそうはいかなかった。彼女はディナーを終えたあとも、食べ始める前と同じくらい虫の居所が悪かった。そもそも《ハニーズ》にだって来たがらなかった。まっすぐ帰って寝たいって言うんだもの。家に帰ろうと別のタクシーを捕まえる前に、チャズがほとんど力ずくで彼女をこっちのタクシーに押しこまなきゃいけないくらいだった。

「さっぱりわからないんだ」ディナーの最中、料理の合間にシャリがお手洗いに立った隙にチャズは言った。「彼女が不満を抱えてるのはわかる。でもどうしたんだって訊いても、何も問題はないからほっといてくれとしか言わないんだよ」

「わたしにも同じことを言ったわ」とため息をつく。

「ホルモンバランスのせいかもしれないよ」ルークはそんな意見を述べた。あれだけ生物学の授業ばかり取ってたら、そういう発想になるのも当然かも。

「六週間もか？」チャズが首を振った。「そのくらいああいう状態なんだぜ。あの仕事を始めて……一緒に住み始めて以来ずっとだ」

わたしはごくり、と唾を飲んだ。全部わたしのせいだわ。わかってたのに。ルークと住むために彼女を放り出したりせず、最初の約束どおりにシャリと一緒に住んでれば、こんなことにはならなかったはず……。

そして今《ハニーズ》で、チャズはボックス席のテーブル越しに歌本をよこした。「そんなに言うんだったら、自分で挑戦してみたらどうだ？」

シャリが目の前に置かれた黒いバインダーを見下ろして、冷たく「カラオケはやらないの」と言い放つ。

「えーと、ぼくの記憶ではそんなことなかったと思うけど」ルークが眉をぴょこぴょこと動かした。「少なくとも、とある結婚式で見た限りでは……」

「あれは特別」シャリは不機嫌に言った。「そこのおしゃべり娘を助けてやろうとしただけよ」

わたしは目をぱちくりさせた。おしゃべり娘？　まあ、たしかにそのとおりだけど……最近はましになったのよ。ほんとに。ジル・ヒギンズに会ったことは誰にも話してない。ルークにだって、彼のお母さんの恋人（だかどうかも知らない……でも前にも増してその疑いが深まってる男の人）がまたしても電話をかけてきたことを話さずにいる。わたし、正真正銘の特ダネ金庫室なんだから！

でも少しはシャリを大目に見てあげようと思い直す。だってわたしが彼女を見捨てたのは事実なんだもの。

「いいじゃない、シャリ」わたしはバインダーに手を伸ばした。「二人で歌える楽しい歌を探すから。どうよ？」

「わたしはいいわ」とシャリ。「疲れてるのよ」

「カラオケを歌えないくらい疲れるなんてことはありえないね」チャズが言った。「そこに立って画面の歌詞を読むだけだろ」

「疲れてるの」シャリはさっきよりもかたくなに繰り返した。

するとルークが言った。「なあ、誰かがあそこに立って何か歌わないと。でなきゃフロドがまたバラードを歌い出すよ。そしたらぼくは手首でも切りたい気分になっちまう」

わたしはバインダーをぱらぱらめくり始めた。「わたしが歌うわ。恋人を自殺させるわけにはいかないもの」

「ありがとう、ハニー」ルークがウインクしてみせる。「優しいんだね」

目当ての歌を見つけて、ウェイトレスに渡す小さな伝票に曲名を書きこみながらわたしは言った。「わたしも歌うから、あなたたちも一曲歌うのよ。ルークとチャズ、あなたたち」

チャズは真剣な面持ちでルークを見やった。「ボン・ジョヴィの『ウォンテッド・デッド・オア・アライヴ』とか？」

「まさか」ルークが激しく首を振って反対する。「絶対無理だ」

「だめよ」とわたし。「わたしも歌うから、あなたたちも――」

「無理無理」ルークが笑い出す。「カラオケはやらないんだ」

「歌わなきゃだめ」わたしはおごそかに告げた。「でなきゃ、あれをもっと聞かされる羽目になるわよ」とあごで示した先には二〇代の女子グループがはしゃいでる。全員が光るペニス形の首飾りをしてるし、酔っ払って緩みきった表情を見れば独身さよならパーティーの一団なのは一目瞭然。それにダメ押しするように映画『グリース』の主題歌『想い出のサマー・ナイツ』を一本のマイクでがなり立ててるし。

「あの連中はカラオケをバカにしてるな」と、チャズが「カラオケ」って単語を日本語風に発音して言った。

「おかわりは？」赤いシルクのかわいいチャイナドレスを着たウェイトレスが、あんまりかわいくない金属の棒ピアスを突き通した下唇を動かして訊いてきた。

「四本ちょうだい」曲の伝票を二枚差し出しながら言う。「それと二曲入れて」

「わたしはいいわ」シャリが言って、ほとんど減ってないビールの小瓶を持ち上げて見せた。

「まだあるから」

ウェイトレスがうなずいて、伝票を受け取る。「じゃ、三本ね」と言って離れて行った。

「二曲ってどういうことだ?」ルークが疑わしげに訊く。「まさか——」

「あなたがカウボーイの歌を歌うのを聴きたいの」無邪気に目をきらきらさせてわたしは言った。「そして鉄の馬に乗ってるって歌ってほしいの……」

ルークの唇がはしゃぐ気持ちを抑えるようにゆがんだ。「この——」とつかみかかってきたけど、わたしはシャリの陰に逃れた。シャリが「やめて」と言う。

「助けて」シャリにすがる。

「マジで。いいかげんにして」とシャリ。

「もう、どうしたのよ、シャリ」わたしは笑いながら言った。シャリってばどうしちゃったの? あやしげなバーでふざけ回るのが大好きだったのに。「一緒に歌お」

「うざったいんだけど」

「歌ってってば」と懇願する。「昔を懐かしんでさあ」

「どいて」シャリは並んで座ってるベンチ席の外側へわたしを押した。「トイレ行くから」

「一緒に歌ってくれるまでどかないもん」

シャリがわたしに頭の上からビールをかけた。

数分後、シャリは女性トイレで謝ってた。平謝りで。

「ほんとにごめん」温風乾燥機の下に頭を突っこむわたしを見ながら、すすり泣く。「ほんとに、ほんとにごめんなさい。自分でもどうしちゃったのかわかんない」

「大丈夫」温風乾燥機の音で、シャリの声がほとんど聞こえない。ステージで叫び続けてる独身娘たちの声も邪魔だし。「気にしないで」

「大丈夫じゃない。わたし、ひどい女だわ」

「あなたはひどい女なんかじゃないわよ。わたしがバカだったの」

「まあね」シャリはヒーターに寄りかかってる。《ハニーズ》の女性トイレは、どう間違ってもシックな内装が施されてるとは言えない。洗面台が一カ所に個室がひとつ。壁はゲロみたいなベージュに塗られてて、その下にある何層もの落書きを全然隠せてない。「たしかにあんたはバカだった。でもそれはいつもどおり。最悪なイジワル女になっちゃったのはわたしのほう。本気で、自分がどうしたのかさっぱりわからないのよ」

「仕事のせい?」温風乾燥機のおかげで、濡れた髪はどうにかなりそう。でもヴィッキー・ヴォーン・ジュニアのミニドレスに染みついたビールの臭いはどうにもならない。帰ってから、ファブリーズでなんとかしよう。

「仕事のせいじゃないわよ」シャリは悲しそうに言った。「仕事は大好きだもの」

「そうなの?」驚きを隠すことができなかった。超過勤務と仕事の負担について愚痴ってばかりだったのに。

「そうなの。それが問題なのよ……いつも、家にいるより職場にいたいって思っちゃうの」

わたしは一九七〇年代のマイヤーズのハンドバッグを開けた(目の覚めるようなライムグリーンのビニール製ダブルフラップタイプ。アナーバーでバイトしてた《ヴィンテージ・トゥ・ヴァヴーム》の従業員割引でたったの三五ドルだったのよ)。ビール臭を消すためにスプレーできるものがなんでもいいから入ってないかと思って。「仕事を好きすぎるのが問題なの？」慎重に言葉を選ぶ。「それとも、チャズを前ほど好きじゃなくなっちゃったのが問題なの？」

シャリの顔がゆがむ。彼女は涙を隠そうと、両手で顔を覆った。

「ああ、シャリ」心臓が締めつけられる思いで、わたしは温風乾燥機から離れてシャリの体に腕を回した。ドア越しにはズンズンズンズンとベース音が響いていて、独身娘たちが「あなた次第よ、ニューヨーク、ニューヨーク」って金切り声を上げてるのが聞こえる。

「どうしてなんだかわからない」シャリが泣きじゃくった。「チャズと一緒にいると、いつだって息が詰まるみたいなの。彼がいないときまで……まるで窒息させられるみたいで」

わたしは理解を示そうと努めた。だって親友ってお互いそうであるべきだから。

でもチャズのことはずいぶん前から知ってる。そして彼は息が詰まるとか窒息させるなんてタイプとはほど遠い。て言うか、彼以上にのんきな人を見つけるのは難しいんじゃないかと思う。もちろん、キルケゴールについてくっちゃべってるときは別だけど。

「どういう意味？　どんなふうに窒息させられそうなの？」

「たとえば、いっつも職場に電話してくるの」乱暴に涙をぬぐいながらシャリが言う。彼女は泣くのが大嫌いだから、めったに泣いたりしない。「一日に二回もかけてくることがあるのよ！」

わたしはきょとんとした。「一回ぐらいじゃ多いとは言わないと思うけど。だって、わたしもそのぐらいあなたに電話するでしょ。て言うか、もっと頻繁にかけてるじゃない」それどころか一日何回もシャリにメールしてる。本来は弁護士たちあてのメモや伝言を記入する目的で置かれてるちゃんとしたパソコンの前に、毎日何時間も座ってるから。

「それは話が違うでしょ」とシャリ。「それに、ほかにもあるの。あの猫のこととか」二人の住居に四本足の友人を迎え入れようっていうチャズの計画をわたしがシャリにバラしたことにより、彼女は今まで気づかなかったけど実は猫のフケアレルギーだったと「診断」され、結果、残念なことに一生、ふわふわした生き物と同じ家やアパートには住めないことになった。「それから、わたしが仕事から帰って来たら一日どうだったたって訊きたがるのよ！　もう電話で話したのに」

「シャリ」シャリを抱きしめてた腕を思わず離しちゃった。「ルークとわたしは一日百万回は電話で話してるわよ」それはちょっと大げさかも。でもいいわ。「それに、家に帰ってきたら今日はどうだったたってお互いに訊き合うし」

「そうよね。でもルークはあんたが家を出たあとも一日中アパートでウィトゲンシュタインなんか読みながらごろごろしてて、それから買い物に行って、アパートを掃除して、オートミールのクッキーなんか焼いたりしてるわけじゃないでしょ」

わたしはあんぐりと口を開けた。「あなたが仕事に行ってる間、チャズは買い物に行って、掃除をして、オートミールのクッキーを焼いてるの？」

「そうよ。それに洗濯まで。信じられる？　人が仕事に行ってる間に、洗濯なんかするのよ！　しかも全部きっちり四角くたたんじゃうの！　わたしの下着までよ！」

わたしは疑念に満ちた眼差しでシャリを見つめた。何かがおかしい。ものすごくおかしい。

「シャリ。あなた、自分が何言ってるかわかってる？　自分の彼氏が定期的に電話をくれて、アパートを掃除して、買い物して、クッキーを焼いてくれて、洗濯してくれるからって激怒してるのよ。今、言ってみれば世界一完璧な男性を描写したんだって気づいてる？」

シャリが怖い顔で睨んだ。「人によっては完璧かもしれないけど、わたしにとっては違うの。わたしにとって完璧な男性ってどんなのだかわかる？　家にあんまりいない人。ああ、あとこれも忘れてた。チャズはセックスしたがるの。それも毎日よ。そりゃ、フランスにいたときは別に良かったわ。でもあれはバカンスだったのよ。今わたしたちには責任ってものがあるんだから――少なくとも一部の人間にはね。毎日セックスしてるヒマなんかあると思うの？　ヘタすると一日二回もしたがるのよ。朝に一回と夜にまた一回。そんなの無理、リジー。ただ、もう……もう、たくさん……うそ、うそでしょ。わたしがそんなこと言うなんて、信じられる？」

訊いてくれてよかった。だって答えは「まさか、信じられない」だから。シャリはいつだってわたしよりずっとセックスに積極的だったし、大胆でもあった。どうやら、ついに立場が逆転したみたいね。危うく、ルークとわたしは一日二回セックスすることとなんてしょっちゅうよ、しかもけっこう楽しんでるけど、って口走りそうになった。

「でもあなたとチャズは、その、いっつもしてたじゃないの。ほら、付き合い始めのころは。あのころはそれがいいって言ってたでしょ。どうしちゃったの？」

「それなのよ」シャリはほんとに取り乱してた。「わかんないのよ！　ああもう、自分自身の問題さえわからないなんて、カウンセラーが聞いてあきれるわ。これでどうやって他人の問題解決を手助けできるって言うの？」

「でも、ときには他人の問題を解決するほうが、自分の問題に対処するよりも簡単なことがあるのかもよ」できるだけ落ち着かせるような声でわたしは言った。「チャズとはこのことを話し合ったの？　ほら、何が悩みの種なのかを説明すれば――」

「ああ、そうよね」皮肉たっぷりにシャリが言う。「自分の彼氏に、あなたは完璧すぎるのよって言えばいいわけ？」

「んー、そういうふうに言わなくてもいいんじゃない。でももしあなたが――」

「リジー、わたし自分が完全におかしなことを言ってるのはわかってる。どうかしてるんだわ。絶対そう」

「違うわよ！　シャリ、ただ……難しい問題ね。ほんと、わたしのせいだわ。あなたたち、もしかしたら一緒に住むのはまだ早すぎたのかも。わたしがあんなふうにあなたを放り出してルークと住んだりしたからいけなかったんだわ。ビールをかけられても仕方ない。もっとひどいことをされたって仕方なかった――」

「もう、リジー」わたしを見上げるシャリの黒い瞳に、また涙がこみ上げる。「わからないの？　あんたは全然関係ないのよ。問題はわたし。どこかがおかしくなっちゃったのはわたし。でなきゃ、チャズとわたしの関係。正直言うと……もうわからないのよ、リジー」

わたしはまじまじと彼女を見つめた。「わからないって？」

「だって、あんたとルークを見てると、ほんとに理想的なカップルで——」

「理想的なんかじゃないわよ」慌ててさえぎる。森の小動物作戦のことを思い出させたくなかったから。それに、ルークのお母さんがまず間違いなく不倫してて（それか過去にしてたか）、そのことをルークに黙ってることも。「ほんとに、シャリ。わたしたち——」

「でもあんたたち一緒にいてすごく幸せそうじゃない。昔のチャズとわたしみたいに……でもどういうわけか、わたしたちはそうじゃなくなっちゃった」

「シャリ」わたしは唇を嚙んで、かけるべき正しい言葉を躍起になって探した。「二人でカップル向けカウンセリングか何か受けたら……」

「どうかしら」シャリは顔も、声も、絶望的だった。「そんなことしても無駄かもしれない」

「シャリ！」そんなこと言うなんて信じられない。よりにもよって、チャズのことなのに！

「リジー？」誰かがドアをどんどん叩いた。女性の声がまたわたしの名前を呼ぶ。「あんたの番よ！」

呼んでるのがウェイトレスだって気づいた。わたしの曲がかかる番で、わたし待ちになってるんだわ。

「いけない」わたしはつぶやいた。「シャリ、わたし……わたし、なんて言ったらいいのかわからない。あなたとチャズは、今ちょうど微妙な時期に差しかかってるのかも。だって、チャズはほんとにいい人だし、あなたのことを本気で愛してるのよ……きっと時間が経てば解決するわ」

「しないわよ」とシャリ。「でも全部ぶちまけさせてくれてありがと。物理的にもね。ビールのこと、ごめんなさい」

「気にしないで。ある意味、さっぱりしたわ。ちょっと暑くなってたから」

「歌うの？」またウェイトレスの声。「歌わないの？」

「今行くわ」答えてから、シャリに言ってみる。「一緒に歌ってくれる？」

「ありえないわね」シャリは笑みを浮かべた。

そういうわけで、わたしは一人ぼっちで《ハニーズ》のステージに立ち、酔っ払って野次る独身娘たちや、スポットライトを浴びる時間をまたしても奪われて怒りの眼差しで睨みつける小人や、チャズ、シャリ、そしてルークに向かって、女の子って疲れるものなの、着てるのはいつも古ぼけた服ばかりで、って歌ってた。そして女の子が疲れたときには、少し優しくしてあげてよって。

その助言を、チャズは早くも実行に移したみたい……悲しいことに、まったく効果は上がらなかったけど。

リジー・ニコルズのウェディングドレス・ガイド

フィッティング

ドレスがぴったり合うようにするのは、公認ウェディングドレス修復師の数多くの任務のひとつです。フィッティングの際は挙式当日身に着ける予定の靴やヘッドドレス、補正下着や肌着を持参すると良いでしょう。本番で使用するブラや靴と合わせてドレスを試着することがなかったために、ストラップが見えていたりドレスの裾が長すぎたり短すぎたりすることに当日になって気づくというのはよくあることなのです！

また、最初のフィッティングの際、挙式当日の理想体重とできる限り近い体重にしておくことも大事です。ドレスのサイズを詰めることはもちろん可能ですが、そうせずにすませられるならそのほうが良いでしょう。そして口にするのもはばかられますが……ドレスを広げるとなると、そう簡単な話ではありませんし、そんなことはしたくないですよね？

フィッティングは通常二回だけで良いのですが、必要であればもちろんもっと行ってもかまいません。ただし、本番直前はやめてください！　誰より優秀な公認ウェディングドレス修復師でも、一晩で奇跡を起こすことはできません。最後のフィッティングは結婚式より三週間ほど前に予定しておいてください。そして《クリスピー・クリーム》のドーナッツは我慢すること！

©リジー・ニコルズ・デザインズ

12

噂は、正当な根拠という足がなくても、ほかの手段で駆け巡るものだ。

——ジョン・テューダー（一九五四年〜）

アメリカメジャーリーグの投手

「で、感謝祭はどうすんの？」ティファニーが訊いてきた。

二時にならないとシフトが始まらないのに、ティファニーは毎日正午には出て来て、わたしが帰るまで一緒に受付で時間をつぶしてる。たまには二人分のお昼を持って来てくれて、受付エリアでは飲食禁止だからデスクの陰でこっそり一緒にかじったりもする（わたしがオフィスのキッチンでくすねた電子レンジ用ポップコーンを何食わぬ顔でつまんでたら、現場を押さえたロバータに「社会人として非常に不適切」って言われた）。

最初は、ティファニーの奇妙な習慣なんだとばかり思ってた。毎日二時間も早く出勤するのがよ。でも「ファックスおよびコピー担当責任者」のダリル（事務所内のすべてのファックス機やコピー機にちゃんと紙が補充されて滞りなく機能してるかどうか確認して、ファックスがしかるべき送信先に迅速に届けられるようにする責任者）が、わたしのおかげでティファニーの勤務態度ががらりと改善されたって教えてくれた。

「彼女、きみといるのが楽しいんだよ。きみのことを面白い子だと思ってるし。それに、あのろくでもない彼氏以外に友達がいないからね」

それを聞いて、ちょっとほろりとはしたけど同時に驚きもした。正直言って、ティファニーとわたしの間で共通するものはほとんどないし（受付の椅子と、ファッションに対する情熱はもちろん別よ）、彼女の口汚さは時々ぎょっとするくらいだし。それに、職場以外で彼女に会ったこともない。勤務時間が完全に違うんだからあたりまえだけど。とにかく、真の友情と呼べるような関係じゃない。

とは言え、わたしたち二人ともピーター・くそったれ・ローリンにしょっちゅう怒鳴られてる。そのせいで生涯消えない傷を負って、友情が深まったのかも。

でも、ティファニーに感謝祭のことを訊かれたときはちょっとびくっとした。質問の次は、彼女と「ろくでもない彼氏」（ダリルがそう呼ぶのはほかでもない――少なくともわたしが観察した限りでは――その彼氏のせいで、ダリルがティファニーをデートに誘えないから）との感謝祭のディナーに招待されるんじゃないかと思ったから。

それはそれで楽しいだろうけど、ルークにその心構えができてるとは思えない。わたしの同僚に引き合わされるなんて。これまでのところ、ルークをアンリ夫妻からも、ペンダーガスト・ローリン・アンド・フリン法律事務所のすてきな仲間たちからもしっかり遠ざけておくことができてる。

ただ、ルークと一緒に住んでることを家族にまだ伝えてないって事実を考えると、自分の家族からも彼を遠ざけてるってことになるのかも。

「ルークのご両親が来るの」わたしは正直に答えた。

「マジ？」ティファニーはやすりをかけてた爪から顔を上げた。「フランスからわざわざ？」

「あ、ううん、ヒューストンよ」電話を取って、応対して、ジャック・フリンに転送してから答える。「フランスには一年のうち一時期だけ滞在して、普段はヒューストンに住んでるの。ルークもそこの出身なのよ。お母さんがクリスマスの買い物をしたくて、お父さんがブロードウェイのお芝居を観たいから、感謝祭はこっちに来るんだって」

「じゃ一緒に感謝祭のディナーを食べに連れてってくれたりとか、するわけ？」ティファニーは感心したようだった。「いいじゃん」

「んー、ちょっと違うのよね。だって、わたしがディナーを作るから。ルークと一緒に。ご両親と、それにシャリとチャズも呼んで」

ティファニーはまじまじとわたしを見つめた。「七面鳥、焼いたことあんの？」

「ないけど。でもそんなに難しくはないはずよ。ルークはほんとに料理が上手だし、《フード・ネットワーク》のホームページで山ほどレシピを印刷しといたから」

「へええ」ティファニーの声に皮肉がまじる。「そりゃうまくいくわ」

彼女の否定的な口調になんかめげない。わたしたちの感謝祭は最高にうまくいくのよ。ルークのご両親だけじゃなくて（ちなみに二人のためにベッドを明け渡さなきゃいけない。だって厳密に言えば、ベッドはお母さんのものだから）、チャズとシャリも楽しんでくれるはず。て言うか、もしすべて計画どおりにことが運べば、チャズとシャリはルークとわたし（と彼のご両親）の愛し合う喜びを目の当たりにして感動し、元どおり仲良くなるはずなんだから。

きっとそうなる。ううん、絶対そうなる。

「あんたの家族がさびしがるんじゃないの？」ティファニーが何気なく言う。「感謝祭に帰って来ないなんて、怒ってないわけ？」

「怒ってないわ」時計にちらりと目をやる。あと四分で帰れる……そしてティファニーとは明日までお別れ。別に彼女がそんなにいやだってわけじゃないわよ、ただ……ちょっと疲れるのよね。「クリスマスには帰るから」

「へえ？　ルークも一緒？」

「ううん」苛立ちを隠すのが大変になってきた。ルークの両親はいつもクリスマスと新年をフランスのシャトーで過ごしてる。それで、今年はルークも一緒に来るよう言ったんだって。

ええそうよ、これにはがっかりしたわよ。別に、わたしも一緒に来ないかってルークが誘ってくれなかったわけじゃない。実際誘ってはくれた。でも「きっとクリスマスは自分の家族と過ごしたいだろうと思うけど……」って前置きつきで。

その前置きは見当違いだったんだけど。

完全に見当違いだったわけじゃない。たしかにクリスマスは家族と過ごしたかった……それも、ルークと一緒に。彼にはアナーバーに来て、うちの両親に会ってほしかったのに。それが過度な期待だなんて思えなかった。だって、わたしは彼の両親に会ってるんだもの。ルークがわたしたちの関係をほんとに長期的なものにしたいんだったら、わたしの家族にだって会いたいと思うはずでしょ。

でも一緒にアナーバーへ来ない、って訊いたら彼は顔をしかめてこう言ったのよ。「ああ、ぜひ行きたいよ。でもほら、フランス行きのチケットをもう取っちゃったんだ。格安だったんだよ。変更不可、返金不可なんだ。でも、もしきみが一緒にフランスへ行きたかったら、まだチケットが残ってるかどうか調べてみるけど……」

ただ、実際にはペンダーガスト・ローリン・アンド・フリン法律事務所は三日間しかお休みをくれなくて（ムッシュー・アンリの店はクリスマスから新年までのまるまる一週間休業する）、フランスまで行って戻って来る時間はとてもない。でも――なんて運がいいのかしら――アナーバーまで行って戻って来る時間はじゅうぶんあるのよね。戻って来たらずっと仕事だし、年が明けてルークが帰って来るまでは一人で過ごさなきゃいけない。

そうよ。年が明けるまでよ。ルークが南フランスではしゃいでるころ、わたしはここマンハッタンで、一人ぼっちで新年を迎えなきゃいけないってわけ。ハッピーニューイヤー、わたし！

でもこのことをティファニーには全然話してない。彼女には関係ないし。それに、なんて言われるかわかってるし。ティファニーの彼氏は、付き合い始めた最初の年に、ノースダコタに住む彼女の両親に会いに行ってくれたのよね。

ティファニーは大きなため息をついた。「ふうん。じゃ、ラウルとあたしは家でテイクアウトかなんか食べてごろごろするしかないわね。あたしたち、どっちも料理とかしないし」

ティファニーと彼氏をわたしたちの感謝祭のディナーに招待したりなんかしない。わたしとルーク、彼のご両親、それにチャズとシャリだけ。すてきな、上品なディナーになるの。夏にシャトー・ミラックで楽しんでたときみたいにね。

一時五九分。あとちょっとで終わり。

「うちの近くにある中華の店がさ、感謝祭にはなんか、七面鳥のギョウザみたいの出すわけ。けっこうイケるし。でもやっぱサツマイモが恋しくなるけど。あとピーカン・パイもね」

「ふうん。うちの近所には当日、三品とか四品もある感謝祭のコースディナーを出してるところがたくさんあるわよ」わたしは明るく言った。「そういうお店に二人で予約を入れたらいいかもね」

「人んちで食べるのとは違うでしょ」とティファニー。「レストランってよそよそしいじゃん。感謝祭は和気あいあいじゃないと。レストランなんか全然和気あいあいじゃないし」

「そうね」二時。終わった。帰ろう。

わたしは立ち上がった。「感謝祭のディナーを宅配してくれるレストランもあるわよ、きっと」

「そりゃね」ティファニーはため息をつき、わたしが座ってた椅子に移ろうと立ち上がった。

「でも手料理とは違うしさ」

「たしかに」だめよリジー、と自分に言い聞かせる。その手に引っかかっちゃだめ。同情からの招待なんかだめよ。「さて、もう行かなくちゃ」

「わかった」ティファニーはこっちを見ずに言った。「ウェディングドレスの仕事、がんばってね」

腕にコートをかけてドアを出かけたところで、まるで追跡装置か何かにでも捕まったみたいに体が引き戻された。

「ティファニー」口から言葉が出る間にも、脳はだめえええ！って叫んでる。

ティファニーはパソコンの画面から顔を上げた。今日の運勢を見てるのよね。「なあに？」

「感謝祭、ラウルと一緒にうちへディナーを食べに来る？」だめだってばあああ！

ティファニーは無関心を装うのがほんとに上手。絶対、ものすごくいい女優になれるわ。

「どうかな」彼女は肩をすくめた。「ラウルに訊いてみないとわかんないし。けど、もしかしたら……行けるかも」

「わかった。来られそうなら教えて。じゃね」

ロビーまで降りる間、わたしはエレベーターの中でずっと自分を呪ってた。わたし、どうしちゃったの？　どうして彼女を招待したりなんかしたの？　料理ができないんだから、何か作ってきてくれるわけでもないのに。

それに、食卓での会話で気の利いたことが言えるわけでも絶対ない。ティファニー・ソーヤーが少しでも知ってることと言えば、プラダの新作パンプスのこととか、どのハリウッドセレブがどのハリウッドプロデューサーの息子とデキてるかとか、そんなことばかりだもの……。

そもそも、あのラウルっていう既婚の——既婚のよ！——彼氏に会ったことすらないのに。どんな人かわかったもんじゃないわ。ダリルによれば、全然たいしたことないらしいし（もっとも、ダリルの意見は明らかに偏ってるけど）。

ああもう、どうしてわたしは余計なことばかり言って自分を面倒に巻きこんじゃうの？ でもラウルが赤の他人の家へ感謝祭のディナーに呼ばれるなんてことに尻ごみするかもって考えて自分を励ます。

ただ、その赤の他人が五番街にマンションを持ってるって事実を考慮すると、その可能性は低そう。最近気づいたんだけど、住所が五番街というのは、ビバリーヒルズかどこかに住んでるようなものらしい。ニューヨーカーはみんな（移住してきた人たちも含めて）、不動産に対する執着心がものすごいから。多分、実際に空いてる不動産がほんとに少なくて、出回ってるものは法外な値段がついてるせいだと思う。

だからわたしがどこに住んでるか言うたびに、みんな目玉が飛び出しそうになる。ルノワールのことに触れもしないうちによ。

まあいいわ。わたしは善行を施してるのよ。ティファニーにはほかに誰かいるわけじゃないもの。ラウルとの交際を認めてない超保守的なご両親とはあんまり仲が良くないみたいだし、ロバータがティファニーをディナーに招待する日なんてまず来ないだろうし。彼女を招待したことで徳のボーナスポイントが貯まるわ。この軽い口のせいで巻きこまれてるトラブルの多さを考えると、そのぐらいの徳、積んどかないと……。

その思いは、ロビー階に着いてエレベーターのドアが開き、セキュリティデスクに見覚えのある顔を見つけたときにさらに強くなった。ジル・ヒギンズが、またチャズのお父さんとの打ち合わせに来てる。今日もいつものジーンズとセーターにティンバーランドってコーディネート。『ポスト』紙が先週末に彼女のイメチェン特集を組んで、着せ替え人形みたいに切り取れるジルの全身写真と、着せ替え衣装をいろいろ並べて印刷してた。その中には動物園の制服と、悪趣味なウェディングドレスも含まれてたけど。

わたしはためらった。最近、よくジルのことを考えてる――実を言うと、毎日考えてる。だって、考えないようにするほうが難しいわよ。地元の三流紙に「脂身ちゃん」の記事が何かしら載ってない日がないくらいなんだもの。まるでニューヨーカーたちはジョン・マクダウェルぐらい裕福な男性が恋に落ちる相手がお決まりの美人（たとえば……うーん、ティファニーみたいな子）じゃなかったことが信じられないみたい。

それに、ジルが働く女性だって（そのうえ、アザラシなんかを相手に働いてるって）事実が、彼女をますます辛らつなニューヨーク社交界の格好のえじきにしちゃった。どうやら、彼女はマクダウェル家の嫁としては初の就職経験者になるみたい（慈善事業のボランティアは別としてね)。

さらに、ジルが結婚後もアザラシ相手の仕事を続けるつもりでいることも、五番街(そう。わたしが住んでる通りよ!)のご婦人方を不愉快にさせてる。

そんなことがあるから、心配なのよね。ほんとに。まあ、そりゃ、シャリとチャズの関係ほどは心配してないわよ(当然ね)。それでも、仕事初日にティファニーが教えてくれたことを考えずにはいられない――ジョン・マクダウェルの家族が結婚式の当日、一〇〇万年も前から先祖代々受け継いできたウェディングドレスをかわいそうな彼女に着させようとしてるって話。

しかもそのドレス、どんなに大きくても絶対サイズ二号とかだと思う。

そしてジルはどんなに小さく見積もっても一四号か一二号だと思う。

そんなドレス、どうやれば入るって言うの? 着ないわけにはいかない――絶対着なきゃいけないのよ。ドレスの件……明らかに、それ自体が婚約者の母親からの挑戦状なんだわ。ミセス・マクダウェルはきっとこう言ってるのよ。「着られるものなら着てごらんなさい。ドレスが入らなければ、あなたは一族にも永遠に入れないのよ……文字どおりね」

ジルはこの挑戦を受けて立たないと、義理の家族といて平安を得られることが決してないんだわ。それにマスコミだって、ずっと彼女のことを「脂身ちゃん」って呼び続ける。

はいはい。ただの憶測です。でも新聞を読む限り――そしてペンダーガスト・ローリン・アンド・フリン法律事務所で働いてて見聞きした限り――そんなに大きく外れてはないはず。

じゃ、ジルはどうするつもり？　ドレスを直すなら、絶対どこかのお店へ持って行かないと……でもどこへ？　ことの重大さをちゃんと理解してる人のところ？　彼女に真実を告げる人のところ？　つまり、みっともない当て布《パネル》を山ほど使わなければ一二号の体を二号のドレスに押しこむことは不可能だって？

ああやだ。当て布《パネル》のことを考えただけでも身震いがするわ。

入館証を出してもらうために警備員に運転免許証を見せてるジルを眺めながら、わたしのところに来てくれればいいのにって願ってる自分に気づいた。ばかげてるのはわかってる。でもほかの誰にも、ジルのドレスを扱ってほしくない。彼女がモーリスみたいなペテン師にひっかかることを恐れてるからじゃない……実際恐れてはいるけど。でもそうじゃなくて、彼女には結婚式の日に美しい姿でいてほしいから。バージンロードを歩く彼女のあまりの美しさに、ジョンの家族が息をのむようにしたいから。ドレスを、義母の挑戦状に対する返礼にしてやりたいから。ニューヨークのマスコミに「脂身」を取り下げさせて、かわりに「美女」と呼ばせたいから。

わたしならそれができるってわかってる。絶対できる。だってジェニファー・ハリスは、わたしが母親のウェディングドレスに（ムッシュー・アンリの注意深い観察眼の下でね、もちろん）施してるリフォームをものすごく気に入ってるでしょ？　この間のフィッティングのとき、お母さんだって渋々ながら認めたわ。上の娘たちがドレスを着たときよりも、ジェニファーのほうが「まし」に見えるって。

その理由はたったひとつ。わたしのたゆまぬ努力の賜物よ。同じことをジルにもしてあげたい。だって、彼女はアザラシを抱き上げようとしてぎっくり腰になったのよ！　そんな人には最高の公認ウェディングドレス修復師がふさわしいわ。まあ、わたしはまだ認定されたわけじゃないけど。でもそんなの時間の問題だし……。ただ、どうすればいいの？　必要とあらばわたしがいるって、どうやってジルに教えればいい？　名刺をこっそり渡すなんてできない（そうそう。名刺を作ってもらったの。ムッシュー・アンリの住所とわたしの携帯番号を載せて）。ペンダーガスト・ローリン・アンド・フリン法律事務所が従業員に求めてるってロバータが言った「思慮深さとプロ意識」の水準が保てないもの。そんなことしたら絶対クビになっちゃう……わたし、まだこの仕事が必要なのよ。

でも次の瞬間、そこまで必要じゃないかもと思った。セキュリティゲートへと進むジルの下半身に、ファッションにおけるあらゆる過失の中でも一番おぞましいものを見てしまったから――VPL、すなわちVisible Panty Line（丸見えパンティライン）を。ありえない！　VPLなんて！　誰かが彼女を助けてあげなきゃ！

そして、神にかけて、その誰かはわたしなのよ。どっちが重要だと思うの？　家賃を稼ぐことと、ひどい扱いを受けてる気の毒な女性が結婚式にこのうえなく美しい姿を披露することと？　考えなくたってわかるでしょ。今すぐ彼女のところへ行って手を差し伸べよう。ここはもうオフィスの外だし、わたしは勤務外。それに、わたしと会ったことさえ思い出せないかもしれない。受付嬢の顔なんか、誰も覚えてないし。

「すみません――」

ああ！　遅かった！　ゲートを通り抜けちゃった。もう！　失敗だわ。

まあいいや。ほんと、別に大丈夫。次の機会に捕まえよう。次の機会があればだけど……。

次の機会には絶対に来てもらわないと。

「よう」ロビーのマガジンラックのあたりでぶらぶらしてたグレーのコーデュロイ姿のやせっぽちな男の人が、じりじりと近づいて来た。

はいはい。またこれね。俺はモデル事務所のカメラマンなんだけど写真を撮らせてもらいたいから一緒にスタジオに来ないか、きみをスターにしてあげたいんだよって手口に引っかかるような中西部出身の田舎娘だろうって服装から判断してナンパされるのはもう飽きたわ。

「すみません」わたしはくるりと向きを変えて玄関ロビーに向かって歩き出した。「興味ないんで」

ニューヨーカーが無礼だって言われるのはこれが理由なのよね。でもわたしたちのせいじゃないわよ！　路上で話しかけようとする他人に対してニューヨーカーがあんなに疑り深いのは、こういう男がいるせいなんだから！

「待てよ」コーデュロイ男がついて来る。やだ！「今あんたが手を振ってた相手、ジル・ヒギンズじゃなかったか？」

わたしは立ち止まった。自分じゃどうしようもなかった。「ジル・ヒギンズ」はわたしにとって魔法の言葉みたい。それほどまでに、彼女のウェディングドレスを手がけたいと切望してるってことね。

「そうですけど」だいたいこの人は何者なの？　変質者っぽくは見えないけど……でも変質者がどう見えるか、知ってるわけじゃないし。

「あんた、彼女の友達？」

「いいえ」と答えた瞬間、相手が誰だかわかった。マンハッタンに数カ月住んだだけでこんなにたくましくなるなんて、自分でも驚きだわ。「どこの新聞社の人？」

「『ニューヨーク・ジャーナル』だよ」こともなげに言うと、彼はポケットから携帯情報端末《PDA》を取り出して電源を入れた。「彼女がここで何してるか、知ってる？　ジルが、ってことだけど。このビル、法律事務所がたくさん入ってるよね。その中のどれかに入ったのかな？　きみ、どれだか知ってたりする……あと、その理由も？」

顔に血が昇るのがわかった。軽率な発言をした自分を恥じてるわけじゃない。だって今回ばかりはそんなことしてないんだもの。血が昇ってるのは、怒りを覚えてるから。

「あんたたち――」殴ってやりたい。本気で。「あんたたち、恥ずかしいと思わないの！　かわいそうな女の子を追いかけ回して、『脂身ちゃん』なんて呼んで――彼女を批判する権利があんたたちにあるの？　ええ？　自分のほうが彼女より優れてるなんて思う根拠がどこにあるのよ？」

「落ち着けよ」コーデュロイ男はつまらなそうに言った。「そもそも、なんで彼女にそんだけ同情するんだ？　もうじき、ドナルド・トランプよりも金持ちになるんだぜ――」

「近寄らないで！」わたしは叫んだ。「そしてこのビルから出て行きなさい、わたしが警備員を呼ぶ前に！」

「わかった、わかったよ」コーデュロイ男はこそこそと下がりながら、どうやらわたしを見て思い出したらしい女性器を意味する卑猥《ひわい》な四文字言葉をつぶやいた。

でもそんなのどうでもいい。

ジルが出てきたときにあの男が近づかないよう、念のためにセキュリティデスクにいる警備員のマイクとラファエルのところへ行き、コーデュロイ男を指し示してあの男が今わたしの前で露出したの、と伝えた。最後に見たのは、警棒を持った二人の警備員にビルから追い出されるコーデュロイ男のうしろ姿だった。

口が軽くてさほどためらいも感じずに真っ赤なうそをつく癖が、たまには役に立つ場合もあるのよ。

リジー・ニコルズのウェディングドレス・ガイド

結婚式の日、一番避けたいのはゴールデンタイムのテレビ番組に出る羽目になることです――ほら、爆笑ホームビデオ番組でやるような、足を滑らせた花嫁がぶつかった人たちがドミノ倒しのように次々と倒れていって、最後の人が顔からウェディングケーキに突っこむ、なんてことに（もっとも、ケーキを台無しにするのは笑いごとなんかではありませんが）。

なので、ウェディングシューズは本番前にしっかり履き慣らしておきましょう。靴ずれを防ぐためだけではなく、足を滑らせないようにするためでもあります。レディース・シューズの底はおそろしく滑りやすくできています。最悪のタイミングでドレスの裾から足が滑り出さないよう、靴底に滑り止めシールを張っておくと良いでしょう（内側じゃなくて外側ですよ、おばかさんですねえ）。

滑り止めシールを買い忘れた？　でも大丈夫！　靴底にナイフで慎重に（自分の手を切らないように）刻み目を入れておくだけでも、ほとんどの床面で滑らなくなります（氷は例外ですが、氷上で結婚式を行うのだとしたら、それはまたまるっきり別の問題です）。

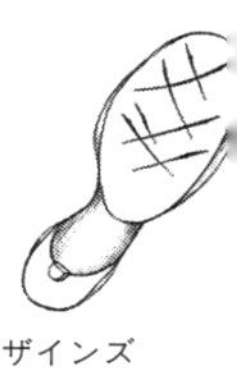

©リジー・ニコルズ・デザインズ

13

噂が死に絶えつつある。自分のこと以外を話そうという人々が、日に日に減っていっているからである。

――メイソン・クーリー（一九二七年～二〇〇二年）
アメリカの警句家

その日の午後、ムッシュー・アンリの店に着くころには、もうティファニーと彼氏をディナーに招待したことでパニクったりしてなかった。あれで良かったのよ。感謝祭は家族で祝うものだし、ティファニーは間違いなく家族の一員だもの。

まあ、仕事場におけるって意味だけど。たしかに、ちょっとうっとうしいことはあるわよ。受付デスクの引き出しをまだひとつしか空けてくれてないし、かじりかけのべたべたする《トゥイズラー》をところかまわず置き去りにするし。それに、共有で使ってるパソコンにわたしが登録したウェディングドレスのサイトをしょっちゅうお気に入りから削除しちゃうし。

でもけっこう親切にしてくれてもいる。だってファッション誌は全部わたしのために置いててくれるし(わたしはそういう雑誌にお金をかけられる余裕がないから)、常に何かしら美容の秘訣を教えてくれる。たとえば、ワセリンは高級な保湿液と同じくらい乾燥肌に効果があるとか、ビキニラインのムダ毛処理後にデオドラントをつけておけば埋もれ毛予防になるとか。

マダム・アンリに関してはそんなこと全然ない。デオドラントのことじゃなくて(別に近づいてくんくん嗅いだことがあるわけじゃないけど)、親切にしてくれるかどうかって話。そりゃ、わたしを店に受け入れてはくれてるわよ。

でもそれはわたしが彼女の夫の仕事をかなり肩がわりしてて、彼がもっと長い時間を自宅で過ごせるようにしてあげてるから……ムッシュー本人がそれをほんとに喜んでるかどうかについては、あまり確信が持てないんだけど。

実際、午後に店に入ると、ムッシュー・アンリが妻と激しい口論をしてる最中だった。もちろんフランス語だから、最後のフィッティングに来てたジェニファー・ハリスとその母親はさっぱり理解できてなかった。

「やるしかないでしょう」マダム・アンリが激しい口調で言ってる。「ほかにどうすればやっていけるかわからないわ。モーリスはあんな新聞広告なんか出して、うちの仕事を残らず吸い上げてしまったのよ。そのうえ新しい店をこの通り沿いなんかに出したら——まあ、わたしが言うまでもないでしょうけど、とどめを刺されてしまうわ!」

「様子を見よう」と夫が答える。「事態が好転するかもしれない」

そしてわたしに気づいて英語に切り替えた。「ああ、マドモアゼル・エリザベス！　どう思う？」

訊く必要なんかないのに。わたしはドレスを着て試着室から出てきたジェニファー・ハリスをまじまじと見つめてた。まるで……。

そう、天使みたい。

「最高よ」ジェニファーが言う。

誰が見ても理由は明らか。ドレスはクイーン・アン様式の深く開いたネックラインに、手首を覆うぴったりとしたレースの袖口（レースがずれないよう、中指に通すループつき）に作り替えられて、ほんとに美しい。

だけど一番美しいのはジェニファー本人。輝いて見えるわ。

もちろん、彼女が輝いて見えるのはわたしがドレスに最高の仕事をしたからよ。

でもそれはまた別問題。

「当日に履く靴を履いてる？」アンリ夫妻のもめごとを忘れ去り、わたしはスカートを整えようと急いで近寄った。袖に合わせたレースのドレープをウエストにつけて、ルネッサンス風にしてある。ジェニファーの長い首とビシッとまっすぐな髪質に、ものすごく似合う。

「もちろんよ。あなたが履けって言ったんじゃないの」

裾丈も完璧。ちょうど床に触れるくらい。お姫さまみたいに見えるわ。ううん、妖精のお姫さまみたい。

「これを見たら、この子の姉たちがわたしをただじゃおかないでしょうね」ミセス・ハリスが言った——でも不愉快そうではない。「自分たちよりもずっとよく見えるから」

「ママったら！」ジェニファーは自分がどれだけ美しく見えるか自覚してるから、物腰が優雅になるのも仕方ないわね。「そんなことないわよ」

でも鏡に映る自分の姿から目を離せずにいるから、そんなことあるってわかってるのが一目瞭然。

自分（とレースを提供してくれたムッシュー・アンリ）の仕事の成果に満足して、わたしはジェニファーの着替えを手伝い、母親が決して小額とはいえない代金（でも新品のドレスを買うよりはずっと安い。考えるだけでもぞっとするけど、たとえ《クラインフェルド》みたいなドレス量販店に行ったとしてもね）を払う間にドレスを包んだ。

ジェニファーに衣装バッグを渡すとき、蒸気でしわを取る方法を教えておいた（熱いシャワーを出したままにしてバスルームに吊るしておくこと）。何があろうとも、絶対にアイロンをかけてはだめよ、と伝える。でもジェニファーはドレスを着た自分がどれほどかわいく見えるかにテンションが上がりきっちゃって、ぼーっとしたまま「わかったわ」と言うと、それ以上何も言わずに母親が停めておいた車まで駆けてった。

でも母親のほうはちゃんと気が回ってて、ムッシュー・アンリへの支払いをすませたあと、わたしの横で足を止めるとぎゅうっとわたしの手を握って目を覗きこみ、こう言った。「リジー。ありがとう」

「いえ、とんでもありません、ミセス・ハリス」ちょっと照れて応える。自分が大好きなことで、誰かがお金をくれるかどうかなんて関係なくどっちみちやったことなのに、感謝されるなんて不思議な気分（ちなみに誰もお金なんかくれないんだけど）。

でもミセス・ハリスが手を離したとき、自分が間違ってたのがわかった。手の中に、彼女がこっそり押しこんだお札が残ってたから。

そう言えばおばあちゃんが緊急用に一〇ドル札をくれたっけ（まだハンドバッグに入ってる）、と思い出しながら見下ろしてびっくりした。ミセス・ハリスがくれたお札には、一のあとにゼロが二つも並んでた。

「だめです、いただけません」わたしは言おうとした。

でもミセス・ハリスはもう店を出ちゃってた。年ごろの娘がいるお友達全員にムッシュー・アンリのことを宣伝して回るって約束を残して。「それにあの最悪なモーリスには近づかないようにって言っておくわ！」というのが最後のセリフだった。

彼女が出て行った瞬間、マダム・アンリがまた夫に食ってかかる。

「ただでさえ大変なのに、あなたの息子たちがゆうべまたアパルトマンに泊まっていったのよ！」

「おまえの息子たちでもあるだろう」ムッシュー・アンリが指摘する。

するとマダム・アンリは首を振った。「いいえ、もうわたしの息子じゃありません。やることと言えばマンハッタンに来てクラブ通い、挙句の果てにわたしが完璧に磨き上げているアパルトマンに泊まってはいけないとわかっているのに勝手に泊まっていくような子は、わたしの息子じゃないわ。あなたがきちんとしつけをしないからよ」

「どうしろと言うんだ？　わたしが子供のころに与えられなかった自由を与えてやりたいんだよ」

「自由はもうじゅうぶんに与えたでしょう」マダム・アンリはきっぱりと言いきった。「もう自立する年よ。現実世界がどんなものか、お給料をもらうために働くとはどういうことかをわからせなくちゃ」

「簡単なことじゃないのは知っているだろう」とムッシュー・アンリ。

まさにそのとおり。わたしは手の中の一〇〇ドル札を見下ろした。この街にやって来て以来、わたしが初めて「手にした」お金。ここじゃ何もかもが高すぎるのよ！　お給料を小切手で受け取るや否やすぐに飛んで行っちゃう。まず家賃でしょ、それから光熱費でしょ、それから食費、ケーブルテレビ（だって《スタイル》チャンネルなしには生きていけないから）、最後にちょっとでも残ってる額は携帯電話の使用料に消えてく。

「とにかく」マダム・アンリが鼻を鳴らした。「アパルトマンの鍵は換えますからね。そして鍵は店に置いとくわ。隠してね」

それにＦＩＣＡ税は？　雇用保険のＦＩＣＡ——連邦保険拠出法（Federal Insurance Contributions Act）（またはティファニーによれば「あたしの現金資産を盗んでくクソった

れのバカども（Fucking Idiots taking my Cash Assets）」の頭文字）はほかの何よりも、わたしのお給料をたくさん取ってく気がする。

「そんなことをしたらいくらかかると思うんだ？」

「いくらだか知らないけれど、それだけの価値はあるわよ。あのブタどもをアパルトマンから遠ざけておけるならね。わたしがベッドルームのゴミ箱で何を見つけたと思うの？　コンドームよ！　使用済みの！」

これを聞いたら、フランス語がわからないふりをしてられなかった。つい顔をしかめちゃって……しかもマダム・アンリが証拠品の入ってるらしいビニール袋を振り回すもんだから。

「ぎゃあ！」

アンリ夫妻に怪訝そうな顔で見られたから、わたしは慌てて鼻にしわを寄せた。「そのゴミ、においますね」だってほんとに臭いんだもの。「外に出して来ましょうか？」

「ああ、ええ、ありがとう」マダム・アンリは一瞬ためらってから言った。「上の部屋のゴミなの」

わたしは袋を指先でつまんだ。「この上の部屋もお持ちなんですか？」初めて聞いた。アンリ家がこの店の入ってるブラウンストーンの建物全体を所有してるなんて知らなかった。それにニュージャージーに住んでるんだと思ってたけど。だって通勤が大変だって愚痴ってたし。

ムッシュー・アンリがうなずく。「ああ。二階は倉庫に使っている。一番上は狭いが住居になっているんだ。仕事が立てこむと、時々泊まることもあるが——」でもわたしが知る限り、そんなことはずいぶん長い間なかったみたい。誰かが徹夜しなきゃならないほど繁盛してないもの。「いつもは無人の部屋だよ。息子たちがたまに泊まりに来る――」「許可もなしにね！」マダム・アンリが英語で言った。「人に貸して、多少でも商売の足しにしたいわ――そしてあのブタ息子たちが放蕩の挙句、終電を逃すたびに泊まりに来ようと思わないようにしたいのよ。なのにこのうすのろときたら、それが気に入らないって言うんだから！」

「どうだろうな」ムッシュー・アンリは息子たちの放蕩とやらがそれほど気にならないふうだった。「家主としての責任は負いたくないんだよ。それに頭のおかしな借家人でも入ってしまったらどうする、ん？　新聞にいつも載っているような連中が。猫を飼って、出て行こうとしないようなやつが入ったらどうする？　そんなのはごめんだぞ」

マダム・アンリは夫の発言に、握り拳を振り上げて応じた。わたしは微笑んで表へ出ると、玄関口の脇にあるゴミ入れにゴミ袋を放りこんだ。ニューヨーク中の人間がもっといい住居を求めて争奪戦を繰り広げてるみたいなのに、空室のまま放っておかれてる部屋があるなんて変なの……ま、パーティー好きの男子たちが時々簡易宿泊所がわりに使ってはいるにしても。

「マドモアゼル・エリザベス」中へ戻ると、マダム・アンリが言った。「もしかしてあなた、こぢんまりとしたアパルトマンを探している人なんか知らないかしら？」

「いいえ。でも探してる人に会ったらお教えします」

「誰でもいいというわけじゃないぞ」ムッシュー・アンリが主張する。「身元がたしかで――」

「そして月二〇〇〇ドル払える人でなくてはね」とマダム・アンリ。

「二〇〇〇ドル？」ムッシュー・アンリはフランス語で叫んだ。「それは強盗まがいだぞ、おまえ！　頭でもおかしいのか？」

「きれいな一LDKに月二〇〇〇ドルならまったくもってお手ごろです！」妻もフランス語でやり返す。「ワンルームが普通いくらするか知っているの？　その倍はするわよ！」

「屋上にプールがあるようなところならな！」ムッシュー・アンリが一蹴する。「うちにそんなものがあると思うか！」

そして二人は本格的な言葉の応酬に突入した。でも別に心配しない。ここに勤め始めてけっこう経つから、これが普通なんだってわかる。ほんと、一日中口ゲンカばっかりなんだから……。

でもマダム・アンリがものすごく愛情のこもった感じで夫の髪をいじりながら、不健康な食習慣をわざと続けてるのは早死にしてわたしとおさらばしたいからでしょう、なんて言ってるのを見たこともある。

そしてムッシュー・アンリもよく妻の脚を情熱的な視線で見つめながら、彼女の口やかましさがどれほど彼をいらいらさせるか愚痴ってるのも。

一度、二人が奥の部屋でキスしてるのも見たことがある。

カップルってやつは。みんなそれぞれにちょっぴりおかしいんじゃないかしら。

わたしとルークがムッシュー・アンリとマダム・アンリくらいの年になるころには、あんなふうになってたらいいな。

ただし、傾きかけた商売と堕落した息子たちはいらないけど。

リジー・ニコルズのウェディングドレス・ガイド

バッグの中身！

花嫁が挙式当日、何を持っていればいいか考えたことはありますか？　さて、それでは秘密をお教えしましょう。

口紅、プレストパウダー（テカり止め）、コンシーラー（シミがある場合）――プロにメイクを施してもらったあとでも、小さなポーチやクラッチバッグにこうしたコスメを入れて携帯しましょう。特に披露宴で乾杯の合間などに必要になります（花嫁さん、着席中の化粧直しには気をつけて。鏡でちらりとチェックする以上のことをするなら、中座してください）。

ブレスミント――信じてください。必要になりますから。

薬――片頭痛になりやすい方は、挙式当日もなるものと思っておいたほうがいいでしょう。片頭痛はストレスによって引き起こされる場合が多いのですが、何百人もの友人や親族の前で恋人と永遠の愛を誓うこと以上にストレスのかかる行為などあるでしょうか？　本番当日には処方された片頭痛薬や鎮痛・解熱剤、筋弛緩剤（これは控えめに）、心臓の薬、アロマオイルのようなホメオパシー薬品など、一日を乗り切るための薬品類をちゃんと準備しておいてください。

デオドラント――特にストレスを感じたり暑くなったりした場合に普通よりも多く汗をかくあなたは、念のためバッグにポケットサイズのものを忍ばせておきましょう。後悔することはありません。

生理用品――そういうこともあるのです。大事な日に生理になってしまうことが。もうすぐなりそうな人は念のためにつけておいて、さらに念のために替えを用意しておきましょう。

そして、もちろん、

ティッシュ――泣くことはわかっているのですから――でなくとも、近くにいる誰かが泣くことは確実です。準備はしておきましょう。

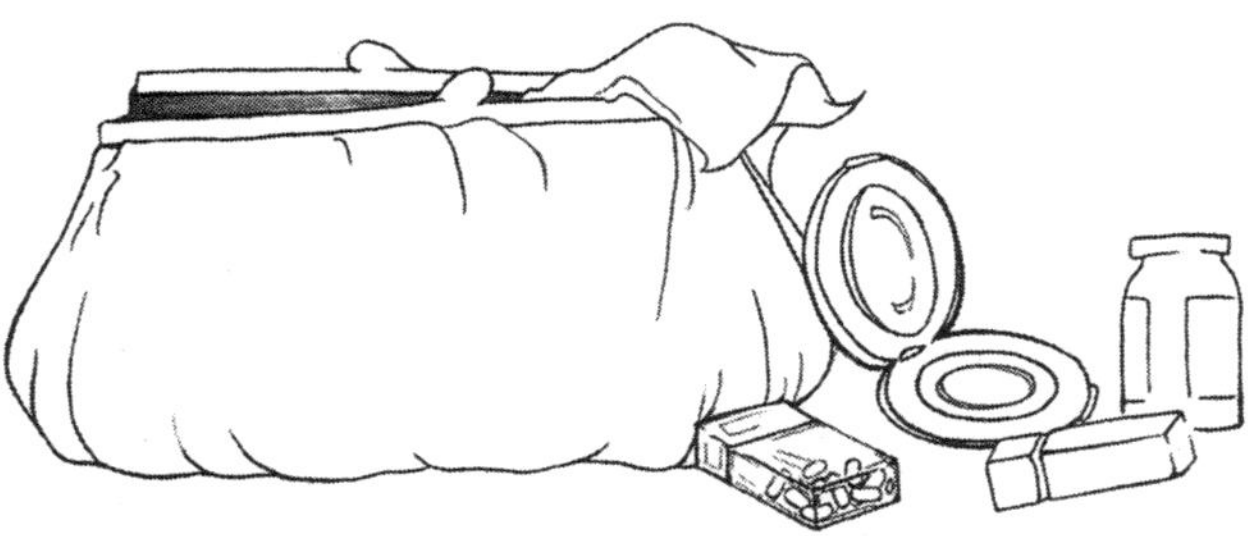

14

ほかの人のことを知りたいと思ったことがないというのが、わたしの幸せの源のひとつです。

――ドリー・マディソン（一七六八年～一八四九年）
アメリカのファーストレディー

感謝祭の週末、ルークのご両親がうちに泊まることに賛成したのをものすごく後悔してる。そりゃたしかに、お母さんのマンションだけど。それに家賃無料で（ま、ルークの場合はね）住まわせてくれてるなんて、ものすごく親切だってのもわかってる。

今年の夏、フランスにあるドゥ・ヴィリエ家の先祖伝来の邸宅、シャトー・ミラックに滞在してたときはすごく仲良くやってたし。

そう、彼氏の両親とシャトーで一緒に過ごすのは問題ない。

だけど一LDKで一緒に過ごすのはまったく次元の違う話よ……しかも伝統的な感謝祭のディナーを作るって約束したのに、実を言うと、まともに料理なんてしたこともないとなると。

わたしが事の重大さをようやく理解したのは、ドアマンのカルロスがインターホンを鳴らして、ルークの両親が到着したって言ったときだった。聞いてた到着時刻より一時間も早くて、わたしはたくさんあるフリージアやアヤメの花束を選り分けてる最中だった。自分へのごほうびとしてミセス・ハリスにもらった一〇〇ドルの一部を使って《イーライズ》の生花コーナーで買いこんだのよね（五B号室のミセス・エリックソンにも少しおすそ分けした）。お客さんが来るときに新鮮な切花いっぱいの花瓶を飾っておくこと以上に歓迎の気持ちを表すものはないし、ムッシュー・アンリをすすめてくれたミセス・エリックソンみたいに自分を助けてくれた人へのお礼としても花束以上にすてきな贈り物はないから。

でも花が花屋から束で買ってきたまま、花瓶を探す間コンロの上にぐちゃぐちゃと置いた状態だと、歓迎の気持ちをあんまり感じてもらえない。しかも買い物から帰ったばかりでまだジャージ姿だし、買って来た食材は袋に入ったままでキッチンの床に置きっぱなしだし、彼氏は学校から帰ってないし、そんなときにドアマンがインターホンを鳴らして「お客さま」がお見えですって知らせて来るなんて……。

「入れてちょうだい」インターホン越しにカルロスに伝える。ほかにどう言えっていうの？

それから、わたしは狂ったように駆けずり回って部屋を片付けた。そんなに散らかってたわけじゃない（わたし、けっこうきれい好きなのよね）。でもルークのご両親が部屋に入ったときに見せたかったすてきな演出——作りたてのカクテル（二人の大好きなキール・ロワイヤル）を載せたトレイ、ボウルに盛ったナッツ、チーズの盛り合わせ――は全部諦めなきゃいけなかった。とりあえず汚れ物を洗濯かごに突っこみ、髪にざっとブラシをかけ、ちょっとリップグロスを塗りつけて、そして勢いよくドアを開ける。

「お久しぶりです！――」声を上げながら、ドゥ・ヴィリエ夫妻がちょっと――そうね、前に会ったときよりも老けて見えるのに気がついた。でも空の旅のあとって、みんな老けて見えるんじゃない？「早かったですね！」

「空港から街へ入る道路が全然渋滞してなかったのよ」ミセス・ドゥ・ヴィリエはゆっくりとしたテキサス訛りで言うと、いつものように両方のほっぺにキスをしてくれた。「街を出る方向は混んでいたけど、入るほうはガラガラだったわ」彼女の視線が部屋を一周し、買い物袋と、カクテルの不備と、わたしのジャージを捉えた。「早く着いちゃってごめんなさいね」

「いえ、全然」わたしはさわやかに応えた。「大丈夫です。ただ、ルークがまだ学校から戻ってなくて――」

「そうか、だったらあいつ抜きでお祝いを始めるしかないな」ムッシュー・ドゥ・ヴィリエが言うと、空港からここへ来る途中で調達したらしい冷えたシャンパンのボトルを取り出した。

「お祝い？」わたしはきょとんとした。「なんのお祝いですか？」

「祝うことはいつだってあるさ」とムッシュー・ドゥ・ヴィリエ。「だが今回はボージョレ・ヌーヴォーが解禁されたお祝いだ」

彼の妻はアルマーニのキャリーバッグを引いてた。「これ、どこに置いたらいいかしら?」

「ああ、お部屋です、もちろん」急いでシャンパングラスを取り出しながらわたしは言った。

「ルークとわたしはカウチで寝ますから」

ムッシュー・ドゥ・ヴィリエは、ポンと音を立ててシャンパンのコルクを抜きながら顔をしかめた。「だからホテルに泊まろうと言ったじゃないか」と妻に呼びかける。「わたしたちのせいでかわいそうなこの子たちがカウチベッドで寝て脊髄を損傷してしまうぞ」

「そんなことありません。カウチで大丈夫です! わたしたち、ほんとに感謝してるんです。ここに――」

「いいカウチベッドなのよ!」ベッドルームへ向かいながらミセス・ドゥ・ヴィリエが言う。

「たしかに世界一快適じゃないかもしれないけれど、誰も脊髄なんか損傷しないから!」

自分の両親だったらどんな会話をするだろうと想像してみたけど、無理だった。うちの両親はわたしがルークと住んでることをまだ知らないし、絶対知らせないつもり……少なくとも、婚約を発表するまではね。て言うか、婚約する日が来ればの話だけど。別に、うちの親が結婚前の同棲を道徳上よろしくないと思っているわけじゃない。ただ、知り合って数カ月しか経ってない相手とわたしが一緒に住むことを認めないってだけ。

わたしの人を見る目をどれだけ信用してないかわかるわよね。

とは言え、自分の元カレたちを振り返ると、うちの両親にも一理ある気はする。

「大丈夫です」わたしはムッシュー・ドゥ・ヴィリエに請け合った。「ほんとに」

「さてと」ミセス・ドゥ・ヴィリエがベッドルームに荷物を置いて戻ってきた。「あの部屋でくつろいでくれてるみたいで嬉しいわ」

《ベッド・バス・アンド・ビヨンド》のハンガーラックと、それにかかってるヴィンテージのコレクションのことを言ってるんだわ。

そして声の調子が……その、困惑したような感じに聞こえる。

しかも、必ずしもいい感じじゃない。

「あの、はい。ごめんなさい。わたしの服、すごく場所を取ってますよね。大丈夫ですか――」

「もちろん大丈夫よ！」と答えるミセス・ドゥ・ヴィリエの声は――ちょっとばかり愛想が良すぎた。「場所を有効に使ってくれて良かったわ。わたしの鏡台に載せてあるのは、もしかしてミシンかしら？」

ああ。もう。しまった。

「えっと、その……あのですね、ミシンを置く台が必要だったんですけど、あの鏡台がちょうどいい高さだったもんで……」嫌われた。わかる。絶対嫌われた。「もし邪魔だったら、どかします。すぐ動かせますから……」

「そんな必要ないのよ」ミセス・ドゥ・ヴィリエの顔に張りついた笑みは、若干冷たく見えた。「ギヨーム、そのシャンパン少しもらうわ。いいえ、やっぱり多めにしてちょうだい」

「どかしてきます」わたしは言った。「あのミシン。ごめんなさい、もっと早く気がつかなきゃいけなかったのに。当然メイクをする場所が必要に――」

「何言ってるの」とミセス・ドゥ・ヴィリエ。「そんなのあとでやればいいのよ。今は座って、一緒にシャンパンを飲みましょ。ギヨームとわたし、あなたの新しいお仕事について全部聞かせてほしいのよ。ジャン＝リュックの話だと、あなた法律事務所で働いてるんですって！　さぞ面白いでしょうね。あなたが法律に関心を持っていたなんて、全然知らなかったわ」

「あの」ムッシュー・ドゥ・ヴィリエが差し出すグラスを受け取りながら言う。「わたし、別に――」どうしてゆうべのうちにあのミシンをどかしておかなかったの？　ミセス・ドゥ・ヴィリエが鏡台のど真ん中にあれが据えられてるのを見たらあんまりいい気はしないかもって思ったのに。どうして？

「弁護士補助員《パラリーガル》の仕事をしているのかしら？」

「いえ、その」バスルームに置いてあるわたしの物は？　美容グッズが山ほど置いてある。寮で使ってたプラスチックのシャワーラックに全部まとめようとしたんだけど、モデルと同じ職場で働くようになってからグッズが増えるばかりなのよ。だってティファニーはいっつもサンプルをくれるし、中にはかなりすごいのもあるんだもの。《キールズ》なんてこっちに引っ越してくるまで聞いたこともなかったけど、あそこのならなんでも最高。特にリップバームはもう手放せない。

でもバスルームに置けないんだったら、あれだけの物、どこに置けばいいの？　バスルームはひとつしかないし……シャワーラックはそこに置くものなのに……。

「事務の仕事？」ミセス・ドゥ・ヴィリエが訊く。

「いいえ。わたし、受付をやってるんです。バスルームの物、どかしたほうがいいですか？すぐどかせますけど。マンション中わたしの物だらけみたいになっててごめんなさい。たしかに荷物は多いんですけど、すぐどかせますから――」

「気にしなくていいのよ」とミセス・ドゥ・ヴィリエ。一杯目のシャンパンを飲み終えて、おかわりを注いでもらおうと夫のほうへ空のグラスを差し出す。「ジャン＝リュックは何時に帰って来るの？」

　ああもう。最悪。もうルークがいつ帰って来るのか知りたがってる。わたしも同じことを考えてた。誰かこの気まずい沈黙からわたしたちを救い出して――あ、待って。ムッシュー・ドゥ・ヴィリエがテレビをつけてる。よかった。ニュースか何か見てれば――。

「もう、ギヨームったら、消しなさいよ。息子たちに会いに来たのよ、CNNを見に来たわけじゃないんだから」

「天気予報を見たかっただけだよ」ムッシュー・ドゥ・ヴィリエが言う。

「天気なら外を見ればいいでしょ」彼の妻が冷笑した。「寒いわよ。一一月だから。どんな天気だと思ったの？」

　どうしよう。こんなの耐え難いわ。死にそう。絶対死ぬ。わたしがチャズのお父さんの法律事務所でただの受付嬢をしてるって言ったときの、お母さんのがっかりした表情を見ちゃった。どうしてあんなふうに顔をゆがめたの？　自分の息子がただの受付嬢と付き合ってるなんて信じられないから？　たしかに前の彼女は投資銀行家だったけど。でも彼女はわたしより年上だったんだから！　まあ、二、三歳しか違わないけど。でも彼女は経営学の学位を持ってたのよ！　わたしは文学部だったんだから。どうしろって言うのよ？

ああ、もう。この気まずい沈黙。どうしようううう……いい、何か話すことを考えるのよ。なんでもいいから。ここにいるのは聡明で、知的な人たちよ。どんな話題でもいいはず……なんでもいいから……。

あっ！　そうだ……。

「ミセス・ドゥ・ヴィリエ、あのルノワール、ほんとにすてきですね。ベッドの脇にかかってる絵」

「あら」ルークのお母さんは嬉しそうな顔をした。「あの小さな絵？　ありがとう。そうでしょ、彼女かわいらしいでしょう？」

「大好きです」心から言う。「どこで買われたんですか？」

「ああ」ミセス・ドゥ・ヴィリエは五番街を見下ろす窓のほうへ目を向けた。遠くを見つめる眼差しが光る。「あの少女はある人からの贈り物だったの。ずっと、ずっと昔の話よ」

読心術者じゃなくたって、ミセス・ドゥ・ヴィリエが言う「ある人」が恋人だったのはわかる。絶対そうよ。それ以外に、あんなうっとりとした表情になった理由を説明できる？

もしかして、と考えずにはいられなかった。彼女を求めてマンションに電話をかけ続けてるあの男性なのかしら？

「えーと」わたしは言った。ほかになんて言ったらいいのかわからなかった。ルークのお父さんはまったく気づいてないふうで、チャンネルをニューヨーク第一からＣＮＮに切り替えてる。「すてきな贈り物ですね」

わたしがもらった贈り物で一番高かったのは、せいぜいｉＰｏｄだわ。しかもくれたのは両親だし。

「ええ」ミセス・ドゥ・ヴィリエはシャンパンを味わいながら、猫のような笑みを浮かべた。「そうでしょう？」

「ほら」ムッシュー・ドゥ・ヴィリエがテレビを指差す。「ごらん？　明日は雪になるよ」

「まあ、わたしたちが心配する必要はないわ」と彼の妻が言う。「どこにも行かなくていいんだから。ここでぬくぬくと快適に過ごせるのよ」

ああ、そうだわ。どうしよう。一日中四人でここに閉じこもって、わたしが料理して（願わくは、ルークが手伝ってくれて）、ご両親は……なんだろう。全然わからない。二人は何をするの？　《メーシーズ》の感謝祭パレードを観るとか？　アメフトの試合を観るとか？　なぜか二人とも、パレードだのアメフトだのに興味がありそうな人たちには見えないわ。

つまり、ただ家の中にいるだけってことね。一日中。悪気はないけど結果的には辛らつなコメントでわたしの心を少しずつさいなみながら……『あなた本当にパラリーガルになることを考えたほうがいいわよ、リジー。ただの受付嬢なんかよりずっと収入がいいわ。なんですって？　公認ウェディングドレス修復師？　そんな職業、聞いたことがないわ。まあ、あなたがわたしのウェディングドレスに素晴らしい仕事をしたのは事実だけれど。でも大卒の人が就くべき職業とは思えないわね。だって、それは仕立屋を美化しただけじゃないの？　ご両親があなたの教育にかけてくれたお金を無駄にしてることを気に病んだりはしないの？』

しないわよ！　わたしの学費はタダだったんだから！　パパがわたしの通った大学で働いてて、福利厚生のひとつに子供の学費免除が含まれてたんだから！

ああもう。フランスではあれだけ仲良くやってたのに、ここではお互いに話すことが何もないなんてどういうこと？

どういうことかはわかるわ。二人とも、わたしがルークのひと夏だけの気まぐれだと思ってたのよ。実はそれ以上の相手だったってわかった今、そのことが気に入らないんだわ。そうよ。絶対そう。

「飛行機の長旅のあとで、おなかが空いてますよね？」わたしは勢いよく立ち上がり、絶望に陥るもんかと思いながら言った。「何か食べるものを作って来ます」

「いや、いや」とムッシュー・ドゥ・ヴィリエ。「今日はきみとジャン＝リュックにごちそうするんだよ。予約もしてある。だろう、ビビ？」

「ええ。《ノブ》をね。ジャン＝リュックがスシを大好きなの、知っているでしょう？　ずっと猛勉強してきたから、元気づけにはぴったりだろうと思って」

「そうですか」わたしは答えた。この部屋から脱出する方法はないものかと必死に頭を働かせながら。「わたし、あの、スーパーから戻ったところだったんです。チーズを少し買って来たので、お出ししますね。ルークが戻るまでそれをつまんでて、それからレストランへ出かければ――」

「どうかお構いなく」ムッシュー・ドゥ・ヴィリエは否定するように手を振った。「つまみぐらい自分たちで取ってくるさ！」

どうしよう。女主人としてふるまわせてもくれないのね。まあ、仕方ないか。そもそもここはわたしのマンションじゃないんだし。

それでも。そこまでしつこく念押ししなくたっていいじゃない。

電話が鳴り響いて、心の中で陰気に愚痴ってたわたしは飛び上がった。わたしの携帯じゃない。ビビ・ドゥ・ヴィリエの名前で登録されてる、マンションの電話。わたしがここに引っ越して以来、この電話にかけてきた人は一人しかいない。

ビビあてに、失意に満ちた伝言を残す男性よ！　わたしがずっとルークに隠してた伝言。彼のお母さんにも。

「あの、その電話、多分あなたあてです」と言う。「ルークとわたしはここの電話を使ってないんです。携帯があるから」

ミセス・ドゥ・ヴィリエは驚きながらも嬉しそうだった。「誰かしら」立ち上がって電話に向かう。「ニューヨークに来ることは誰にも言っていないのに。邪魔されずにお買い物をしたかったから。ほら、わかるでしょう」

たしかに、わかる。週末はめいっぱい買い物しようって計画してるときにランチの約束を入れたがる友達ほどいらいらするものはないのよね。

「もしもし？」受話器を持ち上げ、右耳からクリップタイプのイヤリングを外して言う。耳にピアスの穴を開けてないのはうちのママだけだと思ってたわ。

すぐに、電話の主がいつも伝言を残してた男性だってわかった。ミセス・ドゥ・ヴィリエの美しい顔に浮かぶ驚きと喜びの入りまじった表情を見ればわかる。それに、夫の後頭部にさっと向けた警戒するような視線からも。「まああなた、電話をくれるなんて優しいのね。そうなの？　いいえ、ここにはいなかったのよ。いいえ、フランスに行って、それからヒューストンへ戻っていたの。ええ、もちろんギヨームと一緒よ、おばかさんね」

ふむむむむ。つまりいつもの伝言の主は彼女が既婚者だってことを知ってるわけね。

何考えてるの？　知ってるに決まってるじゃない。だから彼女専用の電話にしかかけてこないのよ。

うわあ。ルークのお母さんがお父さんを裏切ってるなんて信じられない。それか以前はそうだったって思うべきか。しかもその当時は必ずしも裏切ってるわけじゃなかったのよね、二人は別居中で離婚協議の真っ最中だったわけだし。二人がよりを戻したのはほんの数カ月前の夏のこと……わたしのおかげでね。

問題は、夏が終わって普段どおりの生活に戻った今（フランスのシャトー、ヒューストンの豪邸、それに五番街のマンションの三カ所に住まいのある生活を普段どおりと言えるならの話だけど）、再出発した二人の愛は持続するのかしらってことよ。

「金曜？　ええ、そうね、ぜひそうしたいんだけど、その日は買い物のために空けてあるのよ。そう、丸一日。まあ、行けるとは思うけれど。もう、あなたったら押しの強い人ね。いいえ、男の人のそういうところ、大好きよ。それじゃ金曜にね。バァイ」

えー。持続は難しいかも。

ミセス・ドゥ・ヴィリエは受話器を置くと、イヤリングを着け直した。満足げに微笑んでる。

「今のは誰だい？　シェリー」ルークのお父さんが訊く。

「ああ、誰でもないわ」ミセス・ドゥ・ヴィリエが何気ないふうで答える。何気なさすぎるふうに。

その瞬間、ルークがドアに鍵を差しこむ音が聞こえた。安堵感でへなへなになりそう。

「もう着いたんだ！」入って来て両親の姿を目にすると、彼は声を上げた。「早かったね！」

「おお！　帰って来たな！」ムッシュー・ドゥ・ヴィリエが嬉しそうに言う。

「ジャン＝リュック！」彼のお母さんは両腕を大きく広げた。「お母さんにキスしてちょうだい！」

ルークはリビングを横切って母親を抱きしめると、次にお父さんの両頰にもキスをした。

そしてわたしのところへ来てキスしてから（ほっぺじゃなくて唇にね）ささやく。「遅くなってごめん。地下鉄が遅れたんだ。ぼくがいない間に何かあった？　聞いといたほうがいいことは？」

「ううん、別にないわ」とわたし。

だって、ほかにどう言えばよかったの？　あなたのご両親はおつまみすら作らせてくれないし、わたしがあなたには不釣合いだと思ってるし、明日のディナーは悲劇的なことになるし、そういえばあなたのお母さんが不倫してると思うんだけどって？

わたしはたしかにおしゃべりかもしれない——でも成長してるんだから。

リジー・ニコルズのウェディングドレス・ガイド

さて、頭に戴く最高の飾りはどうしましょうか？

結婚式の日に花嫁が着けるヘッドドレスに関しては、数々の選択肢があります。何も着けない花嫁もいれば、ヴェール、花のリース、ティアラを選ぶ花嫁もいますし、中には三つ全部着ける人もいるのです！

ヘッドドレスは花嫁の数だけありますが、わたしが特に気に入っているものをいくつか挙げましょう。

リース
お花ほど「花嫁」を表すものはないでしょう。みずみずしいホワイトローズのつぼみとカスミソウの飾り輪は、決してすたれることがありません。

ティアラ
もはやロイヤルファミリーだけのものではないのです！　花嫁の多くが、ヴェールの上にきらきら輝くダイヤモンド（またはディアマンテ）を載せるようになりました。

カチューシャ
ほっそりとしたヘッドバンドから美しく装飾された幅広の櫛《くし》まであり、髪とヴェールを留めるために使われます。

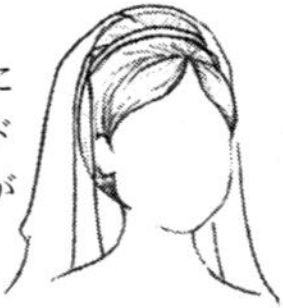

ボンネ
アップにした花嫁の髪に取りつける円形のバンドで、そこからヴェールが流れ落ちます。

クラウン
自分を欺いてどうするのですか？　ティアラを着けてもいいのなら、もっと大きくてもっといいものを着けたっていいでしょう？

ヘアネット
あなたのおばあさんは使っていましたよ。これは後頭部にかぶせ、通常は髪を納めるための装飾的なネットです。

ジュリエット
あの有名な芝居でジュリエットが着けていたようなものです。丸いふちなし帽のような形で、頭頂部あたりにぴったりと載せます。通常、小粒の真珠で飾られます。

そして、もちろん、常に人気のこれ。

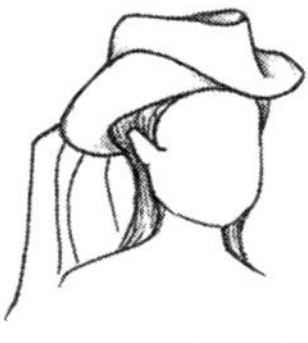

カウガール・ハット
西部の花嫁はこれなしでは結婚できません！

©リジー・ニコルズ・デザインズ

あなたに一番似合うのはどれでしょう？　それを見極めるために試着するのも、楽しみのひとつです！

15

清教徒《ピューリタン》が考える地獄とは、人が自分のこと以外かまってはいけない場所である。
――ウェンデル・フィリップス（一八一一年～一八八四年）
アメリカの奴隷制度廃止論者

七面鳥が焼き上がるまであと一時間。全部うまくいってると思う。

いや、ほんとに。

なんたって、ミセス・エリックソンがニューヨークのちょっとした秘訣を教えてくれたから――近所の肉屋で注文できる、調理済みの七面鳥。届いたらオーブンに突っこんで時々たれをかけるだけ……そしたら見た目は（においも）一日かけて調理したみたいに見える。

わたしが七面鳥を調理したんだってドゥ・ヴィリエ一家に（ルークにまで）信じさせるのはものすごく簡単だった。朝、みんなが寝てる間に起きて（全員死んだように眠るからなんの問題もなかった）、ミセス・エリックソンの部屋まで下りて行くだけだったから。注文した七面鳥は彼女の部屋に届けてもらったのよね、あとで取りに行くまで保管しといてもらう約束で。

七面鳥とグレイビー用の臓物が詰まった小さな袋を受け取ると、わたしはミセス・ドゥ・ヴィリエの部屋まで急いで戻り、証拠となるパッケージ類をすべて廃棄した。これでよし。ルークはそのあとしばらくしてから起きてきて、彼の担当する料理を作り始めた（ガーリッククローストのタマネギと芽キャベツ）。ミセス・ドゥ・ヴィリエはぜひサツマイモのつけあわせを作らせてって主張した（ありがたいことに、マシュマロクリームは抜きで。あれ、大好きなんだけど、チャズとシャリが三種類もパイを持ってくるのよ。わたしはパンプキン、チャズはストロベリー・ルバーブ、シャリはピーカンが好きだから。甘いものはそれでじゅうぶんだわ）。

ムッシュー・ドゥ・ヴィリエはぶらぶら歩き回り、飲んでもらいたい順番にワインを並べることでディナーの準備に貢献した。

だから全体的には、おおむね計画どおりに運んでた。お客さんたちも到着し出した。まずティファニー（一度彼女が職場に着て来たらロバータに家へ帰された、まばゆいほどのスエードのキャットスーツ姿）がラウルを連れて来た。ラウルはびっくりするほど感じのいい、けっこうまともな三〇歳の男性で、とても礼儀正しかった。ボージョレを一本持って来たから、ムッシュー・ドゥ・ヴィリエがものすごく興奮しちゃった。どうやら彼もワイン通みたいね（詳しいのはアルゼンチンワインに限られるとしても）。

だから二人はすぐさまブドウや土壌の話を始めた。その間にミセス・ドゥ・ヴィリエがテーブルを整え、布ナプキンを慎重に折りたたんで立ち上がった扇形にして、銀器セットのフォークを三種類全部取り出してものすごく丁寧に並べていく。きっとルークが両親のために準備した（そして二人が起きて以来常に満たしておいた）ブラッディ・マリーのおかげね（ルークが低い声でわたしにこう言ったの。「こんな狭い部屋で、どうやってしらふのまま一日中仲良くやっていけって言うんだい？」）。

でもご両親はあんまり気にしてないみたい。わたしがミシンをどかして以降、ルークのお母さんはずっとにこにこしてた。でもそれはルークがわたしとお母さんを二人きりにしないよう気を遣ってたからかもしれない。

別にいいけど。わたしは明日仕事だから（多忙な法律事務所でもお偉いパートナー弁護士は感謝祭明けの金曜日にお休みをもらえるのかもしれないけど、受付嬢にそんなものはない）、ご両親を楽しませるのはルークの役目だし。もちろん、お母さんはほかの予定を入れてるけど（そのことについては誰にも教えてない）、ルークとお父さんは美術館巡りをするらしい。

土曜日にはわたしも美術館巡りに合流して、そのあとみんなでブロードウェイのミュージカルを観に行く（わたしは初めてなの！）。ミセス・ドゥ・ヴィリエがモンティ・パイソンのコメディー『スパマロット』のチケットを四枚取ってくれたの。ありがたいことに二人は日曜日にニューヨークを出る。一LDKにおける彼氏の両親との同居に対するわたしの忍耐力は、そのころまでにはすっかり枯渇してしまってるんじゃないかと思うわ。

でもティファニーはドゥ・ヴィリエ一家にすっかり夢中。魅了されてる、と言ってもいいかもしれない。わたしがキッチンで七面鳥に手いっぱいなふりをしてるとちょくちょく寄って来ては「ね……あのオジサン？　マジ、王子さまなわけ？」ってささやいてくる。

ティファニーに王侯貴族の話なんかしたことを真剣に後悔してる。ほんと、何考えてたのかしら。ティファニーに秘密をしゃべるなんて、オウムにしゃべったも同じだわ。バラされることはないだろうなんて信じるのはバカだけよ。

「ああ、うん」たれをかけ回しながら言う。「でも言ったでしょ。フランスは昔の君主だかなんだか知らないけど、そういうのをもう認めてないのよ。それに王子さまって言っても一〇〇〇人はいるんだし。て言うか、ほんとは伯爵って言うんだと思うけど」

いつものように、ティファニーはわたしの返事を完全に無視してた。

「てことはルークも王子さまってことじゃん」父親とラウルがワインについて熱い議論を交わしてるカウチの前にあるコーヒーテーブルに、前菜のシュリンプ・カクテルとサラダのトレイを並べてるルークをカウンター越しに観察しながらティファニーが言う。「すっごい。あんたってば彼氏部門でマジ、超高得点稼いじゃった、みたいな？」

いらいらしてきた。チャズとシャリには四時に来てって言ってあって、もう五時近いのに全然来る気配がないのも理由のひとつ。でも仕方ないか。外は雪で、ニューヨークではほんの少し雪が降っただけでもすべてがマヒしちゃうみたいだし、誰も働いてない休日なんかだとなおさらみたいだから。

だとしても、電話すらよこさないなんてシャリらしくない。わたし一人で未来の（願わくはね）家族を相手にしなきゃいけないのに、親友って形のボケ役を務めてくれないのも。

ただ、ティファニーがそれをやろうとはしてるみたい。無意識に（ボケ役のことよ）。

「わたしが彼のことを好きなのはそれが理由じゃないわよ」わたしはティファニーにささやき返した。「わかってるでしょ」

「あー」とうんざりしたようにティファニーが言う。「はいはい。わかってるって。お医者さんとかの話のせいでしょ。彼が小さい子供たちの命を救うからとかどーたらこーたら」

「それが全部じゃないわよ。でもまあ、それも含めてね。それと、彼が世界で一番すてきな彼氏だからよ」

「はいはい」ティファニーはカウンターの上のバスケットに盛られたチーズスティックに手を伸ばした。チャズとシャリが到着したらすぐテーブルに出せるよう用意しておいたの――いつになったら来るのかわからないけど。

「でもさ、医者とかってマジ、今どき全然儲かんなくない？　ほら、健康維持機構とか、めんどくさい制度があるじゃん。美容整形医にでもなんない限りはさ」

「そうね」ちょっぴり腹を立てて答える。「だけどルークはお金儲けのためにやってるんじゃないのよ。前は投資銀行家だったんだから。でもお金儲けよりも人命救助のほうが大事だって気づいたから仕事を辞めたの」

ティファニーはくちゃくちゃ音を立ててチーズスティックを咀嚼した。「そんなのさ、誰の命かによるんじゃない？　だってほら、人によって命の値段って違うじゃん。あたしがそう思ってるわけじゃないけど」

これにはどう答えたらいいかわからない。「どっちにしろ、彼がお金を稼げるかどうかは関係ないの。わたしが二人分稼げるようになるつもりだから」

それを聞いて、ティファニーはやっと興味を示した。「マジ？　何して？」

「ウェディングドレスのデザインよ。知ってるでしょ」たまにはわたしの話に注意を払ってくれたらいいのに。「それか、リフォームって言ったほうがいいかな。それに修復も」

ティファニーがまじまじとわたしを見つめる。「それってヴェラ・ウォンとかみたいな？」

「そんなものよ」これ以上説明しても無駄かも。

「デザイン学校とか行ってたの、聞いてないけど」とティファニー。

「行ってないわ。でもミシガン大学で服飾史を専攻してたの」

ティファニーが鼻を鳴らす。「あ、そ。よくわかんないけど」

わたしは彼女を睨んだ。親切で招待してあげたのに。自分の家でバカにされるいわれはないわよ。て言うか、彼氏のお母さんの家で。

でもそれ以上何も言えないうちに邪魔が入った。残念ながら、チャズとシャリが到着したわけじゃなかったけど。

「ブラッディ・マリーはもうおしまいにするぞ」ムッシュー・ドゥ・ヴィリエがカウンターから身を乗り出した。ラウルが持って来た赤ワインのボトルを手にしてる。「次は今年初のボージョレだ。とにかく味見をしなくちゃいけない。きみの友達がまだ到着していないのは残念だが、これは緊急事態だからな！　ワインの緊急事態だ！　全員味見をしなければ！」

「わあ、すごいですね、ムッシュー・ドゥ・ヴィリエ」わたしはムッシューが注いでくれたグラスを受け取った。「ありがとうございます」

ティファニーもグラスを受け取り、ルークのお父さんが行ってしまうと笑った。「超かわいい」

「そうよね」ネイビーブルーのカジュアルジャケットに水玉模様のアスコットタイといういでたちの中年男性を眺めやる。「そう思うでしょ？」どうしてビビ・ドゥ・ヴィリエは浮気なんか？　そんなのって……冷たい。

それにある意味、全然彼女らしくない。そりゃスタイリッシュな人だし、自分が最新のファンディのバッグやマーク・ジェイコブスのクチュールのことで頭がいっぱいの軽薄な女性だって他人に思いこませて、それを楽しむような人みたいだけど。

でもルノワールのことを言ったとき、彼女の表情が和らぐのを見逃さなかったわ。彼女、あの絵を愛してるのよ――絵をくれた人だけじゃなくて、絵そのものも。ただ軽薄なだけなら、あれほど絵画を愛することはできないわ。少なくともわたしはそう思う。

だったら、そんな女性がどうして、よりを戻したばかりの夫に隠れて愛人と（あの電話の男性が実際そうだとして）密会の約束なんかするの？

もっとも、わたしはそれについて何か言うつもりはないけど。ご両親が到着した最初の夜、ルークに挨拶のキスをしたあとでお母さんがこう訊いた。「ダーリン、ここにわたしあての伝言は入ってなかった？　友達が、何回も残したって言ってたんだけど……」

ルークは肩をすくめた。「ぼくは知らないけど。リジー、母さんあての伝言を聞いた覚え、ある？」

恥ずかしさのあまり、自分の舌を飲みこむところだった。

「伝言？　留守電にってこと？」時間稼ぎをしたつもりだったんだけど、ルークのお母さんがすでに思ってるよりもさらにバカみたいな自分を演出しちゃっただけだった。

「普通、伝言っていうのは留守電に残すものでしょ」別に意地悪というわけではない口調でお母さんが言う。

あーあ。ますますバカっぽいと思われちゃった。

「あの」さらに時間稼ぎをしながら言う。「えーと」はいはい。困ったときは口ごもればいい、ってね。

そしたら、例によって、わたしのおしゃべりスイッチが入った……珍しく、いい方向に。「ああ、そう言えば、帰って来たときにランプが点滅してたことが何回かありましたけど、再生ボタンを押しても何も入ってなかったんです。機械が壊れてるのかもしれません」

心から安堵したことに、ミセス・ドゥ・ヴィリエはうなずいてくれた。「ああ、そうよね。そうかもしれないわ。だいぶ古いものなのよ。ハイテク恐怖症もいいかげんにしてヴォイスメールにしたほうがいいのかも。さあ、お買い物リストがひとつ増えたわね！」

あーあ。これでルークのお母さんがヴォイスメールに加入することになっちゃった。まったく問題のない留守番電話機能が壊れてるってわたしが思わせたせいだわ。

でも、だったらどう言えばよかったの？　ああ、はい、ミセス・ドゥ・ヴィリエ。セクシーな外国語訛りの男性が何度も伝言を残してたんですけど、その人があなたの恋人だと思って、ご主人と別れてほしくないから全部削除しときました、って？

はいはい。そんなことしたらルークのご両親はますますわたしを気に入ってくれるでしょうね。

「ワインはどう？」ラウルがカウンターに身を乗り出して、ティファニーとわたしに訊いた。ちょっと色黒なハンサムだけど、いやってほどイケメンでもないし、シャリが「かわいい」と評するようなタイプじゃない。穏やかな笑みを浮かべてて、シャツの襟元からたっぷり胸毛が覗いてる。ボタンをひとつしか開けてないのに。

「おいしいわ」わたしは言った。

「超最高」ティファニーは彼にキスしようと身を乗り出した。わたしが作ったクランベリーのつけあわせに危うく膝を突っこみそうになりながら。「あたしがあんたを最高に愛してるのと同じくらいよ……」

二人が赤ちゃん言葉でいちゃついてる間、わたしが必死で吐き気を抑えてると、インターホンが鳴った。

「ああ」ルークの声がする。「ようやく来たかな」とボタンを押し、カルロスにチャズとシャリを入れるよう言う。

やっと来た。これ以上遅れたらどうしようかと思った。七面鳥がひからびるところだったわ。そもそも鳥肉ってどのくらい保温していいの？　しかも一度調理してある鳥肉を。どうやって調理されたのか知らないけど。

わたしは七面鳥をオーブンから取り出した。皮が濃い黄金色なのを見てほっとする。真っ黒になってるんじゃないかと心配してた。そして肉汁を染みこませる。パッケージについてたちっちゃい説明書の（それと、いい七面鳥のなんたるかを知ってる七〇歳のミセス・エリックソンのアドバイスの）とおりにね。

ドアベルが鳴って、ルークが開けに行く。「やあ！」と彼の明るい声。「いったいどうしてこんなに遅く――あれ、シャリはどうした？」

「話したくない」チャズは声を抑えようとしてるけど、それでもわたしの耳に入った。「どうも、ドゥ・ヴィリエ家の皆さん。お久しぶりです。お元気そうですね」

ティファニーはキッチンカウンターから飛び降りて、ガリガリの体（あのスエードの下には絶対スパンクスなんか着けてないわ）を戸口から乗り出させてチャズを見た。

「なんだ」がっかりしたように言う。「あんたの親友を連れて来るんだと思ってたのに。シャリって、あんたがいっつも話してる子。どしたの？」

わたしもキッチンの戸口から頭を突き出すと、チャズがパイの箱を二つ、ルークに手渡してるところだった。玄関はもう閉まってる。でもシャリの姿はない。

「ねえ」わたしは笑顔でキッチンから出て行った。「どこに――」

「訊いちゃだめだ」パイの箱を抱えたルークがわたしに向かって歩きながら、口だけ動かして言った。そして大きな声で言う。「見なよ。チャズが一日かけてパイをひとつだけじゃなく、二つも焼いてきてくれたよ。ストロベリー・ルバーブと、リジーの大好きなパンプキンだ。シャリはちょっと具合が良くないから来られないそうだ。でもそれはつまり、ぼくたちの分け前が増えるってことだ。だろ？」

ルーク、頭でもおかしくなったの？　わたしの親友が具合が悪くなったから感謝祭のディナーに来られないって――なのに何も訊くなって言うの？

「どうしたの？」わたしは、ムッシュー・ドゥ・ヴィリエが妻のアンティークのキッチンワゴンにしつらえておいたドリンクバーに直行してウイスキーを（ストレートで）グラスに注ぎ、あっという間に飲み干してまた注いでるチャズに問いただした。「インフルエンザ？　最近はやってるから。おなかに来るタイプ？　頭に来るタイプ？　わたしに電話してもらいたがってた？」

「電話するんなら」ウイスキーのせいでしわがれた声でチャズが言う。でももしかしたらウイスキーのせいだけじゃないのかも。「携帯にかけたほうがいいぜ。家にはいないからな」

「家にいない？　具合が悪いのに？　あの子――」わたしは目を見開いて……ドゥ・ヴィリエ一家とティファニーとラウルに聞こえないよう声を落とした。「うそ。まさか仕事に行ったんじゃないでしょうね？　具合が悪いのに仕事なんて――しかも祭日よ？　チャズ、あの子頭がおかしくなっちゃったんじゃないの？」

「じゅうぶんありうるね」とチャズ。「でもあいつがいるのは職場じゃない」

「じゃあどこよ？　何がなんだかわからない……」

「俺だってわからないよ」チャズは三杯目のウイスキーに手をつけた。「うそじゃない」

「チャールズ！」ムッシュー・ドゥ・ヴィリエが、ようやくチャズが手酌で飲んでることに気づいた。しかもラウルが持って来た赤ワインには見向きもしてないことに。「この若者が持ってきてくれたワインを味見しなくては！　ボージョレ・ヌーヴォーだ！　こちらのほうがウイスキーよりも気に入ると思うぞ！」

「それはきわめて疑わしいですね」チャズが言う。でもアルコールのせいで早くも少し機嫌がよくなったみたい。「調子はどうです、ギヨームさん？　そのクラヴァット、けっこう似合ってますね。それで合ってたっけ？　それともアスコットだったたっけか？」

「さあ、わからないな」ムッシュー・ドゥ・ヴィリエが白状する。「だがそんなことはどうでもいい。これを味見しないことには」

わたしがそれ以上何も訊けないうちに、ムッシューはチャズを連れて行ってしまった。

「あんたの友達、病気なの？」ティファニーがくねくねと寄って来て、ぺったんこのおなかを突き出してみせる。「超残念。マジ、会ってみたかったのに。ねえ、壁に絵とかいっぱいかかってんだけど、あれ何？　ホンモノなわけ？」

「ちょっと失礼していい？　わたし、その、七面鳥の仕上がりを見ないと」

彼女は肩をすくめた。「わかった。ねえ、ラウル。あんたが昔馬主やってたあの競走馬の話とか、してあげたら――」

わたしはキッチンへと急いだ。ルークがパイの置き場所を探してる。花崗岩のカウンタートップがたわみそうなくらい大量の料理が載ってるから、簡単には見つからない。

「あなたにはなんて言ったの？」わたしは爪先立って彼の耳元でささやいた。「チャズのことだけど。シャリのこと、来たときになんて言ってた？」

ルークは首を振っただけだった。「訊くなってだけだよ。それは、つまり――訊くな、って意味だと思う」

「訊かないわけにいかないわ」わたしは息巻いた。「わたしの親友抜きでやって来て理由を訊くななんて言わせない。訊くに決まってるじゃないの。何考えてるのかしら？」

「で、訊いたんだろ。なんて言ってた？」

「具合が悪いって。でも家にも職場にもいないって。そんなのわけがわからない。じゃあどこにいるって言うのよ？　わたし電話してくる」

「リジー」ルークは困り果てた様子で料理を見やった。まだコンロでじゅうじゅう音を立ててるのもある。視線を戻したルークは、わたしの顔にそれ以上言うなって書いてあるのが見て取れたらしくて、肩をすくめてこれだけ言った。「かけておいで。ぼくは料理をテーブルに運んでるから」

わたしは彼に軽くキスすると、携帯を充電してた場所まで急いだ（実家に感謝祭おめでとうの電話をしたせいで電池が切れちゃったのよね。お姉ちゃんたちとそれぞれの子供たち、それに『ドクター・クイン』がまだ始まらないから『NIP／TUCK　マイアミ整形外科医』を見てて電話に出たがりもしなかったおばあちゃんにまで――「あのドクター・トロイってのは最高だね」――次々電話を代わったから）。

「あの、ちょっと出てきます」とみんなに言う。「お店に行って、その、生クリームを買って来ないと」

ミセス・ドゥ・ヴィリエが――感謝祭当日に営業してて生クリームを売ってる可能性のあるお店がここからどれだけ遠いか、ルーク以外に知ってる唯一の人だから――恐怖の色を浮かべてわたしを見る。「なくてはだめなの？」

「えーと、パンプキンパイにホイップクリームを載せたかったら、買ってこなくちゃ！」

そう叫んで、わたしは玄関を出た。幸い、わたしがコートすら着てないことには誰も気づかなかった。それを言うなら、財布すら持ってないことにも。

非常口にたどり着くや否や、電話をかける。階段の吹き抜けは寒い……でも邪魔は入らない。それに珍しく、ものすごく電波がいい。二度目の呼び出し音で、シャリが電話に出た。

「今は話したくない」出るなり言われた。着信を見てわたしだってわかったのね。「ディナーを楽しんで。明日話すわ」

「えーと、そうはいかないわ」とわたし。「今すぐ話しましょ。どこにいるの？」

「わたしなら大丈夫よ。パットのところにいるの」

「パット？　あなたの上司の？　そんなところで何してるの？　こっちに来るはずでしょ。ねえシャリ、チャズとケンカしたのはわかってるけど、この状況にわたしを放置しないで。ティファニーがスエードのボディースーツを着て来たのよ。ファスナーが喉元から股間まであるやつよ。わたしをこんな目に遭わせないで」

シャリが笑った。「ごめんね、リジー。でも一人でがんばってもらうしかないわ。わたし、ここを動くつもりはないから」

「ねえってば！」まるですがってるみたいだけど、かまわない。「あなたたち、ケンカなんてしょっちゅうしてるじゃない。それですぐ仲直りするでしょ」

「ケンカじゃないのよ」シャリは言う。「ねえ、リジー。わたしたち、今ディナーの最中なの。ほんとにごめんなさい。明日電話して説明するから。いい？」

「シャリ、こんなことやめて。今度はチャズが何をしたって言うの？　彼がものすごい自己嫌悪に陥ってるのがわかるのよ。今来たばっかりなのに、もうウイスキーを三杯も空けちゃったんだから。とにかく——」

「リジー」シャリの声の調子が変わった。悲しそうでも、嬉しそうでもない。ただ変わっただけ。「聞いて。わたし、そっちへは行かない。こんなこと言いたくなかった。あんたをパニクらせたくなかったから。休日をゆっくり楽しんでほしかったし。でもね、チャズとわたし、ただケンカしたわけじゃないのよ。いい？　わたしたち別れたの。で、わたしがアパートを出たのよ」

リジー・ニコルズのウェディングドレス・ガイド

花嫁付添人にぴったりのドレスを見つけるには……

何を考えているかはわかりますよ。あなたがお姉さんやお友達の結婚式で着させられたみっともないドレスを思い出して、同じくらいひどいドレスを選んで無理やり着させることで復讐しようと言うんでしょう。

そんなことは、今すぐやめてください。

これは、より心の広い人間になるいい機会なのです。それに、良い花嫁としての徳を積む機会でもあります（認めましょう、わたしたちは誰しも少々徳を積んでおく必要があるのです）。

誰にでも似合うドレスを見つけるのは不可能です。あなたの付添人が全員《ヴィクトリアズ・シークレット》のモデルだったら別ですが（その場合でも、ドレスの色選びには苦労するはずです。雑誌の表紙を飾るようなモデルでも、あらゆる色が似合うわけではありませんから）。

とは言え、こうすれば付添人の不安をかなり和らげることができます。

付添人の中で、一番体形的に恵まれていない人を引き立てるドレスを選びましょう。サイズ一八号の姪っ子に似合うなら、八号のルームメイトにも似合います。もしくは——極端な方法ではありますが——全員が確実にきれいに見える色を決め（黒はおおむね誰にでも似合います）、各自でドレスを選んでもらうのです。たしかに、ドレスは完全にお揃いにはなりませんが、性格だって完全に一致してはいないのです。そもそも、あなたが彼女たちを好きなのは性格のためであって、見た目のためではありませんよね。

本当に全員にお揃いのドレスを着てもらいたいなら、全員が出せる金額のものを選ぶか、自分で全員分のドレスを購入しましょう。ええ、ええ——あなたが彼女たちの付添人をしたときは、あなたがお金を出したのに、今回はどうしてあなたが払わなければいけないのかと言うんでしょう？　ですが、覚えていますか？　わたしたちは彼女たちより一段上をいきたいのです。お友達や家族に、二度と着ることのないドレスに（着るかもしれないなんて自分に言い聞かせたりしないでください。夢物語は捨てて。だって絶対着ないんですから）三〇〇ドル以上かけてほしいというのは理不尽な話です。お手ごろ価格のものを選んであげるか、自分で買ってあげましょう。

直し、直し、また直し。優秀な裁縫師なら、サイズ合わせの際に生じる問題をすべて解決することができます。一人雇っておきましょう。そして必要な直しを本番までにすませられるよう、付添人たちには時間の余裕をもって裁縫師のところへ行ってもらいましょう。

結婚式は、幸せなひとときであるべきです。にもかかわらずつらい思いをする花嫁がいるのは、彼女が柔軟に対応することを拒否し、自分以外の人の気持ちを考えようとしないからです。決して、そんな花嫁にはならないでください。

付添人たちは、きっとあなたに感謝するはずです。

16

自分の目で見ていないものを、その口で証言してはならない。

――ユダヤの格言

「これっていう原因があったわけじゃないのよ」シャリは黒タピオカ入りミルクティーを飲みながら言った。ここは彼女の職場の近くにある《ヴィレッジ・ティーハウス》っていうお店で、今は休憩時間。わたしは《ハニーズ》で会いたかったんだけど、シャリがもうあやしいバーは卒業したって言うから。それはなんとなく理解できる。

でもわたしはどっちかって言えば、床に置かれたベルベットのクッションよりも赤いビニールのボックス席のほうが好き。それに、底にタピオカが沈んだハーブティーよりもダイエットコークのほうがいい。《ヴィレッジ・ティーハウス》にはダイエットコークを置いてない。訊いてみたら、ここでは「天然」成分のドリンクしか提供してないって言われた。

まるでタピオカが天然みたいな言い方。

「ただ、わたしたちの間に……距離が生まれちゃったのよ、多分」シャリは肩をすくめた。

わたしはまだ、この状況をしっかりのみこむことができずにいた。シャリとチャズが別れて、彼女が出てっちゃったこと……それにわたしの感謝祭のディナーを食べに来なかったこと。自慢するわけじゃないけど、ディナーはけっこううまくいった。

まあ、ミセス・ドゥ・ヴィリエがみんなでジェスチャーゲームをしようって言い張って、彼女とルークとティファニーのチームがわたしとチャズ（酔っ払いすぎてろくに動けなかった）とムッシュー・ドゥ・ヴィリエ（ゲームのルールが全然わかってなかった）とラウル（同じく）のチームに大勝したことを除けばね。別に負けず嫌いとかそういうわけじゃないわよ。ただ、ああいう退屈なパーティーゲームは大嫌いなの。

あ、それと今朝、体に鞭打ってペンダーガスト・ローリン・アンド・フリン法律事務所に出勤しなきゃいけなかったこともね。電話なんかほとんどかかってこなかったし、下っ端弁護士以外は誰もいなかったのに。あと、当然のごとく二日酔いで出勤したティファニーと。彼女とラウルはうちを出たあとたくさんのモデルたちと一緒に《バター》へ飲みに行って、「マジ、超酔っ払っちゃった」らしい（モデルたちがどうしてモヒートとかコスモポリタンみたいに高カロリーなカクテルをそんなに大量に飲んでもあれだけ痩せてられるのか、さっぱりわからない）。

「どうして距離なんかが生まれたりするのか、わからないのよ」わたしは首を振った。「だって一緒に住んでたのよ。チャズのアパートがそんなに広いわけじゃないでしょ」

「わかんない」シャリはまた肩をすくめた。「ただチャズに対する愛情が冷めちゃったんだと思う」

「カーテンのせいでしょ?」暗い気分で訊かずにはいられなかった。

シャリがぽかんとわたしを見る。「は? あんたが作ったカーテン?」

わたしはうなずいた。「チャズに生地を選ばせるんじゃなかったわ」チャズはリビングのカーテンを、彼がチャイナタウンのリサイクルショップで見つけた真っ赤なサテン地で作るようにと主張した。わたしは落ち着いたセージグリーンの麻布を考えてたからチャズの提案を却下しようと思ったんだけど、生地には漢字が金色で刺繡されてて(ショップの店員によれば「幸運」を意味する言葉らしい)、すごくキッチュで遊び心のある布だったから、部屋がぱっと華やかになってシャリにウケるだろうって言うチャズに同意しちゃったのよね。

でも完成したカーテンをかけに行くと、シャリはあてつけがましく、このアパートをアナーバーで子供のころよく行った近所の中華料理店《ルン・チャン》みたいにするつもりなの、って訊いて来た。

「違うわよ。カーテンのせいなわけないでしょ」シャリは笑った。「でも金の飾りつきのカウチとコーディネートすると、あの部屋がなんとなく売春宿みたいに見えたのはたしかね」

わたしはうめいた。「気に入ってもらえると本気で思ってたのに」

「聞いてよ、リジー。あの部屋に誰がどんなことをしたって関係なかったの。わたしがあそこに住むのを好きになることなんか絶対なかったんだから。だってわたし、あそこに住んでたときの自分が嫌いだったから」

「そう、じゃこのほうがいいのかもね」自分が物事を都合のいいように解釈してるのはわかってる。でもチャズはシャリが出て行ったことでほんとに落ちこんでて、彼がまた元気になってくれたらいいのにって思わずにはいられない……たとえシャリのほうは全然落ちこんでる様子じゃないにしても。て言うか、シャリはむしろニューヨークに引っ越して来てから一番元気そうに見える。珍しいことに、うっすらメイクまでしてるし。

「しばらく距離を置けば、何がよくなかったのかわかるかもしれないわ」わたしは言った。

「そしたら失ったものの大切さがわかるかも。たとえば……またデートしたらいいかも！そもそも、それが良くなかったのかもよ。一緒に住んでると、なんとなくデートなんかしなくなるもんね。そしたら二人の関係からロマンスがなくなっちゃうでしょ」ほかにどんなことが二人の関係からロマンスを奪うか知ってる？　彼氏の両親が隣の部屋にいる間、カウチベッドで寝ることよ。でもそのことはここでは言わない。

「でももしまたデートするようになれば」と話し続ける。「愛の炎がもう一度燃え上がって、またやり直せるかも」

「リジー。わたし、もうチャズとはやり直さない」シャリは静かにマグからティーバッグを取り出すと、ティーバッグ用に添えられた素焼きのお皿に置いた。

「そんなのわからないじゃない。しばらく離れてたらチャズが恋しくなるかもよ」

「そうなったらチャズに電話するわ」とシャリ。「わたし、彼とまだ友達ではいたいから。彼ってばほんとにびっくりするほど面白い人なんだもの。でももうチャズの彼女ではいたくないの」

「クッキーが悪かったの？　ほら、彼が働いてなくて、一日中読書とお菓子作りと掃除以外にすることがないこととか？」そんなの、わたしから見たら夢のような存在だけど。最近抱えてる仕事の量を考えたら――今はムッシュー・アンリにフリルの作り方を練習させられてるのに。フリルがぽっこりおなかを隠してくれるって気づいて、中二ですっかり習得した技術なのに。ムッシュー・アンリ扮するミヤギ師匠に対するカラテキッドならぬ裁縫キッドを演じるのにはちょっと飽きてきたわ――たまに掃除機をかける時間でさえほとんどないくらいだし、お菓子作りなんてとても無理。

　とは言っても、多くのことを学んでるのは事実。大半は新世紀にティーンエージャーの息子たちをしつけるのがいかに大変かってことだけど、マンハッタンでブライダルデザインの店を経営することについてもね。

「そんなんじゃないって」シャリが言う。「でも仕事と言えば、そろそろ戻らないと」

「あと五分だけ」とすがる。「ほんとに心配してるのよ、シャリ。そりゃ、あなたが自分の面倒は自分で見られるのはわかってるけど、今回のことが全部わたしのせいだったような気がしてしょうがないの。もしわたしがルークと一緒に住まないで、最初決めたとおりにあなたと一緒に住んでたら――」

「もういいってば」シャリは笑った。「チャズとわたしが別れたことは、あんたとはなんの関係もないのよ、リジー」

「わたし、あなたを失望させちゃった。そのことはほんとに、ほんとにごめんなさい。でも埋め合わせはできると思うの」

シャリのストローがマグの底に沈んだタピオカを捉えた。「ああ。いいかも」とわたしの提案に対して言う。タピオカについてじゃないわよ。もっともシャリは昔からああいうのが好きだったけど。

「ほんとだってば。ムッシュー・アンリのお店の上に、空き部屋があるの知ってる?」

シャリはずびずびと吸い続けてる。「で?」

「でね、マダム・アンリは家賃を二〇〇〇ドル取りたがってるの。でもわたしあの店でほんとに一生懸命働いてるから、現時点であの人たちはすっかりわたしに頼ってるわけ。だからもっと安い家賃――たとえば、一五〇〇ドルとか――であなたを住まわせてくれるようわたしが頼めば、うんって言わざるを得ないと思うの。絶対言わないわけにいかないはず」

「ありがと、リジー」シャリはマグを置き、ラフィア素材のくたくたバッグに手を伸ばした。

「でも住む場所ならあるから」

「パットのところ? 上司と同居するつもり?」わたしは首を振った。「シャリ、いいかげんにしてよ。家に仕事を持ち帰るにしても――」

「けっこういい部屋よ。パーク・スロープってところにある条件のいいアパートでね、ちゃんと裏庭があって、犬を――」

「ブルックリンじゃないの!」ショックだった。「シャリ、そんな遠いところ!」

「そうは言っても、地下鉄のＦ線に乗ればまっすぐ一本よ。駅が職場の目の前にあるの」

「じゃなくて、わたしから！」叫ぶように言う。「もう会えなくなっちゃう！」

「今会ってるじゃない」

「夜って意味よ。ねえ、せめてアンリ夫妻に、お店の上にあるアパートにあなたが入居してもいいかどうか、訊いてもいい？　すごくかわいい部屋なのよ、シャリ。それにけっこう広いし。比較的ってことだけど。最上階にあって、真下はただの倉庫だから、営業時間が過ぎたら、建物全部を独り占めよ。壁の一面が、全部むき出しのレンガなの。そういうの大好きでしょ」

「リジー、心配しないで」シャリは言った。「大丈夫だから。今回のチャズとのことが、あんたにとっては世界の終わりみたいに思えるのはわかるわ。でもわたしにとってはそうじゃないの。本当に。わたし幸せなのよ、リジー」

そう聞いた瞬間、わかった。シャリはほんとに幸せなんだわ。ニューヨークに来てから初めて見るくらい幸せそう。て言うか、大学のとき見てたよりも幸せそう。マクラッケン寮でチャズと付き合い始めた（て言うか実質寝始めた）ときよりも幸せそう。

「ああ、わかった」ようやく現実を理解して、わたしは言った。「ほかに誰かいるのね！」

シャリは財布を探してごそごそやってたバッグから顔を上げた。「何？」怪訝そうな顔でわたしを見る。

「ほかに誰かいるんでしょう。だからチャズとはもうやり直さないなんて言うんだわ。誰かほかの人に出会ったから！」

　シャリは財布を探すのをやめてわたしを見つめた。「リジー、わたし――」

《ヴィレッジ・ティーハウス》のあまりきれいとは言えない窓から漏れ入る冬の午後の光だけでもはっきりとわかった。シャリの頬がゆっくりと赤く染まっていく。

「あなた、その人のことが好きなのね！　ああもう、信じられない！　もう寝てるんでしょ？　わたしがまだ会ったこともない人ともう寝てるなんて信じられない！　いいわ。白状しなさい。彼はどんな人？　詳しく教えて」

　シャリは気まずそうだった。「ねえ、リジー。わたし仕事に戻らなくちゃ」

「そこで会った男の人でしょ？」と詰問する。「職場で。どんな人？　あなたの職場に男の人がいるなんて聞いてなかった。みんな女の人だと思ってたわ。どういう人なの？　コピー機の修理屋さんか何か？」

「リジー」シャリの顔はもう赤くない。むしろ、なんだか青ざめたみたい。「こんなふうにはしたくなかったのに」

「何をよ？」わたしはマグの底に沈んだままのタピオカをかきまぜた。こんなもの絶対食べない。隠れ炭水化物ってのはこういうのを言うのよ。待って――そもそもタピオカに炭水化物って入ってるの？　て言うか、タピオカって何？　穀物？　ゼラチン？　なんなの？

「いいじゃないの。まだ休憩に入って一〇分くらいしか経ってないのよ。あと五分戻らなくたって誰も死んだりしないわよ」

「実際のところ、死ぬかもしれないんだけど」とシャリ。

「ねえってば。わたしが正しいって認めなさいよ。ほかに誰かいるんだって。言いなさいよ。それを聞くまで、あなたとチャズがほんとに終わったんだって信じないから」

シャリは唇をまっすぐ引き結んで、ストローでタピオカを突き刺した。「わかったわよ」と言うその声はとても小さくて、ティーハウスの四隅に設置されたスピーカーから流れてくるパンフルートの音色にほぼかき消されてしまった。

「ほかに誰かいるの」

「はい？」とわたし。聞こえなかった。もう少し大きな声で言ってもらってもいい？」

「ほかに誰かいるの」シャリはわたしを睨みつけた。「わたし、ほかの人が好きになったの。ほら。これでいい？」

「だーめ。詳しく教えてください」

「言ったでしょ」シャリはまたバッグに手を突っこんで、財布から一〇ドル札を抜き出した。

「今はいやだって」

「何がいやなのよ？」シャリがコートを着て立ち上がるのを見て、わたしもコートをつかんだ。「長年付き合ってた彼氏を捨てた原因の男の人について自分の親友に話すこと？それをするのにいい時っていつ？　わからないんだけど」

「今じゃないわね」シャリは床に置かれたクッションでくつろぐほかの客の間をすり抜けていく。「仕事に戻らなきゃいけないんだから」

「歩きながら話して」わたしは言った。「送ってくから」

わたしたちはドアにたどり着き、冷たい冬の空気に身をさらした。セミトレーラーがブリーカー通りを飛ばして行く。そのうしろにはタクシーが何台も連なってた。歩道は感謝祭翌日の金曜日で買い物に余念がない人たちでごった返してる。この街のどこかで、ルークはお父さんに引っぱりまわされて美術館巡りをしてて、ミセス・ドゥ・ヴィリエは恋人と密会してるのね。

どうやら、密会を繰り返してたのはミセス・ドゥ・ヴィリエだけじゃなかったみたい。職場までの道すがら、シャリは柄にもなく黙りこくってた。うつむいて、視線を足元に据えて……実を言うとニューヨークではこれが重要なのよね、歩道の大部分はほんとにひどく破損してるから。

シャリは明らかに動揺してる。そしてわたしは、親友を動揺させてしまったことに動揺してる。

「ねえ、シャリ」わたしは小走りに彼女を追いかけた。ものすごいスピードで歩いてるんだもの。「ごめんてば。軽い気持ちで言ったわけじゃないの。ほんとよ。わたし、嬉しいの。あなたが幸せなら、わたしも幸せだから」

シャリが突然立ち止まるもんだから、その背中にもろに突っこんでしまった。

「幸せよ」縁石からわたしを見下ろしながらシャリが言う。ぶつかった拍子に、わたしが側溝に落ちちゃったから。「こんなに幸せだったこと、ないわ。生まれて初めて、生きる目的を見つけたみたいな気がする。自分がしてることに、ちゃんと意味があるって思える。わたし、人助けをしてるのよ。わたしの助けを必要としてる人たちを助けてる。それがすごくいい気持ちなの。こんなに気持ちいいこと、ほかにないわ」

「そう。よかった。とりあえずわたしが歩道に上がれるよう助けてくれない？　ここにいると車に轢かれそうなんだけど」

シャリは手を伸ばしてわたしの腕をつかみ、歩道に引き上げてくれた。「それに、あんたは正しい。わたし、恋してる。そのことをちゃんと説明したいの。それも、今わたしが幸せでいる大きな要因のひとつだから」

「すごいじゃない。じゃ教えて」

「どこから始めたらいいのかもわかんないんだけど」シャリの目が輝いた。涙目になるくらい寒いからってだけじゃない。

「じゃ、名前なんかどう？」

「パットよ」シャリが言う。

「あなたが好きになった彼の名前もパットって言うの？」わたしは笑った。「変なの！　あなたの上司と同じ名前じゃない！」

「彼女よ」シャリが訂正した。

「彼女が何？」

「わたしが好きになった彼女」とシャリ。「彼女の名前は、パットって言うの」

リジー・ニコルズのウェディングドレス・ガイド

知っておくべきこと……ウェディングヴェールの長さ!

肩丈

このヴェールはちょうど(おわかりですよね)肩に届く長さです。覚えておいてください、花嫁の背が高ければ高いほど、ヴェールは長くするものです。この丈は、長身の花嫁にはおすすめできません。

肘丈

このヴェールはちょうど肘までの長さです。ドレスが凝っていればいるほど、ヴェールはシンプルにしましょう。

指先丈
このヴェールの裾は太腿の中ほど、または指先まで届く長さです。ヴェールが長ければ長いほど、花嫁の胴体部分から視線がそらされます。そのため、ぽっちゃりめの花嫁におすすめです。

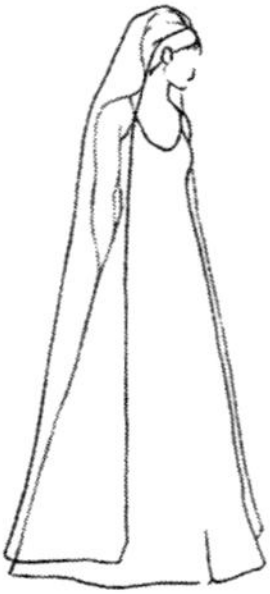

バレエ
このヴェールはくるぶしまで届く長さです（この名前はおそらく、丈は長いけれど、花嫁がつまずく心配はないためにつけられたのでしょう）。

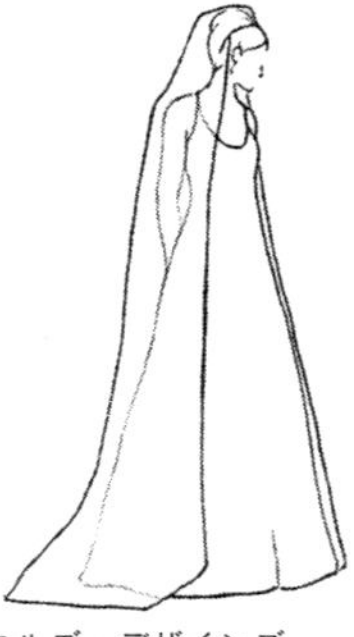

チャペル
これは床に届く長さで、引きずるほど長いものもあります。この丈を選ぶ場合、引っかけてやぶいたりしないよう、本番前にヴェールを着けて歩く練習をしておいてください。

©リジー・ニコルズ・デザインズ

17

世の中にはおそろしくたくさんのうそが出回っているが、最悪なことに、その大半は真実なのである。

——ウィンストン・チャーチル（一八七四年～一九六五年）
イギリスの政治家

眠れない。

カウチベッドの薄すぎるマットレス越しに、金属のフレームが背中の中心に食いこんでるからってだけじゃない。

彼氏のお父さんのいびきが、一〇メートル近く離れてて壁まで挟んでるのに聞こえてくるからでもない。

五番街を見下ろす二重窓を通してかすかに聞こえる車の音のせいでもない。

食道楽たちがニューヨークで真っ先に行きたがるレストランのひとつ、《ジャン・ジョルジュ》のものすごくこってりした食事のせいなんかでもない（デュピオーニ・シルク二〇メートル分もの値段だったのよ……一人前が）。

あと、彼氏のお母さんが感謝祭翌日の「お買い物」からギフトバッグを山のように抱えて帰って来たわりには妙に生き生きと輝いて見えたせいでもない……高級デパートの《バーグドルフ・グッドマン》でクリスマス前の買い物ラッシュをどうにかくぐり抜けて来たばかりのはずにしては。しかも、それはわたしの気のせいじゃなかった。彼女の夫もしきりに妻を見ては、「何が違うんだ？　何かしただろう！　髪型かな？」って言い続けてたから。

それに対して、ビビ・ドゥ・ヴィリエはただ夫を「老いぼれヤギ」と（フランス語で）呼んで追い払っただけだった。

付き合い始めて最初の大みそかに彼氏と自分が別々の大陸にいて、あの肝心な午前零時ちょうどのハッピーニューイヤーのキスをできないせいでもない。

違う。そんなことのせいで眠れないんじゃない。わかってる。どうして眠れないのか――ちゃんとわかってる。

今日の午後（て言うか昨日ね、もう深夜をだいぶ過ぎてるから）、大親友が、上司に恋してるって告白したから。

女性の上司に。

しかもね。上司のほうも彼女を好きでいるのよ。一緒に住もうとまで言った。

そしてシャリは喜んで受け入れたの。

別にそれが悪いってわけじゃない。だってわたし、同性愛者であることをカミングアウトしたあとでも司会者のロージー・オドネルはけっこう好きだもの。彼女が同性愛者のファミリークルーズを企画したときのドキュメンタリー、ほんとに泣けた。

それに、コメディアンのエレン・デジェネレスだって最高だと思う。

でも自分の大親友が、しかもずっと男性を好きだった親友が？ ただ好きだっただけじゃなくて、男性と寝てた子が――付け加えるなら、わたしよりもはるかに大勢の男性と寝てたのに――それに今までただの一度も女性に対する性的関心を示したことのなかった子が？

あ、でも寮にいたときのブリアナって子は別か。

だけどあのときシャリは泥酔してて、目が覚めたらベッドでブリアナと一緒に寝てただけで、どうしてそうなったのかさっぱりわからないって言ってた。

待って。あれがその兆候だったの？ だってブリアナは（実はその彼氏も）いつもわたしを口説いてた。わたしはひたすら興味ないって言ってたけど。どうしてシャリもわたしがいつも言ってたみたいに、興味ないって言わなかったの？

もっとも、わたしはシャリほど酔っ払ったことがあるわけじゃないけど（彼女はアルコールの隠れカロリーを摂っても平気だけど、わたしは無理）。

それにしたって。

でも待って。そう言えばシャリはアナーバーのミシガン・シアターでやってた外国映画がいつもお気に入りだった。ほら、少女たちが大抵はお互いを相手に、性的に成熟していくフランス映画。年上の少女が手ほどきをしたりとか、そういうやつ。

そうだ。あれもその兆候だったんだわ。

考えてみたら、あのときも。キャシー・ペネベイカーが――なんなの、結局またキャシー・ペネベイカーの話？――わたしたちをパジャマ・パーティーに招待してくれて、それでみんなで泡風呂に入ろうって言った。わたしは「えーと、わたしたち、みんなで泡風呂に入るにはちょっと大きくなりすぎじゃない？　もう一六歳よ？」って感じだった。

でもシャリは、わたしの記憶が正しければ、実際にキャシーと一緒に彼女の両親のバスルームで泡風呂に入ったはず。その間わたしは一階にいて、当時好きだったティム・ダリーが出てた『ウィングス』の連続放送を観てたんだった。

なんてこと。何をあんなにばしゃばしゃやってるんだろうって思ったのよね。しかもわたし、ティムがクリスタル・バーナードになんて言ってるのか聞こえないから静かにしろって怒鳴った記憶もあるわ。

うっそ。恥ずかしい。

てことは、つまり。そんなに驚くようなことじゃなかったってことね。

それに、シャリがどれだけパットのことばかり話してたかを考えれば、実際そんなに驚くほどのことでもなかったのかも。だってシャリがパットのことを好きなのはみんなわかってたし。ただ、どういう感じに好きだったかがわかってなかっただけで。

それに、好きにならない理由がある？　だってあの爆弾発言のあとでわたしがバカみたいに口をあんぐり開けたまま縁石に突っ立ってたら、シャリがわたしの手をつかんで「彼女に会いに来て」って言ったんだもの。

びっくりしすぎて断ることもできなかった。別に断りたいわけでもなかったし。シャリがこないだまで生涯の恋人だったチャズを捨てた元凶の人物に会ってみたくて、好奇心でいっぱいだったから。

そして、まあ、パットはエレン・デジェネレスの恋人のポーシャ・デ・ロッシみたいな、抜群の美人とは言えない。

でもほっそりとして活気にあふれた女性ではある。三〇代前半、鮮やかな赤い巻き毛が滝のように背中を覆ってて、肌は乳白色、笑い上戸で、きらきらと輝く青い瞳をしてた。

パットは握手しながら、わたしのことはいろいろと聞いてた、シャリと自分のことがショックだろうけど自分はシャリのことをほんとに愛してて、それよりも何よりも自分の犬たち、スクーターとジェスロもシャリのことが大好きなんだって言った。

それに対してわたしはどう答えたらいいかわからなくて、そのうちスクーターとジェスロにも会ってみたいですとしか言えなかった。

そこでシャリと彼女の新しい恋人は、来週末にニューヨーク・ジェッツの試合があるから観にいらっしゃいって誘ってくれた。

正直、どっちのほうが驚きだったかわからない。大親友が女性と恋愛をしてることか、それとも彼女がアメフトの試合なんか観るようになったことか。

とにかく、わたしは観に行きますって答えた。そしてシャリに見送られてエレベーターホールへ出て行った。

「ねえ、ほんとに平気？」おんぼろの二人乗りエレベーターが来るのを待ちながら、シャリは訊いた。「あんた、なんか……なんか、あのルークのいとこの結婚式にアンディが現れたときと同じような顔してるけど」

「残念でした。あのときと同じ気分じゃまったくないわよ。あなたのために、ほんとに嬉しく思ってる。それだけ。ただ……いつから気づいてたの？」

「何を気づいてたって？」

「ほら。自分が女性を好きだってこと」

「好きじゃないわよ」シャリは微笑んだ。「特定の女性を好きになったってだけ。特定の男性を好きになることがあるのと同じようにね。あんたが特定の男性を好きなのと一緒よ」笑みが消え、彼女は真剣な表情になった。「リジー、これは人の心の問題なの。体にくっついてるものの問題じゃなくてね。わかってるでしょ」

わたしはうなずいた。だってそれは真実だから。少なくとも、そうあるべきだから。

「わたし、パットが女性だから好きになったわけじゃない」シャリは続けた。「チャズが男性だから好きになったわけじゃないのと同じ。どっちのことも、内面の人間性を好きになったの。ただ、今一番恋愛感情を持てる相手がパットだって気づいただけのこと。多分、トイレの便座を上げっぱなしにしないことが理由ね」

ぽかんとしてたら、シャリがつっついてきた。「冗談だって。笑ってもいいのよ」

「ああ」わたしは言って笑った。でもその笑いはある考えに行き当たって尻すぼみに消えた。

「シャリ、お父さんとお母さんは？　二人にはもう言ったの？」

「ううん。それは次に直接顔を合わせたときに話すわ。多分クリスマス休みになるわね」

「パットを連れてって紹介するつもり？」

「パットは行きたがってるけど、今回はやめとこうと思って。うちの親がこの事実を受け入れるまでね」

「そうね」シャリの彼女がシャリのご両親に会いたがってるって事実に、一瞬芽生えた嫉妬を抑えようとした。だってわたしの彼氏はわたしの両親に会うことについて、みじんも関心を示してくれなかったんだもの。シャリのほうが懸念事項は山ほどあるのに。たとえば、デニス夫妻が、一人娘が女性と恋愛関係にあるって知らせにどう反応するかなんて想像もつかない。ドクター・デニスはきっとまっすぐリキュールキャビネットへ向かうわ。ミセス・デニスはまっすぐ電話に向かうわね。

「どうしよう！」わたしは目を見開いてシャリを見つめた。「どうなるかわかるでしょ？あなたのママがうちのママに電話するわ。そしたらママに、わたしたちが一緒に住んでないってことがバレちゃう。そしてわたしがほんとはルークと一緒に住んでるんだって気づいちゃう」

「かえって感謝するんじゃないの？」シャリは言った。「わたしがあんたと付き合ってないことに」

「そっか」わたしはほっと胸を撫で下ろした。「それはそうかもね。ねえ――」また不安を覚えてシャリを見やる。「わたしたち、違うわよね？　つまり……パットに対するのと同じ感情をわたしに対して抱いたこと、ないわよね？」

ないって言って、とわたしは祈った。どうかないって言って。お願いだからないって言って。だってわたしはシャリとの友情を何よりも大事に思ってて、それが彼女のほうは恋愛感情があったなんてことになったら、その、どうやって今までどおり親友でいられるって言うの？　自分に恋をしてる人と友達でいるなんて無理。自分も同じような感情を相手に抱けるんでなきゃ……。

シャリは、皮肉めいたとでも言えそうな表情でわたしを見た。

「そうよ、リジー。わたし、一年生のときにバットガールのショーツを見せてもらって以来あんたのことが好きだった。今パットと付き合ってる唯一の理由は、あんたがルークじゃなくてわたしを愛してくれることが絶対になくて、あんたを手に入れることができないからよ。さあ、こっちに来てキスしてちょうだい、このおてんば娘」

目が点になったわたしを見て、シャリは大笑いし始めた。

「なわけないでしょ、バカ。あんたのことは親友として心から大好きだけど、恋愛感情を持ったことはないわよ。実際、わたしのタイプじゃないしね」

ひねくれた見方をするつもりはないんだけど、シャリの口調はまるでわたしに恋愛感情を持つ人間がいることさえ理解できないとでも言うふうに聞こえた。

そのときは言わなかったけど、こっちもシャリについて同じように考えてた。だって、シャリが寝るときに無脊椎動物かって言うくらいぐにゃぐにゃ動き回って毛布を持ってっちゃうってこと（これは、昔キャンプでいじめっ子たちがわたしの寝袋を湖に投げこんで、シャリとひとつの寝袋で一緒に寝なくちゃいけなくなったときに発見した）をパットは知らないの？　それに、わたしが知る限り、借りた本は一度も返したことがないこととか？　愛書家で有名なチャズがこれだけ長い間我慢してたことさえ奇跡だわ。絶対に返って来ないってわかってたから、わたしは一度もシャリに服を貸したことがない。

もちろん、シャリに服を貸してなんて頼まれたことはないけど。わたしの趣味は彼女にはちょっとレトロすぎるみたいね。

それにしたってよ。

「タイプなんかあるの？」わたしは眉を吊り上げて訊いた。「見たところ、ずいぶん守備範囲が広いみたいだけど――」

「基本的には」シャリはさえぎった。「たまにはおしゃべりせずにいられる人がいいわね」

「あっそ。だったらチャズと別れたのも無理はないわね」と皮肉ったところへ、引っぱられてうめき声を上げながら、エレベーターがようやく到着した。

「はいはい」シャリは言うと、ハグしてくれた。「チャズのこと、面倒見てあげてくれる？一日中引きこもってハイデガーなんか読んで、アルコールを買うとき以外は部屋から出ないみたいな状態に陥らないように気をつけてあげて。約束よ？」

「頼まれなくたって大丈夫よ。チャズのことは実のお兄ちゃんみたいに好きなんだから。ティファニーに誘い出してもらって、モデル仲間にでも紹介してもらうわ。そしたらちょっとは元気が出るでしょ」

「そりゃ間違いないわね」シャリはうなずいた。

そしてエレベーターの扉が閉じ、彼女の姿が見えなくなった。

それだけのこと。

ま、今ベッドの中でそのときのことを何回も何回も思い出してるせいで一睡もできずにいることは別にしてね。

「ねえ」すぐ横でものすごく小さな声がして、わたしは飛び上がった。振り向くとルークが目を覚まして、眠そうに目をしばたたいてる。

「ごめんなさい」とささやきかける。「起こしちゃった?」物音は立ててなかったはず。頭の中の考え事がうるさくて起こしちゃったのかしら? カップルがほんとに親密になると、お互いの考えてることがわかるようになるって聞いたことがある。わたしにプロポーズして、ルーク。ルーク、わたしにプロポーズして。ルーク、わたしがおまえの父親だ……それは『スター・ウォーズ』だっつーの——。

「いや」彼が答える。「この金属のフレームが——」

「よね。わたしも痛くって」

「本当にごめん」ルークはため息をついた。「あと一晩我慢すれば、いなくなるから」

「大丈夫よ」こんなときにわたしの心配をしてくれるなんて。もっと深刻な心配事があるのに――お母さんの不倫っていう。

もちろん、彼はそのことを知らないわけだけど。だって教えてないもの。言えるわけないでしょ？　ご両親がよりを戻して、ものすごく喜んでるのに。

そんなことを知ったら、ルークは結婚に対して永遠に幻滅しちゃうかも。母親の浮気に加えて、シャリがチャズを振ったこととか、元カノが自分のいとこと駆け落ちしたこととかをひっくるめて、女性には貞節なんか求めようがないんだって結論づけちゃったらどうするの？

それにわたしたちの関係、ものすごくうまくいってるのよ（今回の家族訪問は別にしてね）。感謝祭のディナーにティファニーとラウルを招待したことでさえ、わたしが恐れてたような悲劇を招いたりはしなかった。二人のおかげでチャズはうまいこと気がまぎれたみたい。太ももまであるロングブーツにキャットスーツ姿のティファニーを眺めて喜んでたから。ほんと、ルークはあの「そんなに若かったら、そもそも愛がどんなものかなんてどうしてわかる？」って話をすっかり忘れちゃったんじゃないかと思うわ。

もしかしたら最高にスペシャルなクリスマスプレゼントがもらえるかも。すごく小さな箱に入ったやつよ。

何よ。あるかもしれないでしょ。

「とにかくさ」ルークが急に唇をわたしの髪の中へともぐりこませる。「きみはほんとに頼りになるよ。期待をはるかに超えてがんばってくれた。それにね、きみが焼いたあの七面鳥、最高においしかったって言ったたっけ？」

「ああ」わたしは謙虚に言った。「ありがと」

悪い？　あれが調理済みだったなんて彼が知る必要ないでしょ。

「リジー・ニコルズ、きみのことは手放せないよ」彼の唇が下のほう、髪よりももっと唇の感触に敏感な部分へと移動していく。

「ああ」全然違う声でわたしは言った。「ありがとう！」手放せない！　ちょっと、それってもうプロポーズしたも同然じゃない。人のことを手放せないっていうのは、その人を独り者の海に投げ戻して別の誰かに持ってかれたりしたくないって意味でしょ？

「それに、間違いないんだよね」下のほうから声がする。「きみとシャリが一度も――」

わたしは体を起こして暗がりで彼を睨んだ。「ルーク！　言ったじゃない！　ないわよ！」

「わかったよ！」ルークは笑った。「訊いてみただけだって。でもチャズも絶対訊くよ」

「もう言ったでしょ」まったく、信じられない。「チャズには何も言わないで。シャリが自分から言うまではだめ。そもそもわたしだってあなたに何も言っちゃいけなかったのに――」

ルークがまた笑う。しかも、言ってしまえば、あんまり感じの良くない笑い。「シャリが？　きみに何か話してそれを秘密にしとけって頼んだのかい？」

「あのねえ、わたしだって秘密を守ることはできるのよ」わたしは憤然と言った。だって、ほんとに……ここに引っ越して来てからわたしがどんな秘密を守ってきたか、彼が知りさえしたら。

「わかってるって。からかっただけだよ。心配しなくても大丈夫、チャズには何も言わないから。でもチャズがなんて言うかわかるだろ」

「なあに？」少し機嫌が良くなった。でもそれは窓から射しこむ月の光に照らされて、ルークがものすごくハンサムに見えるからってだけよ。

「シャリがレズになったのは、本当に俺と別れたあとだったのかって」

わたしは思いっ切りシーツを引っぱり上げて、彼が強い関心を覚えてるらしい自分の体を覆い隠した。

「言っときますけど、シャリはレズじゃありません」

「バイセクシャルでもレズでもどっちでもいいけどさ。これ、なんのつもり？」ルークがシーツを引っぱった。

「どうしてレッテルが必要なの？」シーツを引っぱり返しながら詰問する。「どうして人を性的嗜好で区別しなきゃいけないわけ？　シャリはただシャリのままじゃいけないの？」

「もちろんいいよ」ルークはちょっと面食らった様子だった。「どうしてそんなにむきになるんだ？」

「どうしてって、シャリのことをわたしの『レズの友達』って呼んでほしくないからよ。シャリだってそう呼ばれたくないに決まってる。て言うか、シャリは気にもしないだろうけど。

でもそういう問題じゃないわ。シャリはシャリ、それだけよ。わたし、チャズのことをあなたの『異性愛者の友達』なんて呼んだりしないでしょ」

「わかったよ」とルーク。「ごめん。今まで親友の彼女が女性と付き合うために親友を振るなんてことがなかったから。今はちょっと混乱してるんだと思う」

「わたしだって」

ルークはごろりと仰向けになって天井を見上げた。

束の間の沈黙のあと、彼は口を開いた。「こうなると、ぼくたちにできることはひとつしかないな」

「何？」

彼は実践してみせてくれた。

そして最終的には、わたしも認めざるを得なかった――彼の判断には一理ある。

それをしっかりとすてきに実践してくれた、とだけ言っておこうかしら。

リジー・ニコルズのウェディングドレス・ガイド

手袋選びは手探りで……

結婚式の当日、手袋《グローブ》を着けることでよりフォーマルな雰囲気を演出する花嫁もいます。グローブには様々な長さがあり、ファッションに敏感な花嫁、または単に伝統を重んじるだけの花嫁にも、ぴったりの小物です。それに加えて、実用性もあります――グローブを着ける花嫁は当然、マニキュアのことを気にする必要はありませんし、純白のドレスに汚い指紋をつけてしまう心配もありません。

一般的なウェディンググローブの種類としては、以下のようなものがあります。

オペラ丈
この白く長いグローブは、指先から上腕までを覆います。

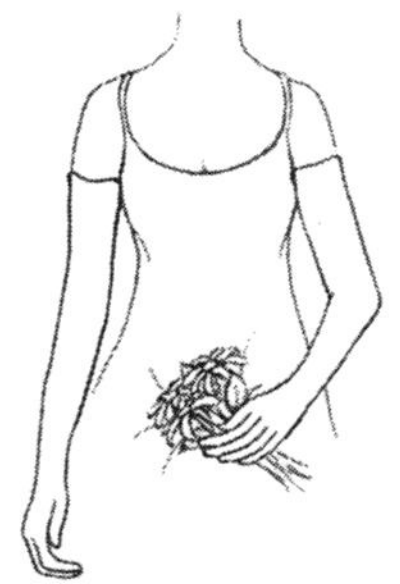

肘丈
オペラ丈と似ていますが、肘上までしか覆いません。

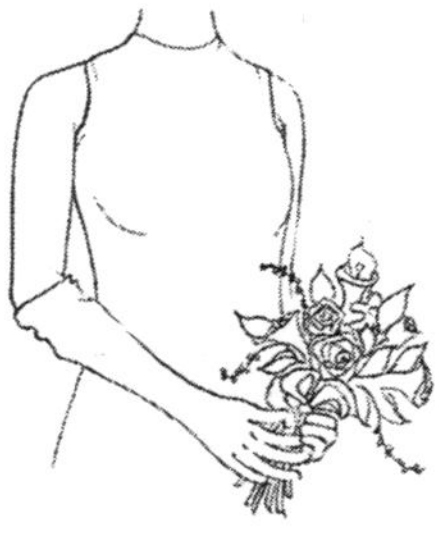

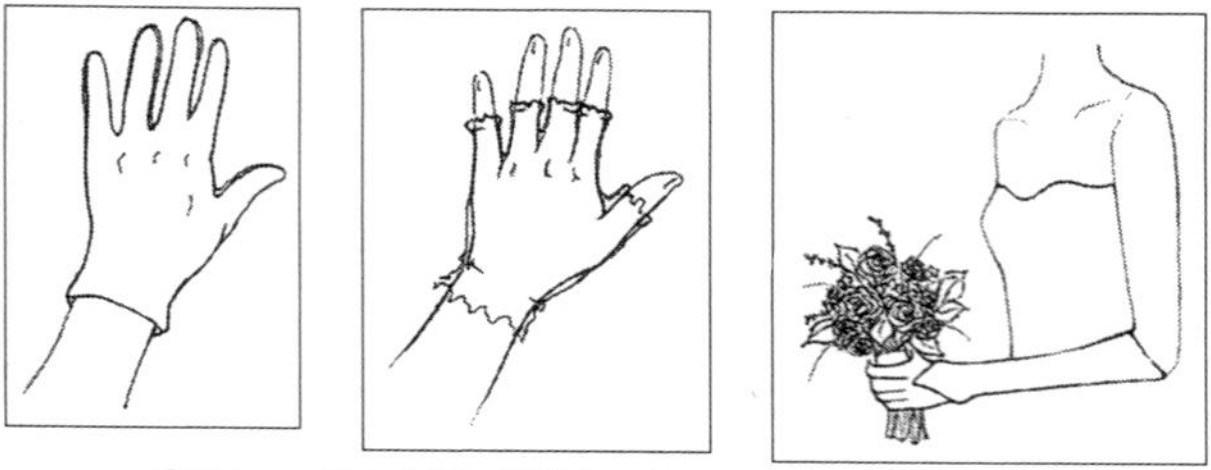

©リジー・ニコルズ・デザインズ

ガントレット（右）
手のひらや指の部分は出したまま、前腕だけを覆うタイプです。

フィンガーレス（中）
昔マドンナが着けていたレースのものと一緒です。または、『クリスマス・キャロル』で主人公スクルージの下で働くボブ・クラチットがこれを着けた姿もよく描かれますね。

手首（左）
スキー用の手袋と同様、手のみを覆うタイプです。

結婚式で指輪交換をする際、グローブは外さなくてはなりません（グローブの上から指輪をはめたりしたら、育ちが悪いと思われます。手首の内側に口が開いていない場合、左の薬指の下に小さな穴を開けておいて、指輪をはめてもらうときにそこから指を出せるようにしておきましょう）。食事の際ももちろん同様です。

腕ががっちり筋肉質の花嫁や長袖のドレスを着る花嫁は、そもそもグローブを着けないほうがいいでしょう。

18

他人の秘められた長所について噂する者などいない。
――バートランド・ラッセル（一八七二年～一九七〇年）
イギリスの哲学者

感謝祭明けの月曜、ペンダーガスト・ローリン・アンド・フリン法律事務所の受付は目が回るほど忙しかった。公式な調査が行われたことがあるかどうかなんて知らないけど、自分の観察結果だけをもとに判断した限り、連休のあとは絶対離婚請求が増えると思う。

実際、その気持ちがわからないでもない。連休をドゥ・ヴィリエ一家と過ごしたあとだから……とてもすてきな人たちよ。でもあの人たちの突拍子もない行動にはいらいらさせられた。たとえばミセス・ドゥ・ヴィリエがルークの元カノのドミニクとルークのいとこのブレインがどれだけ幸せにやってるかをしゃべることとか。ドミニクはどうやらブレインの財産をとても見事に管理してるみたい……彼女の助けがあってよかったわ。だって彼のバンド《サタンズ・シャドウ》は今、インディーズのメタル部門で大ヒットしてるから。

ミセス・ドゥ・ヴィリエがもうひとつ話題にしてたのが、ブレインの姉の妊娠だった。ヴィッキーの出産は春の予定だし、赤ちゃんの性別だってまだわかってないんだけど、ルークのお母さんはもうちっちゃいベビー服とか靴下とかを買いこんで、自分も早く孫が欲しいなんて言ってはルークをものすごく居心地悪そうな顔にさせてた。そのせいでわたしの森の小動物作戦は何週間も、へたをすると何カ月も後退させられてしまった。

それに、ムッシュー・ドゥ・ヴィリエの突拍子もない行動はもっとひどかった。ムッシューには目の前をろくに見ずに歩く癖があって、その結果、わたしがわざわざ鏡台からどかしてハンガーラックの下に置いておいたシンガー五〇五〇のミシンを蹴っ飛ばしちゃったのよ。あそこならラックのフレームがあるから誰も足を引っかけたりしないだろうと思ったのに。

それなのにルークのお父さんはどういうわけか、ミシンを破壊してのけた……少なくともボビンの部分をね。

ムッシューは平謝りで、新しいミシンのお金を出すって言ってくれた。でもわたしは大丈夫です、古いミシンだからもともと新しいのを買う予定だったんですって言っておいた。

ほんと、いったいぜんたいどうして思ってもない言葉がこの口から出てくるのか、さっぱりわからないわ。

とにかく、夫妻は帰ってった。日曜日の午後に出発したんだけど、その前にはたくさんのキスをして、シャトー・ミラックで過ごすクリスマスと新年がどれほど楽しみか、しきりに話してくれた。もちろんぜひ来てほしいって言われたわよ。でも本気で言ってるんじゃないのは明らかだった。ルークは本気だったわよ、当然。あとお父さんも本気だったかも。

でもお母さんは？　そうでもなかったんじゃない？　「もう、本当にいらっしゃいよ、リジー。すごく楽しいわよ」って言ったときの笑みは目までは届いてなかった。いつもならできるはずの笑いじわが目尻にできなかったもの。

そう。わたしは自分が望まれてない場所がわかる。そしてそれはドゥ・ヴィリエ一家が家族で祝うフランスでの祝日なのよ。

それはいい。そう。全然かまわない。わたしはどっちみち四連休しかなくて、実家へ戻って両親の顔を見たら月曜日には仕事に戻らなきゃいけないんだって説明した。

それを聞いてミセス・ドゥ・ヴィリエがなんとなくほっとして見えたのは、わたしの気のせいじゃないと思う。だって、息子を独り占めできるんだものね。

それだと念願の孫生産がちょっと難しいってことぐらいわかりそうなもんだけど。でももしかしたらほかに嫁候補を検討してるのかも……仕事を二つもかけもちしてて、しかもそのひとつが無給で、もうひとつだってとてもお友達に自慢できるような職種とは言えない候補じゃなくて。だって、受付嬢よ？　全然華やかじゃない。ほら、投資銀行家とか市場アナリストなんかと比べたら……。

感謝祭明けの月曜は特に華やかじゃない。こんなに大勢の人たちとその母親が離婚専門の弁護士を探してる日には。ティファニーによれば、今日よりも忙しいのは唯一、年が明けた直後なんだって。大みそかにプロポーズする人がけっこう多くて、それでみんな婚前契約書を作りたがるから。

「ペンダーガスト・ローリン・アンド・フリン法律事務所でございます、どちらへおつなぎいたしましょう？」を言いすぎて喉が痛くなってきた。声もかすれてきたみたい。幸い、ティファニーが（いつものように）油を売るために早く出て来たから、わたしが化粧室へ喉スプレーをしに行く間、受付を代わってくれた。

「ラウルがさ、あんたの友達のシャリ？　彼のかかりつけの内科医を紹介しようかって言ってたわよ」席を替わりながらティファニーが言う。「ほら、もしまだ病気とかだったら。まだ具合悪いの？」

「違うの」わたしは引き出しを開けてマイヤーズのハンドバッグを引っぱり出した。ティファニーが『ヴォーグ』誌をどうしても取っとけって言うもんだから、引き出しの中はぎりぎりバッグが入るかどうかってくらいぎっしり埋まってる。「シャリとチャズ、別れちゃったのよ」

「マジ？」ティファニーが大きな青い瞳を向けてきた。「あんたんちのパーティーの直前？　マジ、だったら病気だって言ったのも無理ないわね。超恥ずかしいもんね。じゃどっちかが出てくわけ？　どっち？　もう、ちょっとマジ、なんで教えてくれなかったの？」

誰にも何も言わないよう努力してたからよ――特にティファニーみたいに、チャズのお父さんに何か言っちゃいそうな人には。もちろんルークは知ってるけど、わたしは彼にしかしゃべってない。最近はおしゃべり癖をやめようって一生懸命がんばってるんだから。シャリには自分がチャズに話す機会ができるまで誰にも何も言うなって頼まれたし――ほんとに早く機会を作ってほしいわ。チャズがお父さんの電話に折り返してここにかけてきたとき、いつまで何も言わずに我慢できるかわからない。この秘密に加えてルークのお母さんの秘密まであって、わたしもう秘密ではちきれそうなのよ。

そしてそのせいで頭がおかしくなりそう。

「知らないわよ。ねえ、喉スプレーしに行っていい？　すぐ戻って来るから」

ティファニーが返事をしようとしたそのとき、電話が鳴って彼女が出なくちゃいけなかった。「ペンダーガスト・ローリン・アンド・フリン法律事務所でございます、どちらへおつなぎしますか？」

ここの化粧室は実際にはロビーの外、エレベーターホールの脇にある。化粧室を利用するには暗証番号が必要。これは別に通りすがりの観光客がペンダーガスト・ローリン・アンド・フリン法律事務所の化粧室を無断で使おうと外からふらふら入って来ないようにするためじゃない。そもそも、予約があってセキュリティゲートを通過しないとビルにさえ入れないし。ほんとのところ、このビルに入ってる会社がどうしてみんな女性化粧室（と男性のも。ビルの管理会社は性差別主義じゃないから）を施錠して、暗証番号がないと入れないようにしてるのか意味がわからない。

ともあれ、ペンダーガスト・ローリン・アンド・フリン法律事務所の受付嬢に与えられた業務のひとつが、依頼人や外部の弁護士に訊かれたときに暗証番号を教えることだったりする。ちなみに暗証番号はすごく覚えやすい。一―二―三だから。

それなのに、依頼人の中には（弁護士の中にも）番号を二度も三度も教えてあげないと覚えない人たちがいる。受付嬢にしてみたらほんとにいらいらするんだけど、もちろんそんなことおくびにも出さない。それにしても、そもそもどうして施錠する必要があるのか、ほんとにわからないんだけど。わたしが化粧室を使ってるとき、ほかに誰かいたためしがないんだもの。ニューヨークでもっとも使用頻度の低い化粧室に違いないわ。

喉スプレーをしに（あと、ついでにちょっと口紅をつけ直して髪をふわっとさせに）行ったときもそうだった。ものすごく清潔で、ものすごくベージュ色な化粧室でわたしは一人きり。洗面台の上にかかってる巨大な鏡に映る自分の姿をぼんやりと眺めながら、ようやくカウチベッドじゃなくて自分の（て言うかルークのお母さんの）ベッドで寝られてよかった、眠れずに夜中に寝返りを打ってたせいでできた目の下のクマがやっと薄れてきたから、なんて考えてた。ほんと、いつか自分の店を持つ公認ウェディングドレス修復師になってついにお金が貯まったら、真ん中に金属のフレームなんか入ってなくて実際に快適なカウチベッドを《ポッタリー・バーン》で買うわ。

でもその前に、ちゃんと自分の物がしまえるマンションを買おう。そうすれば他人に足を引っかけて壊されるようなこともなくなる。

そのあとで、カウチベッドを買うのよ。

しかも自分がそのカウチベッドに寝ることを心配しなくてもいいんだわ、だって次にルークのご両親が遊びに来たら二人はルークのお母さんのマンションに滞在して、わたしのマンションに来る必要がないんだから――。

楽しい妄想に浸ってると、物音がした。最初は自分のヒールが床のタイルに当たる音だと思った。でも次の瞬間、気がついた。ペンダーガスト・ローリン・アンド・フリン法律事務所の女性化粧室にいるのはわたし一人じゃない。一番奥にある個室のドアが閉まってる。

その人を一人にしてあげようと忍び足で化粧室を出て行こうとしたら、また音が聞こえた。鳴き声のような音。ちっちゃな子猫みたいな。

それか、誰かが泣いてるみたいな。

ドアの下から見える靴で誰だかわかるかと思って、腰をかがめて見た。そしたら目に飛びこんで来たのはジル・ヒギンズ、現在ニューヨークでもっとも有名な未来の花嫁の足だった。間違いない。だってティンバーランドを履いてるんだもの。

ペンダーガスト・ローリン・アンド・フリン法律事務所にティンバーランドなんか履いて来るのは、ジル以外にいない。

しかもそのジルはどうやら、チャズのお父さんと約束してる時間の前に、化粧室で泣いてるらしい。

法律事務所の従業員として、静かにこの場を去り、何も聞かなかったふりをしなきゃいけないことはわかってる。

でも未公認ウェディングドレス修復師として――そして何より、四六時中いじめられるのがどんな気分かわかる女性として（生まれてからずっと、お姉ちゃんたちにいじめられ続けてきたから）――ただ黙って出て行くなんてできない。しかも自分が彼女を助けてあげられるってわかってるのに。絶対助けられる。ほんとよ。

だからわたしが奥の個室の前まで行って、そっとノックしたのも不思議じゃないでしょ。もっとも、心臓が飛び出しそうだったのは認めるけど。この仕事を失うわけにいかないのは事実だから。

「あの……ミス・ヒギンズ？」ドア越しに声をかける。「わたし、リジーです。受付の」

「ああ……」

その短い一言に、あんなに感情がこもってるのを聞いたことがない。その「ああ」には恐怖（ジョン・マクダウェルの婚約者がトイレで泣いてるところを見つけて、わたしが何を言うのか、どうするのか不安だったんだと思う。マスコミに電話する？　ティッシュを箱ごと渡してくれる？　エスターを呼びに行く？　何をするのって）、後悔、自己嫌悪、差恥心、それにたっぷりの悔しさらしき感情まで詰まってた。

「大丈夫です」わたしはまたドア越しに言った。「その、わたしもたまにここで泣きたくなることがありますから。て言うか、ほぼ毎日ですけど」

そしたら中からちょっと笑いを引き出せた。でも涙まじりの笑い。

「何かお持ちしましょうか？　ティッシュとか？　ダイエットコークとか？」どうして後者を欲しがるだろうと思ったのか、自分でもわからない。ただ、わたしの場合はよく冷えたダイエットコークを飲むといつも気分がよくなるから。もっとも、差し出してくれる人はめったにいないんだけどね。

「い……い……いえ」震える声でジルが答える。「大丈夫。多分。ただ——」

だけど次の瞬間、彼女はたがが外れたみたいだった。赤ちゃんみたいに、あえぐような大きな声で本格的に泣き出す。

「うわあ」そんなふうに泣くときの気分なら、よくわかる。経験者だもの。昔よくこうやって泣いたもんだわ。

そしてそれだけ盛大に泣いてるとき、わたしを落ち着かせてくれたものはひとつしかない。

「待っててください」ドア越しに呼びかけた。「すぐ戻ります」

わたしは化粧室を飛び出した。そしてティファニーを避けるため（きっとわたしが何をしてるのか不思議がってるだろうから。だってまだあと三〇分はシフトが始まらないのにわたしの椅子に座って、わたしが取るべき電話を取らされてるわけだし）、施錠されてるオフィスの裏口に暗証番号を打ちこんで中へ入る（暗証番号は一－二－三）。そしてペンダーガスト・ローリン・アンド・フリン法律事務所のキッチンへと急いだ。

そこでわたしは抱え切れるだけの物を抱えて（休憩中の実習生にじろじろと見られながら）女性化粧室へ戻った。ジルはまだ号泣してる。

「ちょっと待って」わたしはくすねてきた大量のお菓子を洗面台の脇に置いた。「今行くから」目の前の品揃えをざっと見渡す。ゆっくり選んでる暇はなかった。緊急支援が、それも今すぐ必要。最初に目についたお菓子のパッケージをつかみ、個室の脇に膝をついて下から差し入れた。

「はい。《ドレイクス・ヨーデル》よ。食べて」

呆気に取られたような沈黙があった。もしかしてとんでもない間違いを犯しちゃった？でもね、わたしが泣くと、シャリはいつもチョコレートをくれるのよ。そしたらあっという間に気分がよくなるんだから。

まあ、あっという間は大げさかもしれないけど。少し経てばね。だけどジルの抱えてる問題はあまりにも大きすぎて、《ヨーデル》ぐらいじゃ追いつかないのかも。

「あ――ありがとう」ジルが言った。そしてお菓子が（と言っても、ほんと、わたしに言わせれば《ヨーデル》はお菓子っていうよりはデザートだけど）わたしの手から消える。そしてビニールの包装をやぶく音。

「牛乳もいる？」と訊いてみた。「全脂牛乳と二パーセントのとあるけど。スキムミルクもあったけど、でも、ねえ。あ、あとダイエットコークもあるわよ。糖分が必要だったら、普通のコーラも」

さらに包装をやぶく音に続いて、涙ながらに「普通のコーラがいいわ」と声がした。

わたしは缶を開けて、ドアの下から差し入れた。

「あ――ありがとう」とジル。

しばらく、静かにコーラを飲む音以外は聞こえなかった。やがて、ジルが言う。「《ヨーデル》まだある？」

「もちろん」落ち着かせるように言う。「《デヴィル・ドッグ》もあるわよ」

「《ヨーデル》のほうがいいわ」

ドアの下からひとつ渡す。

「ねえ」わたしはくだけた口調で話しかけた。「慰めになるかどうかわからないけど、あなたがどんな思いでいるかは知ってるわ。まあ、厳密に知ってるわけじゃないけど。実はね、わたし、お嫁さんを大勢相手にする仕事をしてるの。もちろん、ほとんどのお嫁さんはあなたみたいなプレッシャーを感じてるわけじゃないわよ。でもね、ほら。結婚って誰にとってもストレスがたまるものだから」

「ああ、そう？」苦々しげな笑いとともにジルが言った。「そのお嫁さんたちの未来の義母も、みんなわたしの義母みたいに彼女たちを嫌ってたりする？」

「みんなじゃないけど」《デヴィル・ドッグ》を自分用に開けながら言う。でも食べるのは中のクリームのとこだけよ。外のスポンジの部分より炭水化物が少ないから。多分。「あなたの未来のお義母さんは何をしたの？」

「ああ、わたしのことを、息子が相続する資産を盗もうとしてる金目当ての女だと思ってる以外に？」またビニールをやぶく音がした。「どこから始めたらいいかしらね？」

「実はね」と言ったときに頭の中で、やっちゃだめ！って声がした。やるんじゃないわよ、その価値はないわ、って。

でも別の声が、これはわたしの義務だって言ってる。女性として彼女を助けるのが義務だ、こんなに苦しんでる女性をこのうえさらに悲しみに暮れさせることなんかできないって……しかも悲しむ必要がない女性を。

「わたしがお嫁さんを大勢相手にしてるって言ったのは、ここでの仕事のことじゃないのよ」わたしは話し続けた。「て言うか、ここだけじゃないって意味。実はわたし、公認ウェディングドレス修復師なの。まあ、ほんとは公認じゃないけど。まだね。でも公認の人と一緒に仕事してるの。とにかく、わたしの専門はヴィンテージやアンティークのドレスを修復したり、現代の花嫁に似合うようリフォームしたりすることなの。もしかしたらこの情報が少しはあなたの役に立つかと思って」

しばらく、個室の中からは物音ひとつしなかった。やがてまたカサカサいう音がする。そしてトイレを流す音。次の瞬間、トイレのドアが開いて目を真っ赤に泣き腫らし、顔を紅潮させ、髪の毛を乱し、ウールのセーターのあちこちに《ヨーデル》の食べかすをくっつけたジルが出てきてわたしをうさんくさそうに睨んだ。

「それ、何かの冗談?」からかってるようでも、親しみをこめてるようですらもない口調で訊いてくる。

まずい。

「待って」化粧室の壁にもたれかかってた体をしゃきっとさせる。「ごめんなさい。ただ、ほら、風の便りで聞いただけなんだけど、あなたの未来のお義母さんが、一族が何世代にもわたって受け継いできたか何かの古いドレスを着させようとしてるって。だから教えたかったの、その――ほら。わたしが助けてあげられるって」

ジルはまばたきしながらわたしを見てた。その顔には表情らしきものがまったくうかがえない。彼女が全然メイクをしてないことに気づいた。だけどノーメイクでも大丈夫な、健康的でアウトドア派っぽいタイプだものね。

「わたしだけじゃないわよね」と急いでつけ足す。「あなたを助けられる人はたくさんいるわ。ニューヨークはそういう人であふれてる。ただね、モーリスって人のところだけは行っちゃだめよ。あそこはなんにもしないでただ過剰請求してくるだけだから。ドレスに、ってことね。行くならムッシュー・アンリのお店にして。そこがわたしの働いてる店。だってほら、うちじゃ化学薬品とかそういうのは一切使ってないから。それにちゃんとお客さんのためを思ってるし」

ジルがまたまばたきをした。「思ってる?」と疑わしげに繰り返す。

「そりゃそうよ」言いつつも、遅ればせながら、この話がどう受け取られてるかわかった。だって自分から何かしぼり取ろうって人たちに朝から晩までつきまとわれてる人なのよ――マスコミはコメントや写真を求めて、世間はニューヨークで一番裕福な独身男性と結婚するのはどういう気持ちか聞きたがって、それに彼女の愛するアザラシたち、彼女がぎっくり腰になるのもいとわないほど愛情を注いでるアザラシたちだって、きっといつも魚をせびってるんだわ。それか、セントラル・パーク動物園のアザラシがどんな餌をもらってるか知らないけど、その餌を。

「ねえ」わたしは言った。「今がものすごくつらい時期だろうっていうのはわかるわ。それに世界中の誰も彼もがあなたを食い物にしようとしてるみたいに思えるのも無理はない。でもわたし、絶対にそういうつもりでこんな話をしてるんじゃないの。ヴィンテージファッションはわたしの生きがいなのよ。だってほら、この服を見ればわかるでしょ?」と自分の服を示す。「レアなキモノ風の長袖ワンピースで、アルフレッド・シャヒーンってデザイナーの手による一九六〇年代もの。シャヒーンはどっちかって言うと本格的な南太平洋のデザインで知られてる。つまりアロハシャツね。でも手刷りのアジアンプリントも作ってたのよ。このワンピースはその素晴らしい作品のひとつ。オビ風の幅広ベルト、見て? 実際、わたしにはよく合うでしょ。だってほら、洋ナシ体形だから、ウエストラインを強調してお尻の大きさを目立たせないようにしたいわけ。とにかく、このワンピースはわたしが地元のアナーバーでバイトしてた《ヴィンテージ・トゥ・ヴァヴーム》の一ドル均一コーナーの底で見つけたときには相当ひどい状態だったの。グレープゼリーか何かの気持ち悪いしみがついてて、最初は裾が床まであったからもともとはホステス用のドレスだったんじゃないかと思うわ。それに、バストがどう見てもわたしには大きすぎたの。けど沸騰したお湯に放りこんでしっかり浸けておいてから干して、裾を膝まで上げて、ダーツを調整して、そしたらこのとおり」

ティファニーが教えてくれたやり方で、くるりと回ってみせる。

「こんなふうにできるのよ。要するにわたしが言いたいのはね」と言いながら、ジルが唖然として突っ立ってる位置までくるくる回りながら移動した。「わたしは人がゴミとしか見ないものを宝物に変える方法を知ってるってことなの。だからもしあなたが望むなら、わたしはそれを実現できるってこと。だって未来のお義母さんに押しつけられたドレスを着てバージンロードを歩くあなたが、彼女がそのドレスを着たときよりもずっとずっと美しく見えることほどお義母さんをやりこめられる方法ってないでしょ？」

ジルは首を振った。「あなた、わかってないのよ」

「何を？」

「あの……あの人がわたしに着ろって言ったあのドレス。ほんとに……ひどいの」

「これだってひどかったわ」とアルフレッド・シャヒーンをつまむ。「グレープゼリーよ。床までの裾よ。巨乳サイズよ」

「ううん。それよりひどい。ずっとひどい。こういう――」言葉では言い表せないらしい。ジルは腕で円を作ってみせた。「フープスカートっぽいのがついてるの。あと……布がぶら下がってるの。なんだかチェック柄みたいなのが――」

「マクダウェル一族に伝わるタータンチェックね」わたしは真顔でうなずいた。「ええ、そうね。当然それがついてるでしょうね」

「それに一〇〇万年くらい前のドレスで、臭いのよ。サイズも合わない」

「大きすぎるの、小さすぎるの？」

「小さすぎるの。とてもじゃないけど小さすぎ。あんなサイズをわたしに合わせて直せる人なんかいるわけないわ。もう決めたの」ジルはぐいと頭をもたげた。青い瞳が輝いてる。「あんなドレス、着ないって。だって、もうすでに嫌われてるのよ。これ以上ひどくなりようがある？」

「まあねえ。ほかに検討してるものがあるの？」

彼女はきょとんとした。「どういう意味？」

「つまり、ほかに着ようと思ってるドレスがあるの？　かわりのウェディングドレスを買いに行った？」

ジルが首を振る。「まさか。いつ買いに行けばいいって言うの？　マニキュアのついでにでも？　そう思う？　無理に決まってるでしょ。ドレスのことなんかわたしにわかるわけないじゃない。そりゃ、ジョンはヴェラ・ウォンの店でもどこでも行けばいいじゃないかって言うけど、ああいうお店に……わかるでしょ、ブランドのお店とかに行くことを考えただけで、いつも呼吸困難になっちゃうのよ。だって……そういうのに詳しい女友達がいるわけじゃないし。わたしの知り合いはみんな、靴にサルのフンをくっつけてるような人たちよ。比喩なんかじゃなくってね。そんな人たちにウェディングドレスのことなんかわかると思う？　もう、いっそ地元に帰ってデモインのショッピングモールで適当に買って来ようかとさえ思ってるわ。あそこなら少なくとも自分の着られるものを――」

何か冷たくて硬いものがわたしの心臓をわしづかみにした。もちろん、それがなんなのかはすぐにわかった。恐怖よ。

「ジル」わたしはまた《デヴィル・ドッグ》に手を伸ばした。摂取しないと。栄養補給に。

「ジルって呼んでもいい？」

彼女はうなずいた。「いいわよ、どうでも」

「わたしのことはリジーって呼んで。それとお願い、わたしの前で二度とその言葉を口にしないで」

ジルがぽかんとした顔でわたしを見る。「どの言葉？」

「ショッピングモールよ」《デヴィル・ドッグ》の中のクリームをたっぷり指でこそげ取り、口に突っこんだ。クリームが溶けていく。あああ。だいぶ楽になった。「だめ。とにかくだめ。いい？」

「わかったけど」急に、彼女の目がまたしても涙で光る。「でも本当に。ほかにどうしたらいいいの？」

「そうね、まず手始めに、マクダウェル一族伝来のウェディングドレスを、タータンも全部ひっくるめて、わたしのところへ持って来て。場所はここ」と財布から名刺を取り出して渡す。「今日の午後来られる？」

ジルは疑り深い目で名刺を見た。「まじめに言ってるの？」

「大まじめよ。ショッピングモールなんて思い切った決断をする前に、ドレスがどんな代物なのかを見させてもらえる？　だって見てみないとわからないでしょ。もしかしたら手の施しようがあるかもしれないし。そしたらショッピングモールにも、オートクチュールのブティックにも行かなくてすむわ。それにもし美しく着こなせれば、あなたのお義母さんにこれ以上ないざまあみろでしょ」

ジルが顔をしかめてわたしを見た。「待って。今『ざまあみろ』って言った？」

わたしは二口目の《デヴィル・ドッグ》のクリームを口に押しこみながら、うしろめたい気持ちで彼女を見返した。「えと」と口に指を突っこんだままで言う。「ええ。どうして？」

「そんなこと言う人、中二以来初めて見たわ」

すぽん、と口から指を出すと、わたしは言った。「わたし、昔から遅咲きなほうだったのよね」

トイレから出て来て初めて、ジルが笑顔を見せた。「わたしもよ」

そして二人してえへへへへ、と顔を見合わせてにやにやしてたら……。

化粧室のドアがばたんと開いてロバータが入って来ると、わたしたちを見てぴたりと固まった。

「ああ、リジー」ジルに微笑みかけながら言う。「ここにいたのね。ティファニーにあなたの様子を見て来てって頼まれたのよ、あんまり長いこと戻って来ないから——」

「ごめんなさい」わたしはキッチンからくすねて来たお菓子の残りをかき集めた。「わたしたち、ただ——」

「わたしが血糖障害を起こしてしまって」言いながら、ジルがわたしの腕の中からコーラと《ヨーデル》をつかみ取った。「リジーが助けてくれたんです」

「そうなの」ロバータはますます大きな笑みを作った。だって、どうするって言うの？　この法律事務所でもっとも知名度の高い依頼人のためにペンダーガスト・ローリン・アンド・フリンのお菓子コーナーの中身をすっかり持ち出したからって、わたしを怒鳴りつける？

「よかったわ。二人とも何かあったわけじゃないなら」

「大丈夫です」わたしはほがらかに答えた。「て言うか、わたしちょうど受付に戻るところで――」

「わたしもミスター・ペンダーガストと二時に約束していますし」とジル。

「わかったわ」ロバータは、まさに張りついてるとしか言いようがない笑顔で言った。「それはけっこう！」

急ぎ足でロビーへ向かうと、ティファニーがわたしに続いて来た人物を見て目を真ん丸にした。ミスター・ペンダーガストの秘書のエスターが受付の前で待ってる。わたしとロバータのうしろからジル・ヒギンズが来るのを見て、ティファニー以上に驚いた顔をした。

「ああ、ミス・ヒギンズ」と呼びかけながらも、その視線はまっすぐ、ジルの胸に散った《ヨーデル》の食べかすに向かう。「いらしてたんですね。心配していたんですよ。セキュリティデスクはしばらく前にあなたをお通ししたと言うし――」

「すみませんでした」落ち着き払ってジルが言う。「ちょっとお菓子をつまんでいたもので」

「そのようですね」エスターがちらりとわたしに視線を走らせる。

「ミス・ヒギンズがおなかを空かせてたんです」わたしは両腕いっぱいのスナック菓子や缶ジュース、牛乳のミニパックを示した。「おひとついかがですか？」

「あの、いえ、けっこうよ」とエスター。「こちらへいらしていただけますか、ミス・ヒギンズ？」

「もちろんです」ジルは答え、エスターに続いて出て行きかけ――角を曲がるときにほんの一瞬だけ、謎めいた視線を肩越しに投げかけてきた。でも上司に叱られる心の準備をしてたわたしには、その視線の意味を考えてる余裕はなかった。

だけどロバータは怒らなかった。ただ「さて。今のは、その、あなた、とてもいいことをしたわね、あの、ミス・ヒギンズのお力になってさしあげるなんて」って言っただけ。

「ありがとうございます」とわたし。「頭がくらくらするっておっしゃってたので――」

「とても迅速な対応だったわ。さて、もう二時過ぎよ。あなた――」

「そうですね」キッチンからの盗品を受付のカウンターにどさりと置く。ティファニーが抗議するような声を上げて睨みつけてきた。「ごめんね、ティファニー。でもわたしもう行かなきゃ。今日のシフトは終わりだから――」

そしてわたしはバイク便にも負けないくらいの俊足でオフィスを飛び出し、六番街めがけてまっすぐに駆けて行った。

リジー・ニコルズのウェディングドレス・ガイド

それではここで……靴について！

結婚式の日にはもちろん最高の姿を見てもらいたいわけで、高いヒールはすてきな体形をよりすてきに見せますし、完璧とは言えない体形でも良く見せてくれます。ただし、忘れてはいけないのが、当日はかなりの時間を立ったままで過ごさなければいけないということ。ヒールをどうしても履きたいのであれば、多少なりとも履き慣れた高さのものを選びましょう。

挙式の日が近づいてもまだウェディングシューズの履き心地が良くない場合、カメラマンのセッティング待ちなどの「待機時間」のために替えの靴を持参すると良いでしょう。

ビーチでの結婚式にはひとつ注意点があります。南国のビーチで沈む夕陽をバックに永遠の愛を誓うほどすてきなことはそうありません。ですが、砂浜とヒールは相容れないものだということを覚えておいてください。ビーチで結婚式を挙げる場合、最初から靴は履かないようにしましょう。でもスナノミに食わ

れないよう、足に虫よけスプレーをかけておくのは忘れずに！でないと式の間中、ぼりぼり掻く羽目になりますよ。

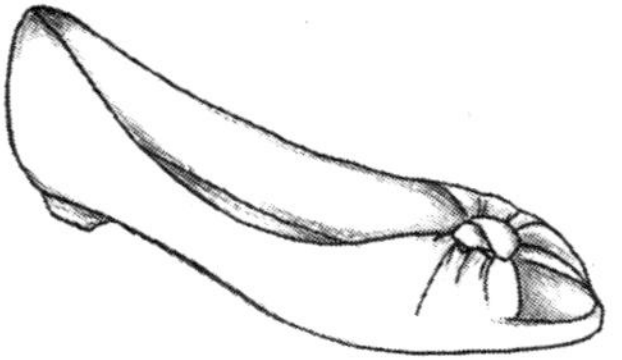

©リジー・ニコルズ・デザインズ

19

秘密を風に漏らしたならば、風がその秘密を森に漏らしたからと言って責めてはならない。

——カリール・ジブラン（一八八三年〜一九三一年）
レバノン出身の詩人、作家

その日の六時五分前、わたしはもうジル・ヒギンズがムッシュー・アンリの店の呼び鈴を鳴らすことはないだろうと諦めてた。

わかってる。でしゃばりすぎたんだって。マンハッタン一裕福な男性と結婚するジル・ヒギンズが、どうしてわたしなんかを——婚前契約書の作成交渉を依頼してる法律事務所の受付嬢としてしか知らない女の子を——公認ウェディングドレス修復師として選ばなきゃいけないの？

しかもわたし、公認されてもいないのに！　まだね。

アンリ夫妻には、店の名前と住所をニューヨーク一有名な未来の花嫁に教えたことは言ってない。ぬか喜びさせたくないから。商売はうまくいってなくて、会話の端々から（フランス語のね、もちろん。わたしにわからないように）通りの先でモーリスがほんとに新店舗を開いてアンリ夫妻のわずかな顧客を奪うようになったら、すっかり店をたたんでしまおうかなんて話まで聞こえてきてた。二人はプロヴァンスに持ってる別荘へ逃げ出すことも検討してる。

実際にそうなると、夫妻の収入は大幅に減ってしまう。息子たちの学費を払うためにこの建物を二重抵当に入れてて、ニュージャージーの自宅は昨今の住宅市場の低迷でものすごく価値が下がっちゃってるから。それに二人の息子、ジャン＝ポールとジャン＝ピエールが、フランスへの移住も、自宅から毎日（上階の部屋に忍びこんでないときにはね）通学してるニューヨーク大学より学費の安いところへの転学も断固拒否してるってのもある。

もちろん、店をたたむという決断が下された暁には、息子たちは母親の言うとおりにするほかないのは確実。アンリ家に欠けてるのはお金だわ、厳しいしつけじゃなくて。少なくとも、ムッシュー・アンリがわたしに仕事を押しつけるやり方を見てる限りはそう思う。ムッシューってば、商売が右肩下がりだって言ってるわりには、毎日毎日わたしにやらせる裁縫仕事には事欠かないみたい。あまりにたくさんレースのフリルを作らされたもんだから（数カ月前にこの店のショーウインドウで見とれて、いつか自分でも作れるように技を覚えるって誓ったやつ）、もう目をつぶってても作れるくらいになっちゃった。それに全面きらきら効果を出すためのダイヤモンドドロップの縫いつけ方も完璧にマスターしたわ。ひだ飾り《ルーシュ》の作り方なんて、もういちいち訊かないでってくらい。

マダム・アンリが早く身支度して帰ろうって夫をせっついてる。今晩予定されてるロックフェラー・センターのクリスマスツリー点灯式のせいで交通渋滞がありえないくらいひどくなって、マンハッタンから出るだけでも一時間はかかるから。そうマダムが言ってるときに店の正面玄関の呼び鈴が鳴って、顔を上げると、ブロンドの髪に縁取られた青白い顔が切羽詰まった様子でこっちを見てた。

「なんなのかしら？」とマダム・アンリ。「今日はもう予約は入っていないのに」

「ああ」わたしは急いで言うと、立ち上がってドアへと向かった。「わたしの友達です」ジルを入れてあげようとドアを開けると……。

そこには窓にスモークのかかった運転手つきの黒いリンカーン・タウンカーが、エンジンをかけたままで消火栓の前に停まってた。そしてジルの背後には背の高い、スポーツマンタイプの男性が立ってる。一目見てわかった。彼は——。

「んまあ！」マダム・アンリがハンドバッグを取り落とし、両手で勢い良く両頬を押さえた。彼女もジルの連れが誰だかわかったのね。もっとも、彼の顔がどれだけ頻繁に『ニューヨーク・ポスト』紙の一面を飾ってるかを考えると、わからないほうがどうかしてるけど。

「あの、どうも」とジル。外が寒いから、ほっぺが真っ赤になってる。その手には衣装バッグを抱えてた。「お店に寄るよう、あなたが言ったから。今はまずかった？」

「まずくなんかないわよ。どうぞ入って」

二人は小雪舞う歩道から店内へと足を踏み入れた。さっき降り始めた雪は二人の髪や肩をうっすらと覆い、わたしが縫いつけたことのあるどんなクリスタルよりもきらきらと輝いてる。二人と一緒に、店内には冷気とすこやかさと、そして……何か別のもののにおいが入って来た。

「ごめんなさい」ジルは鼻にしわを寄せた。「わたしのにおいよ。職場から直行して、着替えする時間がなかったの。クリスマスツリー渋滞に引っかかる前に来たかったから」

するとジョン・マクダウェルが口を開いた。「中毒になりそうなこのにおいはね、アザラシの排泄物のにおいだよ。大丈夫、じきに慣れるから」

「婚約者のジョンよ」とジル。「ジョン、こちらはリジー」

ジョンが大きな手を差し出し、わたしたちは握手した。

「お会いできて嬉しいです」心のこもった口調で彼は言った。「ジルがきみのことを話してくれたときは――まあ、とにかく、なんとかできることを本当に祈ってます。ぼくの母……その、母のことは大好きなんだが――」

「それ以上おっしゃらなくてけっこうです」わたしはさえぎった。「ちゃんとわかってますから。それに、ほんと、当店ではもっとひどいドレスの修復も請け負っています。上司のムッシュー・アンリを紹介させていただけますか？　当店のオーナーです。そして夫人のマダム・アンリ。ムッシュー、マダム、こちらはジル・ヒギンズさまと婚約者のジョン・マクダウェルさまです」

ムッシュー・アンリは、呆然とした表情でわたしたち三人を見つめながらそばに立ってた。でもわたしが彼の名前を口にすると、すばやく一歩進み出て手を差し出した。「はじめまして《アンシャンテ》」と言う。「お目にかかれて大変光栄です」

「こちらこそ」ジョン・マクダウェルは丁寧に答えた。続いてマダム・アンリに同じことを言ったら、彼女は気絶寸前になってた。ジルとジョンが店に入ってきてからこっち、一言も声を発せずにいる。

「どんな感じなのか、見てみましょうか？」ジルから衣装バッグを受け取りながら言う。

「言っておくけど、ひどいよ」とジョン。

「相当ひどいわよ」ジルも付け加えた。

「ひどい状態には慣れております」ムッシュー・アンリが請け合う。「だからこそブライダル・コンサルタント協会からの推薦を受けるに至ったのですよ」

「そうなんです」わたしはおごそかに言った。「全米ブライダル・サービスもムッシュー・アンリには最上級の推薦を与えてるんです」

ムッシュー・アンリは謙遜するように会釈しつつ、同時にジルの背後に回って彼女がダウンパーカを脱ぐのを手伝った。「紅茶でもいかがですか？　それともコーヒーのほうがよろしいかな？」

「いいえ、けっこうです」ジョンが言いながら、自分のパーカを脱いで手渡す。「ぼくたちは……」

その声が尻すぼみに消えた。わたしが衣装バッグを開けたから。そして、中から引っぱり出した物体を五人揃って見つめる。

ムッシュー・アンリが預かった上着を危うく落っことすところだったけど、寸前で彼の妻が飛び出してすくい上げた。

「これは……これはぶざまだ」ムッシュー・アンリが吐く息に乗せてつぶやいた。幸い、フランス語で。

「そうね」とわたし。「でも手の施しようはあるわ」

「いや」ムッシューはめまいでもしたみたいに頭を振った。「これは無理だ」

そう思うのも当然。控えめに言っても、ドレスに望みがあるとは思えない。見るからに高価なアンティークレースをクリーム色のサテン生地に何メートルも何メートルも重ねたそれはプリンセスラインで、床までの巨大なスカートは裾に縫いこまれたフープのせいでいっそう大きく見えた。ネックラインは典型的なクイーン・アン様式で、これまた巨大なパフスリーブの手首にはタータンチェックのリボンがくっついてる。スカートを囲むようにさらにタータンチェックがゆったりとかかり、黄金色の留め金で固定されてた。

言い換えれば、大昔のファンタジーミュージカル『ブリガドーン』を高校の演劇部が上演するときに着る衣装みたいな感じ。

「何世代にもわたって一族が受け継いできたものなんだ」申し訳なさそうにジョンが言う。

「マクダウェル家の花嫁たちはみんなこれを着てきた。大なり小なり、修正を加えながらね。

フープを入れたのは母だ。ジョージア出身なんだよ」

「なるほどね」わたしは言った。「サイズは?」

「六号よ」とジル。「わたしは一二号」

するとムッシュー・アンリがフランス語で言った。「無理だ。小さすぎる。救いようがない」

「そう結論を急がないでください」とわたし。「ボディスは当然取らなきゃいけないけど、布地はたっぷりあるから――」

「ニューヨークでもっとも裕福な一族に先祖代々伝わるドレスを切り刻む気か?」またしてもフランス語で、ムッシュー・アンリが言う。「正気を失ったか!」

「ほかの花嫁たちも手を加えてきたって言ってたでしょう? だから、ほら。やってみるぐらいしないと」

「一二号の女性を六号のドレスに押しこむなんてことはできん。きみもわかっているだろう!」

「今の状態のこのドレスには押しこめないわ。でも幸い、彼女には丈が長すぎるんです」ドレスをハンガーから外し、ジルの体に合わせる。ジルは驚いたような顔で、気をつけの姿勢になった。「ほらね? もし短すぎるんだったら、ムッシューの言うとおりだったかもしれません。でもボディスをほどいて――」

「なんてことだ、本当に気でも違ったのか?」ムッシュー・アンリが愕然とする。「彼女の姑がどうすると思う？　法的手段に訴える可能性も――」

「ジャン」マダム・アンリが初めて口を開いた。

夫が妻を見やる。「なんだ？」

「おやりなさい」フランス語の答えが返ってきた。

ムッシュー・アンリは首を振った。「言っているだろう、不可能だと！　資格を剝奪されてもいいのか？」

「モーリスが通りの先に店を開いたとき、残っているわずかな顧客を全部盗まれてしまってもいいの？」

「そんなことにはなりません」とわたし。「任せていただければ。わたしならできます。絶対できるんです」

マダム・アンリがわたしのほうにうなずいてみせた。「この子の言うことを聞きなさいな、ジャン」

もう議論の余地はなかった。針を使いこなすのはムッシュー・アンリかもしれないけど、アンリ家の主導権を握ってるのはマダムのほう。彼女が決断を下したら、もう反論はできない。マダム・アンリの言葉はいつだって最終決定なのよ。

ムッシュー・アンリが肩を落とした。そしてジルを見る。ジルも、彼女の未来の夫も、目を真ん丸にしてわたしたちを見つめてた。

「式はいつです？」ムッシュー・アンリが弱々しく尋ねる。

「大みそかです」とジル。

ムッシューはうめき声を上げた。わたしまで、突如として戻って来た喉の痛みを必死でこらえながら息をのむ。大みそか！

わたしたちの反応に気づき、ジルが心配そうな表情になった。「それだと……その、時間が足りませんか？」

「あと一カ月」ムッシュー・アンリがわたしを見下ろす。「一カ月しかない。まあどうでもいいことだな、きみがやろうとしていることはいくら時間があろうと不可能なのだから」

「わたしが考えてるやり方でなら可能です」わたしは言った。「信じてください」

ムッシュー・アンリはハンガーにかかった怪物をもう一度だけ見やった。

「モーリスよ」マダムがささやく。「モーリスのことを忘れないで！」

ムッシューはため息をついた。「いいだろう。やってみましょう」

わたしは満面の笑みを浮かべてジルを振り向いた。

「今のはどういうことだったの？」ジルが不安げに訊く。「どんな話をしてたのかわからなかったわ。全部フランス語だったから」

「つまりね」と説明しかけて……。

突然、彼女の言ったことに気づいた。

おそるおそるアンリ夫妻のほうを振り向くと、二人とも愕然とした表情でわたしを見つめてた。どうやらわたしと同時に気づいたみたい。今の会話が全部彼らの母国語で行われてたことに――わたしに理解できないはずの言語で。

でも、ほら。別にわかるかって訊かれたことがあるわけじゃないし。

わたしは夫妻に向かって肩をすくめてみせた。そしてジルにはこう言う。「やるわ」

彼女はわたしを見た。「わかったわ……でも、どうやって？」

「まだ完全に見通しが立ってるわけじゃないの」正直に言う。「でも思いついたことがあるから。あなたは最高に美しくなる。それは約束するわ」

ジルは両方の眉を持ち上げた。「フープスカートはなし？」

「フープスカートはなし。でもまずは採寸させてもらわないと。奥の試着室に来てくれる？」

「ええ」彼女は言ってわたしのあとに続き、呆然と突っ立ったままのアンリ夫妻の前を通り過ぎた。夫妻が、これまでわたしのいる場所で交わしてきた会話の内容を頭の中で再生してるのがわかる。

かなりたくさんの会話だけどね。

試着室の壁がわりになってるカーテンを引くと、アザラシのにおいがいっそう強くなった。

「本当にごめんなさい」ジルが謝る。「次に来るときはちゃんと着替えてくるから」

「大丈夫」呼吸をできるだけ浅くしようと努力しながら言う。「少なくとも、彼がほんとにあなたを愛してることだけは間違いないでしょ。このにおいを我慢できるんだから」

「そうね」ジルが微笑むと、普段はちょっぴりかわいい程度の顔が一瞬、息をのむほど美しく見えた。「そうみたい」

胸がきゅっと苦しくなる。嫉妬じゃない。ほんと。正直言うと、ちょっとは嫉妬もあるかも。でも、それは彼女が持ってるものがうらやましいから。マンハッタンで一番お金持ちな独身男性との婚約じゃない。息子の結婚相手が人生最高に幸せな日に感じるはずの喜びを台無しにすることが人生唯一の目標になってる未来の義母でもない。

そうじゃなくて、たとえアザラシのフン臭くても彼女を愛し続けてくれる人。ただ愛し続けてくれるだけじゃなくて、生涯を一緒に過ごしたいと思ってくれる人——もっとも、わたしなら現時点ではクリスマスにアナーバーへ一緒に帰ってくれるだけでもじゅうぶんだけど——そしてその思いを部屋中にいる友人や家族、それに教会へコソコソもぐりこもうとしてるマスコミ連中の前で公言してもいいと思ってくれる人がいるのがうらやましい。

だってそんな人、わたしには今確実にいないんだもの。

でもね。少なくともできるよう努力はしてるわよ。

リジー・ニコルズのウェディングドレス・ガイド

さて、昔から繰り返されてきた質問です。ホワイト、アイボリー、それともクリーム？

信じられないかもしれませんが、白にはとてもたくさんの色合いがあります。うそだとお思いですか？　近所のホームセンターへ行って、ペンキコーナーを覗いてみてください。普通ならたったひとつの色と思われるものにこれだけたくさんの名前が――「卵の殻《エッグシエル》」から「ナバホ」から「恥じらい《ブラッシュ》」まで――あるなんて、と驚くはずです。

伝統的な雪のように白いウェディングドレスの時代はとうに過ぎ去り、最近の花嫁は流行に乗ってオフホワイトやベージュ、ピンク、なんとブルーのドレスまで選ぶようになってきています。あなたの肌を一番きれいに見せる色を見つけるには、この簡単なガイドを参考にしてください。

純白――髪の色は濃いめですか？　それなら伝統的な白が本当に一番良く似合います。ブルーやラベンダーがかった白もあなたを引き立たせてくれるでしょう。

クリーム――髪はブロンドですか？　明るい色の髪はクリーム色のドレスでもっとも引き立ちます。クリームの中にほんの少し黄金色をきかせれば、あなたの天使の輪（ティアラではなく、髪の輝きのことですよ）が放つ黄褐色の輝きを増す効果が得られます。ダイアナ妃が結婚式で見せた輝きを思い出してください……。

アイボリー――髪色は茶系ですか？　アイボリーは誰にでも良く似合う色です。だからどこに行っても壁の色に使われているのです。

20

哲学者にとって情報と呼ばれるものはすべて噂であり、その噂とは、年配の女性たちがお茶を飲みながら独自の解釈を加えたものなのである。

——ヘンリー・デイヴィッド・ソロー（一八一七年〜一八六二年）
アメリカの思想家、作家、博物学者

「どこに行ってたんだい？」その日の夜、わたしがよたよたと両手いっぱいに本を抱えてやっと帰って来るとルークは訊いた。

「図書館よ。ごめんなさい、電話くれたの？　あそこじゃマナーモードにしとかないといけないから」

ルークは笑いながら近寄って来て、本を持ってくれた。「『スコットランドの伝統』」と表紙のタイトルを読み上げる。「『あなたのスコットランド風結婚式』。『タータンで祝杯を』。リジー、これはいったい何事だい？　近々エメラルド島を訪問する予定でもあるの？」

「エメラルド島はアイルランドの異名よ」マフラーを外しながら言う。「依頼主のためにスコットランド様式のウェディングドレスを手がけてるの。その依頼主が誰だか聞いてもきっと信じられないわよ」

「多分そうだろうね。夕飯はもう食べた？　残り物の七面鳥をオーブンで温め直してるけど」

「興奮しすぎてて食べられないわ」とわたし。「ねえ。当ててみて。依頼主が誰だか」

ルークは肩をすくめた。「わからないな。シャリとか？　レズビアンな結婚式でもするのかい？」

わたしは彼を睨みつけた。「はずれよ。それに言ったでしょ、絶対――」

「レッテルなんか貼らないで。うん。うん、わかってるよ」ルークは言った。「だめだ、降参。依頼主って誰だい？」

わたしはカウチにどさっと腰を下ろした。喉の痛みがほんとに気になる。座るのってすごく楽だわ。「ジル・ヒギンズよ」勝ち誇ったように告げた。

ルークはワインを注ごうとキッチンに入ってた。「それ、ぼくが知ってるはずの人？」カウンター越しに訊いてくる。

信じられない。「ルーク！　新聞読んでないの？　それかニュース見てないの？」

でも訊いてる間にも答えがわかっちゃった。ルークは『ニューヨーク・タイムズ』以外の新聞は読まないし、テレビで見る番組と言えばドキュメンタリーばかりなんだもの。

それでも、努力してみる。

「ほら」カベルネ・ソーヴィニヨンを満たしたグラスを両手にひとつずつ携えて戻って来る彼に言う。「セントラル・パーク動物園でアザラシを担当してる子よ？　逃げ出したアザラシを檻の中に戻そうとしてぎっくり腰になっちゃった子。だってほら、大量の雪とか雨とかで水位が上がりすぎると、アザラシが飛び出しちゃうから」最後の情報を付け加えることができたのは、試着室で寸法を測りながら、どうやってジョンと出会ったのか訊いたときにジルが教えてくれたばかりだから。

「それで、緊急治療室にいるときにジョン・マクダウェルと出会ったのよ。知ってるでしょ、不動産王のマンハッタン・マクダウェルズの？　で、二人はまさに今世紀最大の結婚式で結ばれるわけ。そのジルがウェディングドレスのリフォームをこのわたしに依頼してきたのよ」わたしはテンションが上がりっぱなしで、カウチでぴょんぴょん飛び跳ねた。「わたしよ！　この広いニューヨークで、わたしが！　わたしがジル・ヒギンズのウェディングドレスを手がけるのよ！」

「へえ」ルークは美しい歯並びを見せて微笑んだ。「すごいじゃないか、リジー！」

でもわたしの話にまったくぴんときてないのは明らかだった。ぜんっぜん。

「あなた、わかってないのよ。ものすごいことなんだから。あのね、マスコミはジルのことを『脂身ちゃん』なんて呼んだりしてずっと意地悪ばっかりしてきたわけ。彼女がガリガリのモデルじゃなくて、アザラシ相手に仕事してるからってだけで。あと、マスコミにしつこく追い回されてるせいで人前で泣くことがあるから。それに彼女のお義母さんが婚前契約書に署名させて、そのうえみっともないウェディングドレスを――どれほどみっともないか、想像もつかないくらいひどいドレスを――着させようとしてるんだけど、でもわたしがリフォームするから、そしたらすべて丸く収まって、ムッシュー・アンリは商売がようやく繁盛するようになって、それでわたしにお給料を払えるようになるから、そうなったらわたしはチャズのお父さんの事務所を辞めて、自分がやりたいことをフルタイムでできるようになるのよ！　これってすごいと思わない？」

ルークはまだ微笑んでた――けど、さっきほどじゃなくなってる。「たしかにすごいね。でも――」

「簡単だって言ってるんじゃないわよ」彼が何を言おうとしてるのかわかったつもりで、わたしはさえぎった。「だって、ドレスを仕上げるのに一カ月しか時間はないんだから。もう一カ月を切ってるわ。ものすごく大変な作業になる。ジルの体に合わせるだけでも、わたしが考えてる作業を実際にやるとなったらね。だからしばらくの間、あんまりここにいないと思うわ。でもどっちみちあなたも期末試験だからかえって好都合でしょ？　これを成功させようと思ったら本気で残業しなきゃ。でももし成功したら、ルーク――考えてもみてよ！　もしかしたらムッシュー・アンリがお店を任せてくれるかも！　だって、ずっと引退してフランスに戻りたがってたんだし……そうすれば引退するにしても店を投げ売りしたりしなくてすむんだわ。そしたらわたしは貯金ができるようになって、もしかしたら――ああ、どうかできますように――小規模事業向けの融資か何かを受けて、いずれはムッシューから事業をまるごと、建物から何からそっくり買い取ることだってできるかもしれないわ――」

ルークはこの話を聞いて疑いようもなく困惑しきってた。たしかにいっぺんに聞かされるには膨大な情報量だってのはわかる。でもわたしのためにもうちょっと喜んでくれてもいいんじゃない？

「喜んでるよ」その不満を口にすると、ルークは主張した（わたしの言い方がちょっとぶっきらぼうだったのは認めるわよ。でもね、喉が痛いんだし）。「ただ……このウェディングドレスの仕事について、きみが本気だったなんて知らなかったから」

わたしは目をぱちくりさせた。「ルーク。あなたもあの場にいたでしょ？　夏にあなたのご両親のお友達がみんなわたしのところへ来て、ウェディングドレスデザインの店を立ち上げるべきだって言ってたときに」

「そりゃ、いたよ。でもぼくはただ――ほら。それはもっと先の話だと思ってたんだ。経営学の学位でも取ったあととか」

「経営学の学位？」わたしは金切り声を上げた。「大学に戻れって言うの？　冗談でしょ？　わたし卒業したばっかりなのに。待って、まだ卒業してもないし！　どうして戻らなきゃいけないの？」

「リジー、自分で商売を始めるんだったら、ヴィンテージファッションをリフォームする才能だけじゃちょっと足りないんだよ」ルークが若干冷ややかに言った。

「わかってるわよ」わたしは首を振った。「でもムッシュー・アンリの店でやってることがそれだもの。自営業を営むコツを学んでるの。それにね、ルーク、わたしほんとにもういけると思うの。次の段階へ、って意味だけど。少なくとも、このジル・ヒギンズの仕事が転ぶ方向によっては、次の段階へ進む準備ができるはず」

ルークは半信半疑といった表情だった。「たった一着のウェディングドレスがそんなに大きな変化をもたらすとはどうしても思えないんだけど」

わたしは啞然として彼を見つめた。「からかってるの？　デヴィッドとエリザベス・エマニュエルの話を聞いたことがないわけ？」

「えーと」ルークがためらう。「ないけど？」

「二人はダイアナ妃のウェディングドレスをデザインしたのよ」少しかわいそうに思いながら説明した。て言うか、ほんとに。今学期取ってた生物学の原理についてはものすごく詳しいんだけど、大衆文化についてては全然知らないんだもの。

でもそのほうがいいかも。だって、自分がお医者さんにかかるんだったら、どっちに詳しいほうがいい？

「そしてそのたった一着のドレスのおかげで、二人は世界的に有名になったの」わたしは説明を続けた。「もちろん、ジル・ヒギンズがダイアナ妃と同じくらい有名だなんて言うつもりはないわよ。だけど彼女も地元じゃかなり有名人なわけ。で、うちが彼女のドレスを手がけるって話が広まれば、かなりいい宣伝になるの。わたしが言ってるのはそういうこと。そして挙式が大みそかで、ちょっとばかり時間に追われてるから――」

「だからあまり家にはいないと」ルークが引き継いだ。「大丈夫、それはわかってるから。きみの言うとおり、ぼくも期末試験があるからあまり家にはいないと思う。それにあと三週間もしたらフランスに行っちゃうわけだし。一緒に住んでるにしては、たしかにあまり顔を合わせなくなるみたいだね」

「寝てるとき以外はね」とわたし。「でも、ほら。そのときは意識がないから」

「まあ、現状に満足するしかないってことか。でも、もしできたらきみの貴重な時間をちょっとだけ割いて、一緒にツリーを買いに行ってくれないかなと思ってたんだけど」

「ツリーを買いに？」なんの話をしてるのか理解するまで、数秒間彼の顔を見つめてた。

「ああ、クリスマスツリーを飾りたいってこと？」

「もちろん。クリスマス当日は一緒にいられないにしても、それぞれの家族のもとへ旅立つ前に、二人きりで祝いたいと思って。そうなると、ツリーが必要だろ……特に、きみのためにちょっと特別な何かを買ってあるから、それを置く場所が必要だしね」

心がとろけそう。「クリスマスプレゼントを買ってくれたの？　ああ、ルークったら！すごく優しいんだから！」

「いや」ルークはわたしの反応を見て嬉しそうだったけど、どういうわけか少し恥ずかしそうにも見えた。「クリスマスプレゼントってわけでもないんだ。今気づいたけど、どっちかと言うと将来への投資みたいな物かな――」

待って……ルーク、今のはわたしの空耳じゃないわよね？

将来への投資って言ったの？

「さあ」ルークはだしぬけに立ち上がって、キッチンへと向かった。「何か食べなきゃだめだよ。声がちょっとかすれてるみたいじゃないか。病気になんかなったら困るだろ。ウェディングドレスをデザインしなきゃいけないんだから！」

リジー・ニコルズのウェディングドレス・ガイド

盛大なお見送り

従来、結婚式の招待客には生米の入った小袋が配られ、結婚式が執り行われた会場（通常は教会）を出て行く幸せいっぱいの新郎新婦に投げかけるのが慣例でした。米は豊穣を表します。ライスシャワーは、二人がともに過ごす将来に幸運と富を願うことを意味するのです。

ですが近年、結婚式の会場となる教会やその他の施設では、ライスシャワーを禁止するところが増えてきています。理由として挙げられているのは、生米を鳥が飲みこんでしまったら危ないから、というものですが、これは実は都市伝説にすぎません。何種もの鳥が、主食として生米を食べているのですから。

ライスシャワーの本当の問題は、人間に害が及ぶということです。硬い米粒は足を滑らせる原因となり、式場の多くが、訴訟を恐れて生米を禁止しているのです。

最近、生米に代わって使われるようになってきたのが、小鳥用の粒餌です。ただし、これも足元が滑りやすくなるという点においては、生米と同じくらい招待客に危害を及ぼす要因となりかねません。

さらに、生米、粒餌、そして紙吹雪も片付けが大変なため、一日に何回も結婚式を挙げるような式場では、一組が出て行くたびに掃除するのに(前の花嫁のためにまかれた生米や紙吹雪の上を歩きたがる花嫁などいませんから)多大な時間と費用がかかります。

そうした理由から、わたしはいつもシャボン玉をおすすめしています。招待客たちが作ったシャボン玉の「トンネル」の下を新郎新婦が身をかがめて馬車やリムジンへと歩いて行くのです。それに、シャボン玉を踏んづけて滑ったと言って裁判を起こした人は今のところいません。

ただ、目に入ったと文句を言う人はいるかもしれませんが。

©リジー・ニコルズ・デザインズ

21

事実として主張しよう。自分のことを周りがどう言っているかをすべての人が知りうるならば、この世に四人と友人はいないであろう。

——ブレーズ・パスカル（一六二三年〜一六六二年）
フランスの数学者

「将来への投資？」電話の向こうで、疑い深げなシャリの声が響いた。「そんなのなんだってありうるじゃない。株券とか。フランクリン・ミント社が売ってる世界貿易センターの記念コインとか」

「シャリ」こんなに鈍いなんて信じられない。「何言ってるの。ルークがわたしのためにフランクリン・ミント社のコインなんか買うわけがないでしょ。婚約指輪よ。絶対にそう。うちの両親に会うためにアナーバーへ来ないことの埋め合わせをしようとしてるんだわ」

「あんたに婚約指輪を買うことで？」

「そうよ。だってわたしが実家に帰る直前にくれるのに、それ以上ふさわしいものなんかある？」考えるだけでめまいがしそう。「ほら、彼自身は一緒にいられないけど指輪があれば、わたしたちがどれだけ真剣に交際してるかを周りに示せるでしょ。あ、ちょっと待ってて」保留ボタンを押し、外線二番を押す。「ペンダーガスト・ローリン・アンド・フリン法律事務所でございます。どちらへおつなぎいたしましょう？」

電話をジュニアパートナーの一人に転送すると、また外線一番を押した。

「筋は通ってるわ」とシャリに言う。「だってね、わたしたちもう半年も付き合ってるのよ。そのうち四カ月は一緒に住んでる。彼がプロポーズしたからって、ものすごく意外ってわけじゃないでしょ」

「わかんないわ、リジー」頭でも振ってるみたいな声がする。「チャズによれば、ルークはなんて言うか、その……継続力に欠けるタイプらしいけど」

「でも、ひょっとすると彼は変わったのかもよ」数カ月前にチャズがくれた、あんまりありがたくない警告を思い出しながら言う。でもあれはチャズが、女性上司じゃなくて自分のことを好きでいてくれる彼女を持ってるルークに嫉妬してたってだけのこと。「わたしの丁寧な指導によってね」

「リジー」シャリはうんざりしたように言った。「人間、そんなに変わらないわよ。わかってるでしょ」

「少しは変わるわよ」とわたし。「あなたがチャズと付き合い出したころ、覚えてる？　彼が毎晩ポークチョップとインスタントのパスタ入りライスばっかり食べてたでしょ？　あれは完全にやめさせたじゃないの」

「たまにはほかのものも食べなきゃ、もう寝てやんないって言ったからよ」とシャリ。「でもわたしがいないときは、結局あれしか食べないんだから」

「あ〜〜っ」ティファニーが読んでたブライダル雑誌越しに会話に割りこんできた。インスピレーションが湧くかと思ってわたしがたくさん持ってきたのよね。「あんたとルークが結婚するってなったらさ、あんたの会社の広報担当とかにプレスリリースみたいの出させたらマジ良くない？　ほら、『ヴォーグ』とか『タウン&カントリー』とかに？　そしたらそこの記者があんたの結婚式の取材に来て、ますますお客が増える、みたいな？　しかも宣伝費タダよ」

　わたしはまじまじと彼女を見つめた。営業時間が終わって事務所を閉めたあとで時々ドアを施錠し忘れることがあるくらい抜けてるくせに、ティファニーってばたまにものすごく頭のいいことを言うのよね。

「それ、いいじゃない」と言う。「ほんとにいいかも」

「もしもーし」とシャリの声。「あんた、今わたしに話してるの？　それともそっちにいる、脳ミソがヘアスプレーまみれのお嬢さんに話してるの？」

「ちょっと。言葉をつつしんでよ」

「努力はしてるわよ。でもまじめな話、リジー。あんたがルークのことをすごく愛してるのはわかるわよ。でも五〇年後に彼といる自分をほんとに想像できる？　五年後でも想像できるの？」

「できるわよ」その質問には面食らった。「あたりまえでしょ。どうして？　彼の何がいけないの？」別の外線が鳴る。「もう。ちょっと待ってて」と外線二番を押した。「ペンダーガスト・ローリン・アンド・フリン法律事務所でございます。どちらへおつなぎいたしましょう？　フリン弁護士ですね？　少々お待ちくださいませ」

数秒後、わたしはまたシャリとの会話に戻った。「ほんとに。どうしてわたしとルークには未来がないみたいなことを言うの？」

「だって、正直に言うけどね、リジー。あんたたち二人に共通してることってあるの？　セックスは別にしてよ」

「たくさんあるわよ」と主張する。「たとえば、二人ともニューヨークが好きでしょ。シャトー・ミラックも好きだし。二人とも……ワインが好き。あとルノワールも！」

「リジー。誰だってそういうのは好きよ」

「それに彼はお医者さんになって、人の命を救いたいと思ってる。わたしは公認ウェディングドレス修復師になって、花嫁をより美しく見えるようにしたいと思ってる。わたしたち、まるで同じ人間みたいじゃないの！」

「あんたは冗談のつもりかもしれないけどね、わたしは真剣に話してるの。わたしがチャズとはお互いに合わない、けどパットとならぴったり合うって気づいた理由のひとつはね、わたしたちが知的に同じレベルだからなのよ。でも同じことがあんたとルークには言えないと思うの」

目の奥が涙でつんとする。「彼のほうがわたしより知的だって言いたいわけ？　彼がドキュメンタリー好きで、わたしが『プロジェクト・ランウェイ』好きってだけでしょ！」

「違うわよ」シャリの声に苛立ちがにじんだ。「わたしが言ってるのはね、ルークはドキュメンタリーが好き。あんたは『プロジェクト・ランウェイ』が好き……なのにあんたたちはいつもドキュメンタリーしか見ない、ってことよ。あんたは彼に好かれようと必死で、自分が本当に何をしたいのか彼に伝えるんじゃなくて彼がしたいことしかしないし、彼が見たい番組しか見ないから」

「そんなことないもん。わたしたち、いつもわたしが見たい番組を見てるんだから！」

「へえ、そう？」シャリが皮肉っぽく笑った。「あんたが『ナイトライン』みたいにまじめなニュース番組のファンだったとは知らなかったわ。どっちかって言うとデヴィッド・レターマンがやってるみたいなバラエティ番組タイプだとずっと思ってたんだけど、でも、ま、『ナイトライン』がそんなに好きなんだったら――」

「『ナイトライン』はものすごくいい番組よ」言い訳がましく言う。「ルークは世界の最新事情に乗り遅れないようにっていつもあの番組を見てるの。図書館で勉強するのに忙しくて夕方のニュースを見逃すことが多いから――」

「現実に目を向けなさい、リジー。あんたが文字どおり本物のハンサムな王子さまを見つけたと思ってるのはわかるわ。でもあんた、自分がお姫さまタイプだと本当に思ってるの？

ちなみにわたしは全然そんなふうに思ってないけど。ルークもきっと思ってないだろうし」

「それ、どういう意味よ?」わたしは詰問した。「お姫さまタイプに決まってるでしょ! 魔法使いのおばあさんが通りかかって魔法の粉を振りかけてくれるのを待たずに自分で服を作ってるからって――」

「エリザベス?」そのとき、ようやくロバータが受付の前に立ってるのに気づいた。しかもあまりいい顔はしてない。

「えと」シャリに言う。「もう切らなきゃ。またね」

わたしは電話を切った。「こんにちは、ロバータ」と言う。隣ではティファニーがデスクに載せてた足を下ろし、引き出しを開けてマニキュアを虹色の順番に並べ替えるのに忙しいふりをしてた。

勤務時間内に私用電話をかけてたのを注意されるんだと思ってたから、ロバータがこう言ったときは驚いた。「ティファニー、もうすぐ二時になるわ。何分か早く交代してもらってもいいかしら? ちょっとリジーと内々で話がしたいから」

「いいわよ」答えながら、ティファニーは「あんたもうおしまいよ!」って顔でこっちを盗み見た。それを見て、おなかが急激によじれて結び目でもできたみたいに締めつけられた。

ロバータのうしろについて彼女のオフィスへと向かう間、ダリル(ファックスとコピー機の責任者ね)の同情するような視線を感じた。どうやら、彼もわたしがおしまいだと思ってるみたい。

ふん、いいわよ！　ペンダーガスト・ローリン・アンド・フリン法律事務所が私用電話一本かけたくらいでわたしを解雇するって言うんだったら、事務所の人間全員をクビにしなさいよ！　ロバータがだんなさんと電話で話してるのを、何度も聞いてるんだから！

ああ、どうしよう。どうかクビにはしないで……お願いだから……。

吐きそう。

ロバータのオフィスに入り、デスクに広げられた『ニューヨーク・ポスト』の二ページ目中央にでかでかと載ってる写真を見て初めて、事務所の電話を私用に使ったことが呼び出しの原因じゃないのかもって気づいた。上下逆さになってても、見出しはちゃんと読み取れる。「脂身ちゃんの新たな謎の友人」。そして写真に写ってるのが、ゆうべのフィッティングのあと、リンカーンまでジルを見送りに出たわたしだってこともわかった。

おなかにできた結び目が握り拳みたいに硬くなる。

「間違いだったらそう言ってほしいんだけど」言いながら、ロバータは新聞を掲げた。「これはあなたじゃないの？」

ごくりと唾を飲む。ルークの「将来への投資」発言で奇跡的に全快した喉の痛みが、すさまじい勢いで戻ってきた。

「あの」と言う。「違います」

正直、どこからこんなうそが出てくるのか見当もつかないわ。でも出ちゃったが最後、元に戻すことはもうできない。

「リジー。どう見てもあなたじゃないの。昨日ここに着て来たのと同じ服よ。あんな服がマンハッタンにもう一着あるなんて言うつもりじゃないでしょうね」

「たくさんあると思いますよ」これはうそじゃない。「アルフレッド・シャヒーンはとても多作なデザイナーでしたから」

「リジー」ロバータはデスクの向こうの椅子に腰を下ろした。「まじめな話をしているのよ。昨日、あなたが女性化粧室でジル・ヒギンズと話しているのを見かけたわ。そしてどうやら、あなたは仕事のあとにどこかで彼女と会っていた。我が法律事務所が依頼人の秘密保持を非常に重要視していることは知っているでしょう。だからもう一度訊きます。昨日、ジル・ヒギンズと何をしていたの？　それに、この写真が事実だとしたら、彼女の婚約者のジョン・マクダウェルとも」

またごくりと唾を飲む。喉飴があったらいいのに。それに、この仕事がどうしても必要じゃなかったらいいのに。

「言えません」

ロバータが片方だけ眉を吊り上げた。「なんですって？」

「言えません」と繰り返す。「でもここことは一切なんの関係もないことだけはお教えできます。ほんとです。これはまったく別の仕事に関係する話なんです。でもそっちの仕事にも守秘義務規定があるんです。それをやぶるわけにはいきません」

ロバータのもう一方の眉が、先に吊り上がってたほうに続いた。「リジー。あなたは写真に写っているのが自分だと認めるの?」

「肯定も否定もできません」マスコミが事務所に電話してきて記事のネタにしてる人について情報を求められたときに言うよう、ロバータ自身から指導されたセリフを言ってみた。

でもロバータは全然面白がってくれない。「リジー。非常に深刻な問題なのよ。もしあなたがミス・ヒギンズを困らせたり、なんらかの方法で迷惑をかけていたりするのだったら――」

「そんなこと!」本気でびっくりした。「彼女は自分の意思でわたしのところへ来たんです!」

「なんのために?」とロバータ。「リジー、あなたほかにどんな仕事をしているの?」

「それを言ったら、彼女がわたしのところへ来た理由がわかっちゃいます。でも彼女からは他言していいという許可はもらってません。だからお話しできないんです。すみません、ロバータ」

自分がこんなことしてるなんて信じられない。つまり、秘密を暴露せずにいるってことが。まさしく精神的に成長してる証しだわ。ほんと、お祝いでもしたい気分。

残念ながら、今はどっちかって言うと吐きたい気分だけど。

「解雇するならしてください。でも誓って言いますけど、ジルに迷惑なんかかけてません。わたしの言うことが信じられないなら、彼女に電話してたしかめてください。そう言うはずです」

もってた。

「彼女をジルって呼ぶような仲になったの？」ロバータの言葉には少なからずあざけりがこもってた。

「そう呼んでもいいって言われたんです、ええ」傷ついて答える。

ロバータは写真に目を落とした。途方に暮れてるみたい。長い沈黙のあとで、ようやく口を開く。「これはきわめて異例の事態だわ。正直、どう対処すべきかわからない」

「違法なことなんかじゃありません」

「そりゃそうじゃなきゃ困るわよ！」ロバータが声を荒らげる。「また彼女と会うつもり？」

「はい」きっぱりと答える。

「わかりました」ロバータは首を振った。「それなら、わたしに言えることはひとつだけ。もっと気をつけて、『ポスト』なんかに写真が載らないようにして。パートナー弁護士の誰かがこれを見てあなただって気づいたら――」

「カメラマンがいたなんて知らなかったんです。でも今後は絶対に気をつけます。それだけですか？　もう行っていいですか？」

ロバータは驚いた様子だった。「まあ、ずいぶん帰りを急いでるみたいね。クリスマスのお買い物？」

「いいえ。ジルのためにやってる仕事に向かわないといけないんです」

ロバータが肩を落とす。「いいでしょう。でも警告はしましたからね、リジー。我が法律事務所は第一級の名声を誇りとしているの。ちょっとでも不適切な行為があったら、もうあとはないわよ。わかった？」

「よくわかりました」

ロバータが視線を落とし、わたしを解放して……。

わたしは彼女のオフィスを飛び出した。受付に置いてあるコートとハンドバッグを取りに戻るときにダリルがささやいた「よう！　今度は何しでかしたんだ？」も、ティファニーの「やだちょっと、あんた大丈夫？　誰かにあんたのプラダのハンドバッグはニセモノよって言われたみたいな顔してるじゃない」も無視した。

「大丈夫よ」とつぶやく。「また明日ね」

「マジでさ」ティファニーはささやいた。「あいつになんて言われたか電話で教えてよ。あたし、ネットの実話投稿サイトに送るロバータネタを集めてんの」

わたしは彼女に手を振って大急ぎで事務所を出た。心臓が口から飛び出して壁に激突するんじゃないかってほど激しく打ってる。エレベーターの扉が開くと、中に誰かいるかどうかも確認せずに飛びこんでロビーのボタンを連打した。「おや、こんにちは、見知らぬ方」という声に顔を上げて初めて、チャズが一緒に乗ってることに気づいた。

「やだ、どうしよう」わたしは叫んだ。「お父さんに会いに来たの？　どうして黙ってるのよ？　ドアを押さえてあげればよかった――やだ、もう下に向かっちゃってる。ごめんなさい！」

「落ち着けよ」とチャズ。「親父に会いに来たんじゃない。きみに会いに行くところだったんだよ」

「わたし？」それにはびっくりした。

「飲みにでも連れ出すつもりだったんだ。そして俺が男としての自尊心を取り戻してまた人を愛せるようになるために、元カノについて必要な情報を聞き出そうと思ってね」

わたしは唇を嚙んだ。「チャズ。わたし、人の陰口を言わないよう必死で努力してるのよ。わたしにとってはまったく初めてのことなの。今までおしゃべり癖のせいで面倒なことになってばっかりだったけど、真剣に変わろうとしてるわけ。だって一部の人がどう考えようと、人は絶対変わることができるんだから」

「もちろんそうだとも」チャズが言う。エレベーターがロビー階に到着した。「さ、行こう。《ハニーズ》でビールでもおごるよ」

無理よ、と言おうと思った。落ちこんでるのはわかるけど、わたし、ドレスをデザインしなきゃいけないんだから。お店に行かなきゃいけないの、ある大きな仕事があって、これも口外しちゃいけないことのひとつなんだけど、今ほんとに時間がないからまた今度でいい？って言いそうになった。

でも彼の顔を見たら、しばらくひげを剃ってないのがわかった。それに見たところ、ベースボールキャップもしばらく取り替えてないみたい。

だから結局、わたしは《ハニーズ》の赤いビニールのボックス席でチャズと差し向かいに座り、露に覆われたダイエットコークを目の前に置いて、小人が歌う『ダンシング・クイーン』を聴くという、必ずしも不快ではない体験をする羽目になったってわけ。

「ただ知りたいだけなんだ」チャズが手にしたビールのボトルに向かって言う。「バカみたいだってのはわかるんだが……つまり……俺が彼女に宗旨変えさせるようなことを何かしたんだろうか？」

「は？　そんなわけないでしょ」わたしは声を上げた。「チャズ！　もう。そんなことないわよ」

「じゃあ何があったんだ？　要はだな、人間ってのはストレートだったのがある日突然ゲイになったりはしないもんだろ。俺が彼女にしたことが何か――」

「してないわよ。チャズ、信じて。あなたは何もしてない。シャリが説明したとおりなの。彼女はただほかの誰かを好きになってしまった。そしてそのほかの誰かが、たまたま女性だったってだけのこと。ほかの男性と出会って、あなたじゃなくてその人を好きになったのと同じことよ」

「いや」とチャズ。「違うよ」

「違わないってば。愛には変わりないでしょ。愛ってのは人をおかしくさせるものなの。自分を責めちゃだめ。シャリはあなたを責めてない。彼女、まだあなたのことが好きなのよ。そう言われたでしょ？」

チャズは渋面を作った。「そんなことは言ったな」

「ね？　それはほんとのことなの。彼女、まだあなたのことが好きなの。ただ、ほら。恋愛感情ではなくなったってだけ。そういうこともあるのよ、チャズ」

するとチャズはゆっくりと言った。「つまりきみが言ってるのは、可能性として、俺がいつか、ほかの男とデキることもありうるってことか？」

「可能性としてはね」と答えながらも、正直、チャズが同性愛関係にある姿を想像することができなかった。て言うか、自分が知ってる（そして付き合ったこともある）同性愛者の男性がチャズと付き合いたがるとは思えない。チャズのファッションセンスは皆無に等しいし、大学バスケにはただならぬ情熱を注いでるくせにインテリアにはほぼ無関心なんだから。ルークが男性とくっついてる姿を想像するほうがずっと簡単だわ。

「きみはあったのか？」

「わたしが何？」バーカウンターの上にかかってる時計に目をやる。ほんとにお店に行かないと。ジルのドレスに関して一〇〇万個はアイディアがあって、早く取りかかりたくて指がうずうずしてる。

「女性を好きになったことがさ」

「うーん」わたしは時間をかけて答えた。「今まで女性をほんとに尊敬して、あんなふうになりたい、もっとよく知りたいって思ったことはあるけど。でも、その、性的な意味では、ないわ」

チャズは親指の爪でビールのラベルをかりかりはがし出した。「で、きみとシャリは、一度も……えー……試してみたことはないのか？」

「チャズ！」コースターを投げつける。「ないわよ！　気持ち悪い！　あなたとルーク、ほんとそっくりだわ。もういい、帰るから――」

「なんだよ？」わたしがボックス席から完全に出てしまう直前に腕をつかんできたチャズの顔は本気で驚いてた。「訊いただけだろ！　もしかしたら、ほら、きみら女子はみんなそういうことをするのかと――」

「残念ながら、しません」と教えてやる。「だからって別にそれが悪いわけじゃないけど。じゃ、手を離して。仕事に行かなきゃ」

「仕事なら今終わったばかりじゃないか」

「もうひとつの仕事よ。ブライダルショップの。ものすごく大きな新規案件があって、早く取りかかりたいの」

「そのウェディング関係の仕事、本気で気に入ってるみたいだな」カラオケのステージで小人がアバからアシュリー・シンプソンに切り替え、みんながどう思おうと彼がわたしの彼氏を奪ったんじゃない、って歌い上げてた。「本当に信じてるんだな……ハッピーエンド、ライスシャワー……そういうもの全部」

「ええ。もちろん信じてるわよ。それにあなたが今とても悲しんでるのも知ってるわ、チャズ。それも当然だと思う。でもいつかはあなたにも訪れることなのよ。約束する。わたしに訪れるのと同じようにね」みんなが思ってるよりずっと早くかもしれないけどね。

「ふうん、でもそれが訪れるときの相手があの『森の小動物』くんだなんてまだ期待してたりしないだろうな」

わたしはまじまじとチャズを見つめた。「期待しちゃいけない？」そして彼の目があきれたように天井を向くのを見て言う。「ああ、もう、チャズ。あの競走馬のたとえはもうやめてよ。言っときますけどね、ルークの勉強は順調だし、そのうえ、彼はもうわたしたちの関係を一歩進展させる準備ができたみたいなのよ」

チャズは両眉を持ち上げてみせた。「三人でセックスとか？」

ベースボールキャップのど真ん中をひっぱたいてやった。「クリスマスプレゼントを買ってくれたの。わたしの将来に向けた投資だって」

すぐさま、チャズが眉根を寄せる。「そりゃどういう意味だ？」

「意味なんかひとつしかないでしょ？」とわたし。「婚約指輪に決まってるじゃない」

チャズは顔をしかめた。「指輪なんか買ったって話はあいつから聞いてないぞ」

「言うわけないでしょ。あなたが最近つらい思いをしてることを知ってるんだから。あなたの彼女があなたを捨てて女性に走ったばかりだって知ってて、婚約のことを自慢たらたら話すようなこと、ルークがすると思う？」

「どうもありがとう」チャズは言った。「きみはほんとに人を元気づける方法を良く知ってるよな」

「だって、あなた自身、別に優しくしてくれたわけじゃないでしょ、ルークが競走馬だったら俺は絶対賭けないなんて話をして。でもそのことに関してはもう考えが変わったんじゃないの？」

「正直に言っていいか？」チャズは頭を振った。「変わらないな。きみの将来への投資なんて、なんだってありうる。必ずしも指輪とは限らないだろ。俺ならあまり期待はしすぎないね。だってな、悪気はないけど、きみら二人はクリスマス休暇を一緒に過ごしすらしないんだぞ。アンハッピーエンドの兆候だとは思わないのか？」

「チャズ」彼の顔をしっかりと見据えると、わたしはボックス席から滑り出た。「シャリがあなたを傷つけたのはわかってる。正直、彼女がそんなことをしたなんて理解できないけど、彼女にとってもつらい決断で、ものすごく罪悪感を覚えてることも知ってる。でも自分の恋愛がうまくいかなかったからって、恋愛がすべて絶望的だってわけじゃないのよ。また外に出るようにして、カントだかなんだかの話ができるかわいい哲学科の院生でも見つければ、物事をもっと楽観的に見ることができるようになるわ。絶対よ」

チャズはただわたしを見つめ返すだけだった。「きみが住んでる惑星での生活がどんなものなのか、そのうち詳しく説明してくれよ。ずいぶんいいところみたいだから、いつかは俺も行ってみたいもんだね」

わたしは不愉快さのにじむ笑みを彼に向け、ボックス席を離れた。小人が十八番の『あなたしか見えない』を歌い出す。

サビの「声を上げて泣かないで」に、チャズが耳を傾けてくれるといいんだけど。

リジー・ニコルズのウェディングドレス・ガイド

メイク

挙式当日のメイクは、プロに依頼する花嫁がほとんどです。これはだいたいにおいて賢明な判断です。プロにメイクを任せておけば、花嫁が失敗を恐れなければいけないことがひとつ減るわけですから。

ですが、挙式当日にプロのメイクを頼む花嫁の多くが、まるで葬儀屋に死に化粧を施された親戚のおばさんぐらい普段の本人とはかけはなれた顔になってしまうこともまた事実です。メイク担当者とちゃんと打ち合わせをして、色や量、トーンなどで意見を一致させておきましょう。そしてメイクは軽めにしてもらいましょう。写真うつりは当然良くありたいのですが、招待客が間近で見てもナチュラルできれいに見えなければ困りますよね。腕のいいプロのメイクアップアーティストなら、その両方を簡単に実現できるのです。

メイクについて覚えておきたいコツ

――メイク担当者とは挙式の四週間前に最初の打ち合わせを行いましょう。そうすれば、お互いに納得のいくメイクを決める時間がたっぷりあります。

――メイクが濃すぎて首と顔のトーンが明らかに違ってしまってはいけません。ちゃんとなじませて！

――挙式当日、緊張と、場合によっては暑さのせいで、テカりが予想されます。あなたも付添人たちも、あぶらとり紙とファンデーションをたっぷり用意しておいてください。

――温めたビューラーでまつげをカールさ

©リジー・ニコルズ・デザインズ

せると、目ヂカラが長持ちします。

――必ず、ウォータープルーフのマスカラを使うこと。泣くことは間違いないのですから。泣かなかったとしても、汗は絶対かくのですから。

――コンシーラーを使えば、前夜寝つけなかったせいでできたクマが隠せます。

――そして最後に、落ちない口紅を選びましょう。本番当日は一日中（もしくは一晩中）キスをしたり、飲んだり食べたりするのです。お気に入りの口紅を何度も何度もつけ直すことは避けたいですよね。

22

けがらわしい風説が流布している。

――ウィリアム・シェイクスピア（一五六四年～一六一六年）
イギリスの詩人、脚本家

ジル・ヒギンズが新たな謎の友人にどこで会っているのか、マスコミが嗅ぎつけるまでに時間はかからなかった。でももう彼女を車まで見送らないようにしたから、幸いあれ以来ゴシップ紙にわたしの写真は載ってない。

今世紀もっとも注目される結婚式の主役であるジル・ヒギンズが公認ウェディングドレス修復師としてムッシュー・アンリを選んだというニュースは、すぐにニューヨーク中に知れ渡った。気がついたら、わたしたちは自分のドレスも手がけてほしいって大挙して押し寄せる花嫁たちを追い返すのに必死だった。ジャン＝ポールとジャン＝ピエールがドアマン兼警備員として雇われ、パパラッチを追い払って顧客の花嫁だけを入れるようにした。

わたしがフランス語を理解できることを黙ってた件についてアンリ夫妻にまだ多少のわだ

かまりが残ってたとしても、切羽詰まった花嫁たちからの予約が引きも切らず、二年カレンダーを買わなきゃいけないほどになった時点で忘れてくれたみたい。

でも夫妻のどっちも、あれ以来あのドレスには指一本触れてない。最初にわたしが自分のアイディアを説明したとき、ムッシュー・アンリはそんなことは不可能だ、ジョン・マクダウェルの母親に訴えられるぞと言ってドレスを取り上げようとした。

でも妻のほうが落ち着き払って夫の手からドレスを取り上げ、わたしに返すと穏やかに言った。「ジャン。仕事に取りかからせてあげなさい」

そのことは感謝してる。まして最初「頭が悪い」なんて言われてたことを思えば。明らかに考えを変えてくれたわけで、あのドレス――ジルのドレスは作業部屋の奥にある専用のフックにかかってて、わたしは毎日それを覆ってるカバーをめくっては前の日にやったことを確認し、これからの数時間でどれだけの作業をしなきゃいけないかを理解してパニクり、慌てて仕事に取りかかった。

夜明け前が一番暗いんだ、ってよく言うじゃない。この仕事をやってるおかげで、その格言がどれだけほんとのことか、よくわかる。クリスマス一週間前（大みそかの本番前に最終的な修正をする時間があるよう、ジルのドレスはクリスマスイヴの前日までに仕上げるって約束してた）、ドレスを期限までに完成させることなんて不可能だと思ってた……最悪完成させられても、目も当てられないありさまになるって。六号のドレスから一二号のドレスを作り出すのは生易しい仕事じゃない。ムッシュー・アンリが不可能だって言ったのも無理はないわ。

でも、そうじゃなかったのよ。不可能じゃなかった、って意味だけど。ほんとに、ほんとに大変だった。腰を痛めながら何時間もかけて縫い目をほどき、さらに何時間もかけて縫い合わせ、何本も何本も何本ものダイエットコークを消費した。いまだに唯一の収入源であるペンダーガスト・ローリン・アンド・フリン法律事務所での仕事を終えて全力ダッシュで店に駆けつける午後二時半から深夜まで、へたすると午前一時まで作業を続け、よろよろと自宅に戻ってベッドに倒れこみ、朝の六時半に起きてシャワーを浴び、着替え、法律事務所に出勤するって生活が続いた。自分の彼氏とでさえめったに顔を合わせないぐらいだから、ほかの誰とも会わなかった。でもそれは別にいい。だってルークも期末試験の勉強で忙しくしてたから。一年間で医学部進学課程を終わらせたかったら各学期に詰めこめるだけの授業を詰めこまなくちゃいけなくて、その結果、彼は期末試験を四つも控えてた。つまり、六号のドレスを一二号に作り変えるのと同じくらい大変な頭脳労働をしてたってわけ。

だからこの数週間はほとんど彼氏の顔を見てなかったけど、路上販売で買って来たクリスマスツリーの下にルークが置いた箱は常に見てた。ツリーは付属の小さなスタンドで窓の前に立ててたから、豆電球の輝きが五番街からも見える。ある晩、ジルのドレスにつけるターンチェックとの長く苦しい戦いを終えて玄関を開けた瞬間、それが（ってプレゼントのことね）目に飛びこんできたの。見落としようがなかった。

だって、ばかでかいんだもの。

まじめな話、ミニチュアポニーくらいはありそうな大きさの箱だった。でなきゃ、最低でもコッカースパニエルくらい。ツリーよりも大きいんじゃないのってくらいよ。どう考えたって、指輪の箱ではありえない。

でも、この話をティファニーにしたら、こう言った。「ああ、彼、アレ系の人なんじゃないの」

「アレ系って？」

「ほら、彼女がプレゼントの中身を当てちゃうといやだからって箱を何重にもして、振ってもわかんないようにしちゃう系の男子、いるじゃん」

素晴らしく納得のいく話。わたしが秘密を隠しておけない性格だってことをルークはものすごく良くわかってる（とは言ってもニューヨークに引っ越して以来、かなり改善してる。ほんと、わたし成長してると思う）。秘密を隠しておけないってことは、クリスマスプレゼントの中身だって盗み見たりしかねないってこと。たしかにこないだの夜、掃除機をかけてたら箱の近くに行き過ぎて、アルミ箔の包装紙をうっかり吸っちゃったのよね。でも包装紙をやぶりそうになる自分をすんでのところで抑えることができた。

ティファニーの言うとおりだわ。ルークも入れ子作戦を取ってるのよ。すごく彼らしい。だから、わたしも《コーチ》で買った艶のある革のお財布を同じように包んだ。実際に財布が入ってた箱をミセス・エリックソンからもらった箱に入れたのよね。食器洗い機用の洗剤が何本も入ってた箱で、ミセス・エリックソンはそれを二年前にニュージャージーの《サムズ・クラブ》って大型量販店で買ったんだけど、最近ようやく外箱がいらなくなるくらいまで使い切ったんだって。

ルークがプレゼントのにおいを思い切り嗅いだりしないといいんだけど。そんなことしたら鼻に液体洗剤のにおいが充満しちゃうわ。

で、気がついたらもうクリスマスイヴの前日だった。わたしはまるでショッピングモールのサンタさんに会いに行く子供みたいに緊張してた。ルークからのプレゼントのせいじゃないし（それはそれでかなり神経過敏になってるけど）、もうじき彼と別々の大陸に離れて一週間以上過ごさなきゃいけなくなるせいでもない。緊張してるのは、ジルがドレスをどう思うかが気になるから。だって、こういった仕事の常としてドレスはつい数日前にどうにか仕上がったばかりで、今は……まあ、マダム・アンリでさえ、ドレスを見たあとわたしを見て、重々しく「けっこう。大変けっこうだわ」って言ってくれたけど。

それは、マダムにしてはまさしく最高の褒め言葉。でもそれよりも大きな意味があったのは彼女の夫による評価だった。彼はあごをぽりぽりとかき……ぐるぐると歩き回り……タータンのリボンについて二、三の鋭い質問をして……最後にひとつうなずくと、こう言った。

「パルフェ」

アイスクリームが載っかったやつのことじゃないわよ。フランス語で「完璧」って意味よ。でもムッシューでさえ、わたしが一番評価を恐れてる相手じゃない。ジルが気に入るかどうかをたしかめなくちゃ。

閉店から一時間後、ついにジルがやって来た。その日最後の予約客を追い出し、ブラインドを下ろし、店の照明を落としてみんな帰ったように見せかけたあとで。これはもちろん、パパラッチの目をごまかすため。

そして七時きっかりに呼び鈴が鳴るとマダム・アンリがドアへと急ぎ、電気を一切つけないまま鍵を開けた。二つの人影がするりと店内に入る。最初、ジルが婚約者を連れて来たのかと思って一瞬苛立ちを覚えた。結婚式の前に花婿がウェディングドレスを目にすると縁起が悪いってことは常識なのに。

でもこれまでジルがフィッティングに毎回一人で来てたことを思い出した。マスコミに追い回されてるからってだけじゃなくて、彼女自身の孤独感にもさいなまれて。だって家族はものすごく遠くに住んでるし、ウェディングドレスに詳しい友達がいるわけでもないから。

だからジルがジョンを連れて来て良かった、と思い直した。だって彼はジルのつらさを少しでも和らげてあげようと、できるだけのことをしてあげてるんだもの。最近では婚前契約書にまで口を出して、ジルに対して公正な契約書にしないと自分の両親を披露宴の招待客リストから削るって脅したのよ。その大胆な一手は完璧に功を奏して、そのためにミスター・ペンダーガストが舞い上がっちゃってトライベッカの高級フレンチ《モンラシェ》で開かれた事務所のクリスマスパーティーで全員にシャンパンのおかわりを頼んでくれたぐらいだった（ちなみにわたしはジルのドレスを仕上げるために途中で抜けなくちゃいけなくて、そのせいでその晩のメインイベントを見逃しちゃったんだけど。ロバータが泥酔してファックス・コピー機責任者のダリルとクロークルームでいちゃついてるところを不幸にもティファニーが見つけちゃって、携帯のカメラで写真を何枚も撮って職場の全員にメールしたの)。

そんなことを考えてたから、マダム・アンリがようやく明かりをつけても大丈夫だろうと判断したとき、ジルが連れて来たのが誠実で愛すべきジョンなんかじゃなくて年配の女性だってことがわかったときにはびっくりした。まるでクローンみたいにジルとそっくりなその女性は、彼女のお母さんだと紹介された。

驚きがすぐに安堵に変わる。そうよ。ついにジルにも援軍が現れたんだわ——わたしと未来の夫以外にも、ね。

「リジー、初めまして」ミセス・ヒギンズは言いながら、娘が握手のときにいつもやるのと同じ勢いでわたしの手をぎゅうぎゅう握った。ジルは自分の握力を自覚してないみたいなのよね。何十キロもあるアザラシをいつも抱き上げてるせいで相当強いんだけど。「お会いできて本当に嬉しいわ。ジルからいろいろ聞いてるのよ。あなたは命の恩人も同然だって……それにとても親切にあの——あれなんだったかしら、ジル？　ユードル？」

「《ヨーデル》よ」ジルは恥ずかしそうに言った。「ごめんなさい。わたしたちがお化粧室で会ったときの話をせずにはいられなくて——」

「ああ、そうよね」わたしは笑った。「良かったら、ここにも置いてあるわよ」ここしばらくの仕事のせいで、低炭水化物ダイエットはすっかり棚上げになってしまってた。最近どれだけ体重が増えたのか全然わからないけど、かなりいってるはず。でもそんなことどうでも良かった。ジルのドレスのことでテンションが上がり切っちゃってたから。

「ううん、今日はいいわ」ジルも笑いながら言う。「大丈夫。さて。準備は完了？」

「いつでもオッケーよ」とわたし。「行きましょうか」

アンリ夫妻がミセス・ヒギンズに椅子とシャンパンをすすめる中、わたしがジルを奥へと連れて行った。

たっぷりとした象牙色のひだをジルの頭の上からかぶせながら、わたしの指先は震えてた。でも緊張を隠そうと説明をする。「さあジル、これがエンパイア・ウエストって言うカットよ。ウエストラインが胸の真下、つまりあなたの体で一番細い場所に来るってこと。こうするとスカートがまっすぐに下りて、体の周りを流れ落ちるような形になるわ。あなたみたいな体形の女性だとこれが理想的なの。エンパイア・ウエストはナポレオン・ボナパルトの妻ジョセフィーヌが広めたのよ。彼女は古代の美術品に描かれたローマ人のトーガをヒントにしたのよね。で、見ればわかるけど、肩はオフショルダーにしたわ。あなたの肩はとてもすてきな形だから、出したほうがいいと思って。あとここのところ――これはもとのドレスにぶら下がってたタータンチェックだけど――バストラインの下の帯に使ったの。わかる？ウエストをより細く見せてくれるわ。そして最後に、手袋をいくつか用意したんだけど――肘上がいいんじゃないかな、袖の部分にぎりぎり届かないくらいの……これでよし」わたしはジルを全身鏡に向かわせた。「どう？　髪はアップがいいと思うんだけど。カールさせた後れ毛を少したらして、言ってみれば、ギリシャの壺に描かれたイメージそのものの感じで……」

ジルは自分の姿に見入ってた。その沈黙が不満からくるものではないことを理解するまでにしばらくかかった。二五セント硬貨くらいの大きさに見開かれた両目はそれこそ二五セント硬貨と同じくらいきらめいてる。涙をこらえてるのがわかった。

「ああ、リジー」彼女はようやくそれだけ言った。

「だめ?」緊張して訊く。「全部もとのドレスから作ったのよ。ただ縫い目を……ほぼ全部の縫い目をほどいただけ。大変だったけど、このスタイルはあなたに似合うと思うわ。あなたはわりとクラシックなプロポーションをしてるし、ギリシャの壺に描かれた女性たちはまさしくクラシックな――」

「母さんに見せてあげたい」ジルが声を詰まらせた。

「わかった」わたしは急いで彼女の背後に回り、ドレスの後部に追加した一メートル以上あるトレーンを持ち上げた。「ちなみにこのトレーンは上に引っかけられるようになってて、ダンスをするときにドレープたっぷりの腰当て《バッスル》みたいになるのよ。邪魔にならないようにと思って。だけどセント・パトリック大聖堂はものすごく広いから、存在感を持たせたくて――」

でもジルはもう試着室を飛び出して母親とアンリ夫妻が待つ売り場のほうへと駆けこんでた。

「母さん!」売り場と作業部屋を仕切るカーテンを押し分け、ジルが叫ぶ。「見て!」

ミセス・ヒギンズは飲みかけてたシャンパンを喉に詰まらせた。マダム・アンリに背中をバシバシ叩いてもらってようやく呼吸を取り戻すと、娘と同じくらい涙に光る目でつぶやく。

「ああ、ジル。最高にすてきだわ」

「そうよね」ジルは驚きを隠せない声で言った。「わたし、すてきに見えるわよね?」

「本当に」ミセス・ヒギンズは近くでドレスを見ようと急いで娘に歩み寄った。「これがあのドレスなの? あの意地悪女が――じゃなくて、ジョンのお母さまがくださったウェディングドレスなの?」

「これがそのドレスです」わたしは不思議な感覚を覚えながら答えた。うまく説明できない。でも興奮と喜びがないまぜになったみたいな感じ。ほんと、これをうまく説明するとしたら、誰かがシャンパンを抜いたみたいとしか言いようがない……体の中でね。それか、ティファニーの言葉を借りれば、おマタの間でね。「もちろん、少々手は加えましたけど」

「少々!」ジルがくすくす笑いながら言った。そうよ! くすくす笑いよ! 泣き虫の『脂身ちゃん』が! すごい。ほんとにすごい。

「もう本当にきれいだわ」ミセス・ヒギンズは優しい声で言った。「まるで……まるで、お姫さまみたいじゃないの!」

「お姫さまと言えば、ヘッドドレスを決めないと」わたしは言った。「髪はアップにして、カールさせた後れ毛を少しだけ背中にたらすといいと思うって言ってたんです。だからティアラも悪くはないかも。ジルの髪にすごく映えると――」

でも誰一人わたしの話を聞いてないことは明らかだった。ヒギンズ母娘はお店の鏡に映るジルの姿に見入ったまま、小声でささやき合ったりくすくす笑ったりしてる。今の二人を見てると、花嫁が数週間前に化粧室に隠れて泣いてたり、アザラシのフンくさい格好でフィッティングに来たりしてたなんて想像もつかないわ。

依頼主もその母親もわたしの話を聞いてないから仕方なくアンリ夫妻のほうへ近寄ると、マダム・アンリが言った。「やったじゃないの」

「やりました」まだちょっとぼーっとしたままで答える。

するとマダムはびっくりするようなことをした。わたしの手を取ると両手でしっかり握り、「これをあなたに」と笑顔で言ったのよ。

そしてわたしの手の中に何かを滑りこませた。見ると、それは小切手だった。ゼロがいくつも書いてある。

一〇〇〇ドル！

顔を上げると、ムッシュー・アンリが気恥ずかしそうな、でも満足そうな表情を浮かべてた。

「冬のボーナスとでも思いなさい」とフランス語で言う。

感激して、わたしは思わず駆け寄るとムッシューとマダムに抱きついた。「ありがとうございます！」と叫ぶ。「お二人とも、ほんとに――ファンタスティークです！」

「で、来てくれるんでしょう？」しばらくして、慎重にドレスを脱ぐのを手伝っているとジルが言った。「結婚式に。それと披露宴にも。招待するから。あなたと、もう一人。いろいろと話を聞かせてくれてる彼氏を連れて来たらいいわ」

「ああ、ジル」わたしは微笑んだ。「優しいのね。ぜひ行きたいわ。ただ、ルークは来られないの。彼、冬休みはフランスに行くから」

ジルは困惑した様子を見せた。「あなた抜きで？」

笑顔が消えないように努力する。「そう。ご両親が向こうにいるの。でも大丈夫。わたしは何があっても絶対出席するから」

「よかった」とジル。「これで少なくとも一人は友達が来てくれるってことだわ。家族と動物園の連中は別にして、ね」

「知らないうちに友達がたくさん増えてることがきっとすぐにわかるわよ」わたしは本気で言った。

その晩、家までの道のりを歩きながら、ずっと雲の上にいるような気分だった。一〇〇〇ドルの小切手と結婚式への招待は原因の一端でしかない。彼女がドレスを気に入ってくれたこと――ほんとに気に入ってくれたことで頭がいっぱいだった。

それにものすごくきれいだった！　絶対きれいに見えるって思ってた。ミセス・マクダウエルはバージンロードを歩いて来るジルを見た瞬間に死にたくなるわ。絶対なるはず。だって息子の選んだ結婚相手が気に入らなかったから、恥をかかせようと思ってあのドレスを未来の嫁に渡したのよ。

さあ、これで恥をかくのはどっちかしらね？　『脂身ちゃん』が今季もっとも美しい花嫁になったら？

そしてわたしもその場にいて、この目でそれを見ることができる！　ほんと、世界一の仕事に就いてるわ。たとえ、ほら、固定給ってものがもらえない仕事でもね。

マンションにたどり着き、部屋のある階までエレベーターで上がってく間もまだ雲の上にいる気分だった。ドアの鍵を開けて、クリスマスツリーの豆電球がともる中、ワインのボトルを手にして「帰って来たね！　やっとだ！」って言うルークを目にしたときもまだ雲の上。

「ああ、ルーク！」わたしは叫んだ。「信じられないと思うけど。でも彼女、気に入ってくれたの。掛け値なしに気に入ってくれたの。それにムッシューとマダムが冬のボーナスをくれて、ジルが結婚式に招待してくれて――あなたが出られないのは残念だわ。でも重要なのは、彼女がほんとに、ほんとにドレスを気に入ってくれたことなの。しかも最高に似合ってたのよ。もう絶対に誰も彼女のことを『脂身ちゃん』なんて呼ばないわ」

「すごいじゃないか、リジー！」ルークは二人分のワインを注いでくれてた。そのときになってようやく、部屋の電気が全部消えてることに気がついた。ともってるのはクリスマスツリーの豆電球と、数本のロウソクだけ。チーズの盛り合わせとわたしが好きなお菓子（オレンジピールの砂糖漬けとスパイシーナッツ）を盛ったボウルが並べられてる。すごく華やいだ雰囲気で――ロマンチックな感じ。

ワインを満たしたグラスを差し出しながら、ルークは言った。「じゃあ、これ以上きみにふさわしい贈り物は選びようがなかったな。今開けたい?」

これ以上わたしにふさわしい贈り物はない? すべてが完璧にうまくいった今、今宵をなお完璧にするのはプロポーズ以外にないから? それ以外に彼の言葉は解釈しようがなかった。

「もちろん開けたいわよ」と声を上げる。「あなたがあそこに置いて以来、死ぬほど開けたかったのを知ってるくせに!」

「じゃあ、どうぞ」とルーク。ツリーの下で今まさにプロポーズしようとしてる相手に言うにしては変なセリフ。でもいいわ。

ワイングラスを手に、わたしはプレゼントの脇の床にぺたりと座り、彼が自分あてのプレゼントの脇に座るのを待った。

「あなたのを先に開ける?」ルークからのプレゼントを開けたら展開するはずの歓喜の涙のあとでは、わたしからのプレゼントはテンションが下がるだろうと思って訊いてみた。でも彼が「いや、きみからどうぞ。きみがどう思うか知りたくてうずうずしてるんだ」と言ったから、わたしは肩をすくめて取りかかった。

包装紙をやぶくと、巨大な箱が現れた。「クアンタム・フューチュラCE—二〇〇」って書いてある。幸せなふわふわした気持ちが薄れ出す。そして箱にプリントされた写真がミシンだということに気づいた瞬間、ふわふわした気持ちは完全に消え去ってしまった。

訝しげに見上げると、ルークはワイングラス越しに満面の笑みでこっちを見てた。プロポーズしそうな気配はまったくない。気分がなんだか……そうね。かなり悪くなってきた。

「ミシンだよ！」彼が声を上げる。「父さんが壊したやつのかわりにね。でも父さんが蹴っ飛ばしたやつより、こっちのほうがずっといいよ。店の人が最新型だって言ったんだ。刺繍だのなんだの、どんなことでもできるんだよ。中にマイクロコンピューターが内蔵されてるんだって！」

わたしは巨大な箱を見下ろした。わたしの将来への投資。彼、そう言った。

そして彼がわたしにくれたのは、たしかにそのとおりのものだわ。

気がついたら、わたしは泣き出してた。

結婚式は幸せなひとときであるはずです。だからこそ誰も、特に花嫁は、認めたがらないのです。場合によっては——そう、結婚式が行われなくなることもあるという事実を。新郎が怖じ気づくかもしれません。新婦のほうが怖じ気づくかもしれません。二人とも、やっぱり結婚するタイミングは今じゃなかったと考えるかもしれません。大事な家族の誰かが亡くなって、服喪の期間中にめでたい祝典を開くことに皆が抵抗を覚えるかもしれません。いずれにせよ、こうしたことはままあるのです。

このため、用意周到な花嫁は結婚保険に入ります。旅行保険と同様、結婚保険は会場やケーキ、カメラマン、ケータリング、リムジン、生花、ハネムーン、ドレスまで、前払い金を全額失わなくてすむよう補償してくれるのです。

あなたの結婚式の日——多くの女性にとっては、人生で一番大切な日です。万が一何か問題が起こったとき、財産まで失わなくてすむと考えて安心したくはありませんか？　結婚相手を失ってしまったのに……苦労して稼いだお金まで失うことはないでしょう？

わたしはすべての依頼人に結婚保険への加入をおすすめしています。そして、あなたにもおすすめしたいと思います。

23

愛と醜聞こそが紅茶を何よりも甘くする。

——ヘンリー・フィールディング（一七〇七年〜一七五四年）
イギリスの作家

「どうしたんだ？」泣き崩れるわたしを見てルークが声を上げた。「何……このミシンじゃいけなかった？　どうして泣いてるの？」

「ちが——」信じられない。彼の前で泣くなんて信じられない。ちゃんと自分を抑えられないなんて信じられない。こんなの最悪。ルークのせいじゃない。自分のせいよ。プレゼントがわたしの将来への投資だって彼が言ったとき、勝手に思いこんだのはわたし。きっとルークが……ルークが……。

「ぼくがなんだって？」途方に暮れてルークが訊いた。

わたしはぎょっとした。考えを口に出してたのに気づいたから。いや！　ずっとうまくやってきたのに！　ものすごく慎重にしてたのに！　彼を引き寄せるため、小さなパンくずをこんなにたくさんまいてきたのに！　ここで彼の頭を木槌でぶん殴るわけにはいかない。ここまでおびき寄せたのに――。

「婚約指輪をくれるんだと思ってたの」自分の涙まじりの声が聞こえた。「そして結婚を申しこまれるんだと思ってたの！」

あーあ。やっちゃった。言っちゃった。これで全世界に知れ渡っちゃう――ルークにまで。

そして、心の奥底ではわかってたことだけど――シャリやチャズが警告する前から、ほんとはなぜかずっとわかってたんだけど――ルークは怯えきってる。

「結婚だって？」彼は叫んだ。「リジー……その、ぼくがきみを愛してることはわかってると思うけど。でも……ぼくたち付き合ってまだ六カ月じゃないか！」

六カ月。六年。同じことだわ。ようやくわかった。森の小動物の中には、どれだけパンくずをまいておいても……どれだけ辛抱強く待っても……絶対に自分のものにはできない生き物もいるのよ。手なずけることなんて絶対にできないの。野生のまま、自由に森の中を駆け回りたがるから。

それがルーク。みんながそのことをわかってた。わたし以外は。真実を受け入れることを拒否した唯一のおバカさんがわたし。真実っていうのはつまり、彼は今一緒に暮らしてるぶんには満足だけど、永遠にはいやだってこと。六カ月。六年。彼が縛られることは決してないんだわ。

少なくともわたしには。

「今の状態で楽しくやってると思ってたんだ」そう話すルークは、ほんとに動揺してた。

「きみとの暮らしはとても気に入ってるよ。すごく楽しいし――でも結婚なんて。だって、リジー、ぼくは来年自分がどこで何をしているかさえわからない。まして四年後、医大を卒業したあとどうしているかなんて――医大に入れればの話だけど！　入れるかどうかだってわからないんだよ！　それなのにきみに結婚なんか申しこめると思うかい？　きみに限らず、誰かに結婚を申しこむことなんかできると？　そもそも、ぼくは――その、自分がいずれ結婚するのかどうかさえはっきりとはわかってない。結婚がいつか自分の視野に入るようなものかどうかだってわからないんだよ」

「そう」わたしは静かに言った。

だって、ほかにどう答えればいいの？　言うまでもなく、これはずっと前にしておくべき会話だったわ。だって、彼は自分がいずれ結婚したいのかどうかすらわかってない……わたしとってことじゃなくて、相手が誰であっても……。

ただ、わたしがもっとうまく事を運んでさえいれば、結婚したいって思わせることができたかもしれない。もちろん、この軽い口を開いちゃった今となっては全部台無しなわけだけど。あとほんのちょっとだけ辛抱してたら……。

でも無駄よ。一年後……二年後……ルークはずっと同じことを言い続けるわ。それは瞳に浮かんだ恐怖の表情を見ればわかる。ジョン・マクダウェルがジルを見つめるときに浮かべる表情とはまったく違う。昔、チャズがシャリを見るときに浮かべた表情とだって違う。

どうしてわたしはこんなことさえ見えなかったの？　あの二人と同じような感情がルークの瞳には一度も浮かんでなかったことが、どうして見えてなかったの？

「いいのよ」わたしは優しく言った。疲れた。すごく、すごく疲れた。死に物狂いで働いてきたのよ。それに明日には飛行機に乗って実家へ帰らなきゃ。

ああ良かった。今この瞬間、わたしに必要なのは故郷に戻ってママの腕の中に飛びこむことだわ……ジルがお母さんの腕の中に飛びこんだようにね。ただ、理由が違うけど。ジルの場合は喜びに満ちてたから。

わたし？　喜びに満ちてはいないわね。

「ああ、リジー」ルークが言う。「すごく申し訳ないよ。もしぼくが何か、何かひとつでも誤解を与えるような――でも、きみはあの話をしただろう、自分の店を持ちたいっていう話。だからきみもぼくと同じように考えてると思ってたんだ。結婚は計画にも入ってないって。だって仮にぼくたちが結婚して、そしてぼくがカリフォルニアの医大にでも進んだらどうする？　きみは店を諦めなきゃいけないだろう！　そんなことしたくないよね。ぼくのために、仕事を辞める？　もちろんないだろう。それか、ぼくが卒業したあとでバーモント州かどこかで就職することになったら……バーモントなんかへ一緒に行きたいと思うかい？」

答えは、もちろん、イエスよ。ええ、実際、行きたいと思う。どこへだって行くわ、ルーク。どこへでも。なんだって諦める。一緒にいられさえすれば。

でも彼は明らかに、わたしに対して同じようには思ってくれてない。

「ぼくは……」ルークは歩き回り、照明をつけていった。急に明るくなって、わたしはまばたきした。「リジー、本当にごめん。ああもう。ぼくが何もかも台無しにしちゃったんだよね？」

「違うわ」わたしは首を振り、頬を伝う涙を手の甲でぬぐった。「あなたは悪くない。ごめんなさい。わたしがバカだったの。わたし、脳が結婚式に冒されてるかなんかしてるのよ。職業病ね。ただ――」

「ただ、何？」彼は近寄ってきて、わたしの腰に手を回した。「リジー……どうすれば元に戻せる？　元どおりにしたいんだ。これまでと同じように楽しくやっていきたい――」

「そうね」気にしないようにしようとした。だって、気にしてなんの意味があるって言うの？

でも今回ばかりは……できなかった。どうしても。ジルの歓喜に満ちた表情を見てきたばっかりだったからかもしれない。どうやら明日実家に戻っても、指にしてるそれは婚約指輪なのってお姉ちゃんたちのどっちかに訊かれてさらりと「ああ、そうだった。ええ、そうよ」って答えることができないらしいからかもしれない。わからない。

でも、わたしは気づいた。もう正直にならなくちゃ。ルークに対して。そして自分に対しても。

「楽しいのはいいと思うわ。でもね、ルーク……わたしはいつか結婚したいの。ほんとにしたいの。なのにあなたはしたくないんだったら……じゃ、そもそも付き合ってる意味があるの？　だったらわたしたち別れて、一緒に過ごす未来を思い描ける相手をそれぞれ探したほうがいいんじゃない？」

「なあ」ルークはわたしの髪に唇を押しつけた。「なあ、そんなこと言うなよ。きみとの未来を思い描けないなんて言ってないだろ。ただ、今現在は自分自身の未来を思い描くことができないし、ほかの誰かとの未来なんかなおさらわからないって言ったんだよ！　そんな状態でどうやってきみを未来予想図に入れたらいいんだい……ぼくの未来にきみがいてほしいとはすごく思うけど」

わたしは彼の胸に頬を寄せた。ボタンダウンの白いシャツのぱりっと糊の利いた感触と、アフターシェーブローションがわりにつけてるオーデコロンのかすかな香り。この香りを嗅ぐと、セックスと笑い声を連想するようになった。

今までならね。

「わかってる」わたしはそっとルークを押しのけた。「ほんとにごめんなさい。でも行かなくちゃ」

そしてベッドルームへ向かう。明日持って行くスーツケースが出してある。まだ荷造りしてないのは洗面用具だけ。だからそれを取りにバスルームへ行った。

「からかってるんだろう？」ルークがついて来てた。「冗談だよね」

「冗談じゃないわ」歯ブラシと洗顔ソープを《ラシャス・ラナ》の洗面用具ポーチに入れる。目に涙があふれてて、自分が何をしてるのかもろくに見えない。バカな目。

洗面用具ポーチと化粧ポーチをスーツケースに入れようと、ルークの脇をすり抜ける。そして小さな取っ手を引っぱり上げ、荷物を引きずって玄関へと歩き出した。

「リジー」ルークが飛び出して行く手をふさいだ。不安そうな表情を浮かべてる。「どうしちゃったんだ？　こんなきみ、見たことがない――」

「何よ？」詰問した声の調子が、自分で思ってたよりもきつい感じになった。「わたしが怒るところを見たことがない？　そうよね。だってあなたといるときはできるだけお行儀良くしてたもの、ルーク。自分があなたにふさわしい相手だって証明しようとしてたから。あなたみたいにすてきな人と一緒にいる価値がある人間だって。ちょうど……ちょうどこのマンションみたい。この美しいマンション。わたし、こんなところに住めるような人みたいにふるまおうと努力してきた……壁にルノワールの少女の絵がかかってるような部屋に。でもわたしが気づいたこと、教えてあげましょうか？　わたし、こんなところに住めるような人になりたくないのよ。だってこんなところに住むような人なんか好きじゃないもの。夫を裏切る女性とか、二人には一緒の未来があるように恋人に信じさせておきながら、実は結婚に興味がなくてただ面白おかしく暮らせればいいって思うような男性みたいな人たち。わたしにはそれ以上の価値があると思うもの」

ルークが目をぱちくりさせた。「誰が夫を裏切ってるって？」困惑して訊く。

「お母さんに、感謝祭の翌日に誰と会ってたのか訊いてみなさいよ！」口から言葉が出るのを止められなかった。心の中でうめく。ああもう。これでおしまい。もう出て行かなくちゃ。

今すぐ。「さよなら、ルーク」

でもルークは空気を読んでどいてはくれなかった。かわりに、その場に立ちはだかる。

「リジー」声の調子が変わる。「バカ言うんじゃない。今、夜の一〇時だぞ。どこに行くつもりだ?」

「あなたにはどうでもいいことでしょ?」

「リジー。どうでも良くないよ。わかってるだろう。どうしてこんなふうにいきなり出て行ったりできるんだ?」

「だって」とわたし。「今だけ良くてもだめなんだもの。わたしは永遠がいいの。わたしには永遠の価値があるの」

彼を押しのけて玄関を開け、スーツケースを廊下へ引っぱり出し、その途中で一度だけ足を止めてコートとハンドバッグを手に取った。

でもそんなふうにものすごくドラマチックな退場をするのはちょっと難しい。だってエレベーターが来るまで待ってなきゃいけないんだもの。ルークが戸口から身を乗り出して、こっちを睨みつける。

「わかってるだろうけど、あとを追ったりはしないからな」

わたしは答えなかった。

「それにぼくは明日フランスへ行くんだぞ」彼が続ける。

わたしはエレベーターのドアの上に並んだ数字が、ひとつずつ順番に光るのを見つめてた。

少しにじんで見えるのは、目にたまった涙のせい。

「リジー」むかつくぐらい理性的な口調でルークは言った。「どこに行くんだ、ええ？　クリスマス休暇中に新しい部屋を探すつもりか？　クリスマスから新年の間、この街は無人になるんだぞ。なあ、これからの一週間を冷却期間にしよう。いいね？　ただ……とにかく、ぼくが帰って来るときにはここにいてくれ。話し合いができるように。わかったかい？」

ありがたいことに、エレベーターがようやく到着した。わたしは乗りこみ、そして制服姿のエレベーター係が聞いてるのも構わずに言った。「さよなら、ルーク」

エレベーターのドアが閉じた。

リジー・ニコルズのウェディングドレス・ガイド

宴のあとで……

結婚式が終わったら、ドレスはどうしたら良いでしょうか？

多くの女性が、未来の娘たちや孫娘たちが結婚式で着られるようにウェディングドレスを保管しておこうと考えます。または単純に末代まで残すためだけにドレスを保管しておきたいという人もいます。

理由はどうあれ、着終わったウェディングドレスはクリーニングすることが重要です。シャンパンや汗などの一見目立たないしみでも、時間が経てば傷みやすい布地を変色させてしまうことがあるからです。

ですが中には、いったんドレスをクリーニングして保管箱に収めてしまったが最後、かつてドレスに抱いていたはずの思い入れが失われてしまうという女性もいます。ひょっとしたら結婚が失敗に終わったのかもしれません。もしくは、伴侶を亡くしてしまったのかもしれません。

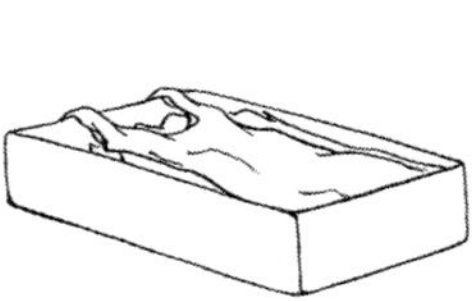

©リジー・ニコルズ・デザインズ

あなたにとってはつらい思い出になったとしても、そのウェディングドレスを捨ててしまうのは思いとどまってください。当社リジー・ニコルズ・デザインズに寄付していただくか、金銭的に余裕のない花嫁が夢の結婚式を挙げられるよう支援する非営利非課税組織に寄付してください。非営利非課税組織への寄付はすべて課税控除の対象になりますので、あなたの会計士も喜ぶはずです。

あなたの寄付は困窮している花嫁仲間に救いの手を差し伸べることになり、つらかったかもしれないその思い出は新たな喜ばしい思い出にとって代わられます。どうか試してみてください……後悔はしませんから！

24

世の中には噂の種になる以上にひどいことがたったひとつある。それは、噂の種にならないことである。

——オスカー・ワイルド（一八五四年〜一九〇〇年）
アイルランドの脚本家、小説家、詩人

「わたしのせいだわ」とわたし。

「あんたのせいじゃないわよ」とシャリ。

「ううん、そうよ。そうなのよ。彼に訊くべきだった。フランスにいたとき、結婚についてどう考えてるか訊いておけば良かったのよ。あのね？　もしあのくだらない森の小動物作戦なんかやらなかったら、こんなことにならずにすんだんだわ。珍しく、口を開いたほうがたくさんの苦痛や困難を避けられたのにね」

「そうね」シャリは言った。「でもそしたらそんなにたくさんセックスできなかったでしょ」

「たしかにね」涙まじりにため息をつく。「それはたしかだわ」

「少しは気分が良くなった？」ひんやりとした手ぬぐいをわたしの額に押し当てながら、シャリが訊く。

わたしはうなずいた。ここはパーク・スロープにあるシャリの恋人、パットのアパートの広くて快適なリビングで、わたしは折りたたみ式のカウチベッドに横たわってる。ベッドの両側には大きなラブラドール・レトリバー。左側にいるスクーターは黒ラブ。右側のジェスロはゴールデン。

さっき会ったばかりだけど、もう二匹とも大大大好き。

「いい子は誰でちゅか？」とジェスロに訊く。「誰でちゅかね～？」

パットが不安そうにシャリに目をやるのがわかった。シャリが言う。「心配しないで。この子なら大丈夫。ただちょっとショックだっただけよ」

「大丈夫よ」わたしも言った。「明日になったら家族に会うために地元へ帰るだけ。でもまた戻って来るわ。アナーバーには残らない。ニューヨークにこてんぱんにやられて放り出されちゃったわけじゃない。キャシー・ペネベイカーとは違うのよ」

「もちろん戻って来るわよ」シャリが言った。「わたしたち、日曜日に同じ便で戻って来るんでしょ。忘れたの？」

「そうよ。わたしは戻って来るし、元気になる。ちゃんと切り抜けるわ。今までだってそうして来たんだもの」

「あたりまえでしょ。わたしたちもう寝るわね。いい、リジー？　スクーターとジェスロと一緒にここで休んで。もし何か必要だったら、いつでも起こしてくれて大丈夫だから。念のために廊下の電気はつけとくわよ。いいわね？」

「わかった」言う間、ジェスロがゆっくりと一定の動きでわたしの手をなめる。「おやすみ」

「おやすみ」シャリとパットが言い、電気を消して部屋を出て行った。

パットがシャリにささやく声が聞こえた。「待ってよ……その彼、本当に彼女にミシンなんかプレゼントしたの？」

「そうよ」シャリがささやき返した。「でも彼女は指輪がもらえると思いこんでたの」

「かわいそうな子」パットがつぶやく。

そして二人がベッドルームに入ってドアを閉めたから、話し声は聞こえなくなった。

わたしは薄闇の中で横たわったまま、まばたきしてた。ルークのお母さんのマンションを出てからタクシーを停めて、パーク・スロープへ行ってと頼んだ。詳しい住所を訊くために、シャリに電話しなくちゃいけなかった。わたしの声の調子で緊急事態だって察したシャリは、何も訊かずにすぐ来なさいって言ってくれた。親友ってそうするもんでしょ、結局のところ。

パットのアパートはけっこうきれいで快適。半地下の部屋で、羽目板が張り巡らされた壁はセージグリーン色。オリヅルランの入ったかごが天井からたくさんぶら下がってて、壁にはアヒルの絵が飾られてる。わたしが泣きじゃくりながらドアを入って来たときにパットが肩にかけてくれた毛布にも、マガモの絵がついてた。

装飾品としてのアヒルには、なんだかすごく癒されるものがある。個人的には家にアヒルをモチーフにした物は置きたくないけど、そうする人がいるって考えると心が和む。

もしかしたら……ジェスロとスクーターに挟まれて横たわり、二匹のぬるくて臭い息にアヒルと同じくらい癒されながらわたしは思った。シャリとパットがここにいさせてくれるかも。自分の部屋を見つけるまでの間。それ、いいかも。女三人対世界。男の世界。将来結婚するかどうかもわからない男たち……少なくとも、わたしみたいな女の子との結婚は思い描けない男たち。

「わたしのせいよ」ここに着いたとき、わたしはシャリにずっとそう言い続けてた。「だって、六カ月前に会ったばかりのわたしと結婚したいかどうかなんて、彼にわかるわけがないじゃない？」

「まあ、彼本人にとって結婚が重要じゃなかったとしても」パットは歯切れ良く言った。「ウェディングドレスで生計を立ててる女性にとってそれが重要だってことぐらいは気づいたはずだけどね」

「実を言うと、わたしそれでは生計を立ててないんです」と教えておく。

「あの男は最悪なやつよ」とシャリ。「ほら、これ飲んで」

ウイスキーは良く効いた。シャリがルークのことを最悪なやつって呼ぶのは効かなかった。だって心の奥底で、彼が最悪なやつなんかじゃないってわかってるから。彼はただ、ほんの数カ月前までは自分の人生をどうしたいかわかってなかった人だった。て言うか、わかってはいたけど……そっちの方向へ進むリスクを冒すのを怖がってた人だった。わたしが現れて、後押しするまでは。

彼の結婚に対する考えはそこが問題なのかも。自分がこの先一生をともに過ごす相手がいるかもしれないってことを、リスクを冒して認めるのが怖いだけなのかも。もちろん、その相手はわたしじゃない。結局のところ、過去六カ月間わたしが自分に言い聞かせてきたすべてのことに反して、ルークとわたしは合っていないのかもしれない。もしかしたらわたしはまだ運命の人に出会ってすらいないのかも。それか、出会ったのに見落としちゃったか。でなかったら、チャズがいつも言ってるみたいに運命の人は自分で作り出すものなのかも。ほんとは、結婚っていうのは世界一重要な究極のものじゃないのかも。世の中には結婚してなくてもものすごく幸せな人がたくさんいるわ。その人たちは結婚してないからってうじうじ泣いたりしてない。て言うか、そういう人たちはきっと結婚するなんて考えただけで笑っちゃうんだわ。独身でいることに何も問題はない……。

……翌日、アナーバーに戻ったわたしは、ママとお姉ちゃんたちにずっとそう言い続けてた。みんな、わたしの真っ赤に泣き腫らした目を見て何かあったんだって当然気づいちゃったから。

「ルークと別れたの」と言っておいた。「わたしはいつ結婚しても良かったのに、彼はまだその準備ができてなかったのよ」

ローズお姉ちゃんとサラお姉ちゃんは、そのことについてそれぞれに辛らつな意見を述べた。ローズお姉ちゃんは「続かないと思ってたのよね。だって、バカンスで会った相手でしよ。バカンスの恋は続かないもんよ」、サラお姉ちゃんは「男は絶対結婚なんかしたがらないのよ。だから妊娠さえしちゃえば、あっという間に責任を取ってくれるわ。ま、少なくとも彼のお母さんが、自分がもうじきおばあちゃんになるって知ってさえしまえばね」

でもわたしはローズお姉ちゃんやサラお姉ちゃんのやり方で夫を捕まえたくなんかない。だってそんなの、わたしの森の小動物作戦と同じくらい卑怯だもの。

そしてその作戦がどんな結果になったか、見てみなさいよ。

幸い、シャリがクリスマスイヴに新しい女性の恋人のことを両親に報告したおかげで注目はすべてそっちに向き、ミセス・デニスの短縮ダイヤルによってすぐに近所中の話題になってた。ちなみにあとで聞いたところによると、ドクター・デニスはこの知らせを受けてただ唇を引き結び、リキュールキャビネットへと直行したらしい。

だけどミセス・デニスは間もなく、ＰＦＬＡＧの地域代表を自任した。「『Parents, Families and Friends of Lesbians and Gays（ゲイとレズビアンの親、家族と友人たち）』の頭文字よ」クリスマスディナーの最中、シャリのお母さんは誇らしげにそう説明した。「ゲイ、レズビアン、バイセクシャルの人たちと、その家族や友人たちの健康と幸福を推進する全国規模の組織なの」

「まあ」とママ。「すてきね」

「あなたも加入する？」ミセス・デニスは訊いた。「ここにパンフレットがあるわよ」

「あら」ママはヨークシャー・プディングをたっぷり載せたフォークを下ろした。「ぜひ」

テーブル越しにシャリが目配せしてきた。彼から電話あった？と口だけ動かして訊いてくる。どうやらシャリは、わたしがどう思おうとルークとは終わったわけじゃないと信じこんでて、だから彼が電話してきて、話し合いをして、すべて元どおりになると思ってる。

シャリはファンタジーの世界に生きてるんだわ。きっとアヒルのせいね。

ニコルズ家はクリスマスにはいつも動物園みたいな騒ぎになる。ママが娘たちと孫たちだけじゃなくて、おばあちゃんとデニス一家もてなすから。たまにはパパの助手で冬休みに故郷へ帰る旅費が出せない院生なんかも招待されて、そういう人たちはお礼にと母国の料理を持って来てくれる（だからうちのクリスマスディナーはしばしばイギリス風のメイン肉料理の付け合わせがインド風のカレーとかごいっぱいのできたて揚げパン《プーリ》だったりする）。

六歳未満児たちの金切り声、『セサミ・ストリート』のレコードに合わせてクリスマス・キャロルを執拗に歌うママの甲高い声、院生助手による「放射状磁場勾配のデフォーカス効果が磁石表面の隆起によって補正されて磁場方位を変異させることについて」のディナー出席者全員へのバカ丁寧な説明、妊娠検査キットの青い線が予想してた一本じゃなくて妊娠を示す二本浮き出たために卒倒しちゃったローズお姉ちゃん、ホワイトゴールドのダイヤのスタッドピアスが欲しいって言ったのにチャック義兄さんがイエローゴールドのを買ってきたからって激怒してるサラお姉ちゃんなどの喧騒からは逃れようがなかった。

その間わたしはずっと携帯を握りしめてて、時々それが震えた気がしたけど——でもそれは多分ただ自分の脈を感じてただけで、ルークは電話なんかしてこなかった。メリークリスマスの一言を言うためだけにさえ。

わたしも彼に電話しなかった。だって——できるわけないでしょ？

家中にあふれるおしゃべりと涙の嵐からの逃げ場を探してたら、地下の娯楽室でおばあちゃんを見つけた。おばあちゃんがパパとママにねだって買わせたレイジーボーイ社製のリクライニングチェアにちょこんと座り、テレビで『素晴らしき哉《かな》、人生！』を観てる。カラーじゃない、白黒のオリジナルバージョン。

「おばあちゃん、調子どう？」わたしはカウチに身を沈めながら言った。「それ、ジミー・スチュワート？」

おばあちゃんは鼻を鳴らした。その手の中にあるバドワイザーのボトルをわたしは見逃さなかった。ローズお姉ちゃんの東欧移民系のだんなさん、アンジェロが、おばあちゃん用にと本物のビールのかわりにノンアルコールビールを詰めたやつ。でもそんなの関係ないんだけど。あとになればおばあちゃんはどっちみち酔っ払ってるみたいにふるまうんだから。

「このころはまだ本物の映画ってもんが作られてたよ」おばあちゃんはボトルで画面を指し示す。「これとね。もうひとつの、リックってのが出てくるやつはなんだったっけね？　ああ、そう。『カサブランカ』だ。あれは本物の映画だった。爆発はなし。しゃべるサルもなし。ただ洗練された会話がある。映画でそういうことをやる方法を知ってる連中はもういなくなった。まるでハリウッドの人間が全員能無しになっちまったみたいだね」

電話が震えた気がした。でも気のせいだった。次の瞬間、涙を隠すためにうつむかなきゃいけなかった。

「この男もいいよ」おばあちゃんがボトルでジミー・スチュワートを指しながら続ける。「でもあたしは『カサブランカ』で酒場をやってたリックってのが好きだね。まあ、ありゃ本物だったよ。若い女の子が金のためにフランス男と寝なくてすむよう、ルーレットで彼女の夫が勝つよう仕向けたシーンがあるだろ？　ああいうのを本物の男って言うんだよ。それだけ骨を折って、リックには何か見返りがあるのかい？　なんにもありゃしない。ただ心の安らぎを得るだけなのさ。ブラッド・ピットのうそくさいたわごとなんかごめんだね。あいつが何をしたってんだい？　ただシャツを脱いで、孤児を何人も引き取ったってだけだろ？　リックはシャツなんか脱ぎゃしないよ。そんな必要はないからね！　彼が本物の男だってことを知るために、裸を見る必要なんかないんだよ！　だからあたしは絶対ブラッド・ピットよりもリックのほうがいいね。ちょっと。あんたなんで泣いてんだい？」

「ああ、おばあちゃん」わたしは声を詰まらせた。「何もかも――何もかも最悪なの！」

「なんだい、妊娠でもしたかい？」

「しないわよ。おばあちゃん、そんなわけないでしょ」

「あたしに『そんなわけないでしょ』は通用しないよ」とおばあちゃん。「あんたの姉さんたちは妊娠してばっかりなんだからね。次から次へと孕ませられてさ。人口危機なんて言葉、あの子たちは聞いたことがないんじゃないかと思うね。で、妊娠したわけじゃないんだったら、何があったんだい？」

「な……何もかもほんとにうまくいってたの」と泣きじゃくる。「ニ……ニューヨークでの話よ。ウェディングドレスのリフォーム事業はちゃんと形にできるかもしれないし。どっちが一番街でどっちが一丁目なのかわかるようになったし。わたしが払えるくらいの料金で、カラーリングを上手にしてくれる美容院をやっと見つけたし……なのにルークがクリスマスプレゼントをくれたときに泣いちゃったの。だってこ……婚約指輪をもらえると思ってたら、彼がく……くれたのが……ミシンだったから！」

おばあちゃんは瞑想にふけりながらビールを飲んだ。そして落ち着き払って言う。「あんたのおじいちゃんがクリスマスプレゼントだって言ってミシンを買ってきたら、あたしならそれでおじいちゃんの頭をぶん殴っただろうね」

「もう、おばあちゃん！」あんまり激しく泣いてるもんだから、前が見えなくなってきた。「わからないの？　プレゼントの問題じゃないのよ。問題は彼が結婚したくなかったってことなの――ずっとよ！　そんな先のことまで考えられないって言ったの。でももし誰かを愛してたらね、おばあちゃん、二〇年後にどこにいて何をしてるかわからなくたって、愛する人にそばにいてほしいと思うもんじゃないの？」

「そりゃ、そうさ」とおばあちゃん。「それで彼がわからないって答えたんだったら、ま、あんたがその彼をお払い箱にしたのは正解だったね」

「もっとややこしい話なのよ、おばあちゃん。だってね、ママには言わないでよ。ルークとわたし――わたしたち、い……一緒に住んでたの」

それを聞いておばあちゃんは鼻を鳴らした。「なお悪いじゃないか。味見したくせに、それでもいつか恒久的な関係に発展させたいって思うくらいあんたのことを好きかどうか、まだわからないってのかい？　そんなやつにはね、あばよって言ってやりな。だいたいその男は自分を何さまだと思ってるんだね――ブラッド・ピットかい？」

「でもおばあちゃん、もしかしたら、好きな子がほんとに運命の相手かどうか知るのに、六カ月以上かかる男の人もいるのかもしれないじゃない」

「ブラッド・ピットだったらそうかもしれないけどね、リックならそんなことはないね」

その意味を理解するのにしばらくかかった。それから口を開く。「彼のマンションを出たら、住むところを探さないといけないの。きっと今までよりもずっと高い家賃を払わなきゃいけなくなるわ。だって今の部屋は彼女価格で住まわせてもらってたんだもの」

「あんたはどっちが欲しいんだい？」おばあちゃんが訊いた。「金かい？　それとも尊厳かい？」

「両方」とわたし。

「そうかい？　じゃ両方手に入れる方法を見つけるんだね。あんたならその難題に挑戦できるよ。いつもグルーガンと針と糸さえありゃなんだって直せるって言って走り回ってただろ。さ、上へ行っておばあちゃんのためにもう一本ビールを失敬して来とくれ。今度は本物を頼むよ。こんなノンアルコールのカスみたいな液体にはもううんざりだ。うまくもなんともないのに、カロリーだけは本物並みじゃないか」

わたしは立ち上がり、空き瓶を受け取った。おばあちゃんの視線は再び画面に釘付けになってる。ジミー・スチュワートが通りを駆け抜けながら、ミスター・ポッターにメリークリスマスと呼びかけてた。

「おばあちゃん、『ドクター・クイン』のバイロン・サリーがあんなに好きなのに、どうしてブラッド・ピットは嫌いなの？　バイロンだっていつもシャツを脱いでるじゃない？」

おばあちゃんはわたしを見上げ、頭がおかしいんじゃないかとでも言うような顔をした。

「ありゃテレビだよ」と言う。「映画じゃないだろ。まったく別物なんだよ」

やりましたね！ ついに結婚したんです！ あれだけの苦労、長くつらい準備期間……さあ、披露宴で羽目を外しちゃいましょ～～お！

でも待って……乾杯の挨拶は考えてありますか？

結婚披露宴で人前に立って挨拶するのは、もはや花婿の介添人や花嫁の父親だけではありません。最近では、花嫁本人が結婚式にかかる費用の大部分を負担している場合が多いのです。であれば、花嫁が一言挨拶してもいいのではないでしょうか？

気の利いた結婚式の挨拶には、すべての要素が少しずつ盛りこまれています。ユーモア、ぬくもり、そう、そして涙もちょっぴり。でも絶対に入れなければならないことがいくつかあります。

まず、結婚式または披露宴に出席するために遠路はるばるやって来たり、苦労して予定を空

けたりしてくれた招待客に感謝しましょう。

結婚祝いに贈り物やご祝儀をくださった方全員に感謝しましょう（だからと言って、あとでお礼の手紙を書かなくていいというわけではありません）。

結婚式の準備期間中、あなたに付き合ってくれた友人たちにも感謝しましょう。ここには、付添人の中で必要以上の働きをしてくれた人も含まれます（もっとも、結婚式で付添人を引き受けてくれただけで必要以上の働きをしたことになりますから、全員を含めておくべきでしょう）。

お父さんとお母さんに感謝しましょう。ご両親が出資してくれているのなら、なおさらです。そうでないにしても、交際期間から結婚式までの間に二人が果たした特別な役割については感謝の意を表しましょう。

新郎に、一緒にいてくれてありがとうと言いましょう。どのようにして彼と出会ったか、どうして彼を好きになったかについての笑えるエピソードがあるといいでしょう。

そして最後に招待客の健康を祝し、この特別な日を祝うためにつどってくれたことに改めて感謝の言葉を述べましょう。

さあ、それでは酔っ払っちゃってください。ただ、ドレスを汚さない程度にね。

25

噂とは、すべて余すことなく語ったように見せておきながら、実のあることは何も語らずにいるという技術である。

――ウォルター・ウィンチェル（一八九七年～一九七二年）
アメリカのニュース解説者

「ミシン～？」ティファニーはショックを受けてた。「うっそ。ありえない」

「ミシンが原因じゃないのよ」と説明する。「つまり、わたしが彼に対して抱いてるのと同じような感情を彼がわたしに対しては持ってないってことを気づかせた会話のきっかけが、ミシンだったわけ」

「でもミシンよ？」

今日はクリスマス休暇明けの月曜日で仕事初日、わたしがニューヨークに戻って来て二日目。到着した日曜日は夜までずっと入居者募集広告を漁って、マダム・アンリが月二〇〇〇ドル取りたがってる店の上の空室みたいなのとは違って、わたしが家賃を払えるような部屋を探してた。

でも絶望的。一〇〇〇ドル以下の部屋は全部誰かと共有になる。しかもジャージーシティなんかにある。そして入居するとしたら、かなりいろいろなことに目をつぶらなきゃいけない。

五番街にあるルークのお母さんのマンションにいるとなおさら気が滅入った。壁にはミロの絵がかかり、二重窓のすぐ外にはメトロポリタン美術館へと続く石段が見える部屋で、「男性たち希望《オンブレス・デ・プレフエレンシア》」ってスペイン語で書かれた募集広告を次から次へと見てるなんて。男性たち《オンブレス》？　わたしは複数の男性となんか一緒に住みたくないわ。わたしが欲しいのはたった一人の男性よ……。

でも彼からは一度も電話が来ない。まして書き置きなんか残してくれてはいなかった。帰って来たら、部屋はわたしが出て行ったときのまま……片付いてて、ミシンはまだ箱に入った状態で今や完全に枯れてしまった小さなクリスマスツリーの隣に置いてある。ルークへのプレゼントも手付かずで、包装されたまま置いてあった。わたしが何を買ったのか、見てもくれなかったのね。

この二つのプレゼント、返品してお金に換えてもらおうかしら。現金があれば助かるし。

「そしたら、それプレゼントですらないわけじゃん」とティファニーが指摘する。「だって彼のパパがあんたのミシンをぶっ壊したんでしょ。だからほんとは弁償するはずのものをくれたわけでしょ。しかも別に……新しいものでもない、みたいな。もう持ってたものをパパが壊したんじゃないの」

「そうよ。わかってるわよ。もういい？」わたしはつぶやいた。

「だって……そんなプレゼントってありえなくない？　もしラウルがあたしの物を壊したら――それか、絶対あってほしくないけど彼のパパが遊びに来ててあたしの物を壊したら――すぐに弁償してほしいわ。それをクリスマスプレゼントのかわりになんかしないでね。だってプレゼントは別にくれなきゃいけないわけでしょ」

「わかってるって」電話が鳴ってほっとした。「ペンダーガスト・ローリン・アンド・フリン法律事務所でございます。どちらへおつなぎいたしましょう？」

「リジー」電話から聞こえてきたのがロバータの声だったから驚いた。「ティファニーはもう来ている？」

「はい」ティファニーはいつものように早目にやって来て、わたしがクリスマスをどう過ごしたか訊き、そして自分がどう過ごしたかを全部話してくれてた。彼女はラウルの名付けの母《ゴッドマザー》がニューヨーク郊外のハンプトンって高級リゾート地に持ってる別荘に行って、そこでラウルと二人、シロクマの毛皮でできた敷物の上で酔っ払って愛を交わし、ラウルからはカナリア・ダイヤのカクテルリングとキツネのストールをもらって、室内なのに「だってコーディネートの一部なんだもん」という理由でそのストールをヘビ革のパンツとシルクのブラウスに合わせてる。

「良かった」とロバータ。「彼女に言って受付を代わってもらえる？　あなたはわたしのオフィスに来て。それと、どうぞコートとバッグを持って来てちょうだい」

「はい。わかりました」わたしはゆっくりと受話器を置いた。全身の血液が凍りつく。

わたしの表情を見てティファニーも何かまずいことがあったとわかったらしく、カクテルリングから一瞬わたしに注意を向けて「何？」と言った。

「ロバータがオフィスに来いって。今すぐ。それにバッグとコートを持って来いって言われたの」

「くそ」とティファニー。「クソ、クソ、クソ。あのクソッたれババア。クリスマスの次の日よ。空気が読めないってのはああいうのを言うのよ」

わたし、何したの？　椅子から立ってコートに手を伸ばしながら考える。ジルと一緒にいるところを見られたのはあの一回だけよ。それは確実。

「ねえ」ティファニーはわたしが空けたばかりの椅子に移動しながら言った。「あたしたちがもう一緒に仕事しなくなるからって、友達じゃなくなるわけじゃないからね。あたし、あんたのことがマジ好きなの。感謝祭のディナーに招待してくれたでしょ。このクソ面白くない事務所の誰一人、あたしをどっかに招待してくれたことなんかなかった。だから連絡するからね。わかった？　遊ぼうね。もしファッション・ウィークのときにショーとか観に行きたかったりしたら……連絡して。いい？」

わたしは何も言えずにただうなずき、ロバータのオフィスに向かった。彼女のほかに誰かいるのが見える。近づいていくと、それが一階のセキュリティのラファエルだってことがわかった。どうしてラファエルがここにいるの？

「お呼びですか、ロバータ？」オフィスに入るとわたしは言った。

「ええ」冷たい口調でロバータが言う。「入ってドアを閉めてくれる、リジー？」

言われたとおりにしながら、わたしは緊張してラファエルに視線を走らせた。彼も緊張した視線を返してくる。

「リジー」椅子をすすめもせず、ロバータは口を開いた。「何週間か前、当事務所の依頼人の一人であるジル・ヒギンズと一緒にいるところをマスコミに撮られた際に話し合ったことは覚えているわね？」

わたしは黙ってうなずいた。恐怖に喉が干上がってしまって、まともにしゃべれると思えなかったから。どうしてラファエルがいるの？　わたし、法に触れることをした？　彼、わたしを逮捕するの？　でも別に本物の警官ってわけじゃないし……。

「あのとき、ミス・ヒギンズとの関係はこの法律事務所とは一切関係がないと請け合ってくれたわね」ロバータが続ける。「では今朝の『ニューヨーク・ジャーナル』にこんな記事が掲載されている理由を説明してもらえるかしら」

ロバータが差し出した『ニューヨーク・ジャーナル』紙は二ページ目が開かれてて……。

そこに載ってるばかでかい白黒写真には、満面の笑みを浮かべて店の前に立つムッシュー・アンリとその妻が写ってた。見出しは、「この二人が『脂身ちゃん』のウェディングドレスのデザイナーだ！」

まず一番に感じたのは、胸の中にふつふつと沸き上がる激しい憤りだった。デザイナーって！　二人はジルのドレスのデザイナーじゃないわ！　それはわたしよ！　わたしがデザインしたのよ！　よくもそんなうそを――。

でも記事を目で追ううちに、アンリ夫妻がうそをつこうとなんかしてないことがわかった。二人はものすごく正直に、エリザベス・ニコルズ（ムッシュー・アンリによれば「非常に才能あふれる若い女性」）がミス・ヒギンズのウェディングドレスをリフォームしたこと、きっかけは「ミス・ヒギンズが未来の夫ジョン・マクダウェルとの婚前契約書の交渉代理を依頼したペンダーガスト・ローリン・アンド・フリン法律事務所の受付を、ミス・ニコルズが務めていたため」であることを語ってた。

そしてもう一枚、ぼやけてはいるけど判別できる程度の写真には、今いるまさにこのビルのロビーへ急ぎ足に入って行くわたしの姿が写ってた。

とたんに頭の中がいっぱいになる。コーデュロイ男！　コーデュロイ男だわ！　最初見た瞬間にトラブルの元だってわかってたのよ！

それにもうひとつ。どうして、ああどうして、アンリ夫妻はわたしとジルが出会ったいきさつをしゃべっちゃったの？　たしかに、内緒にしてとは言わなかったけど――それ以前に、わたしはどうして二人にその話をしちゃったの？　ただの友達だって言っとけば良かったのに。ああもう。わたしってばほんとに大バカ者だわ！

「ペンダーガスト・ローリン・アンド・フリン法律事務所が依頼人との関係を外部に漏らさ

ないことをいかに誇りとしているか、よくわかっているでしょう」とロバータが話すその声は、耳鳴りがするせいではっきりと聞こえない。「一度警告はしましたから。もうあなたを解雇するしかないことはわかるわね」

わたしはすばやくまばたきをしながら、新聞記事から顔を上げた。そんなに何度もまばたきしてる理由は、目に涙がたまってるから。

「わたしをクビにするんですか？」

「残念だわ、リジー」ロバータが言う。実際、残念に思ってるように見えた。救われた気がする。多少は。「でももうこの話は前にしたでしょう。最後の給与が迅速に支払われるよう、きちんと手配しておくわ。オフィスの鍵だけ返してちょうだい。そうしたらラファエルが外まで付き添います」

頬を真っ赤にほてらせながら、わたしはバッグの中を引っかきまわしてキーホルダーを探し当てた。オフィスのドアの鍵を外し、ロバータに渡す。その間ずっと、自分が問われている罪に対するなんらかの弁解を探して脳をフル回転させた。でも言えることは何もない。たしかに警告は受けた。そしてわたしはそれを無視した。

だからその報いは受けなきゃいけない。

「さようなら、リジー」ロバータは意地悪ではない口調で言った。

「さようなら」わたしは応えた。でも、あたりをはばからずに泣いてるせいで口の中にたまった唾液が邪魔して、それ以上何も言えなかった。ラファエルがわたしの腕に手を添えてオフィスの中を導いて行く。みんなが見てるんだろうとは思うけど、もちろん視界がぼやけまくってるから、ほんとに見てるのかどうかは確認できない。エレベーターホールにたどり着き、ほかに乗ってる人たちがいたから会話もなくロビーまで下りた。

一階に着くと、まだ涙で前が見えないわたしのために、ラファエルがまた手を添えてロビーを導いてくれた。正面玄関に着くと、たった一言つぶやく。「残念だな」

そして背を向け、セキュリティデスクへと戻って行った。

わたしはロビーのドアを押し開け、マンハッタンの身を切るような寒さの中へ足を踏み出した。正直、どこへ行けばいいのかわからない。どこに行けばいいの？　仕事はなくなっちゃったし、もうじき住む場所もなくなる。彼氏もいなくなっちゃったわけだけど、たった今クビになったうえに住むところもない状態だと、そのほうがかえってすっきりする。実のところ、キャシー・ペネベイカーの気持ちがわかるわ。ニューヨークに――この巨大な、図太い、ギラギラした都市に――こてんぱんに叩きのめされて放り出されたって最終的に認めたときの彼女の気分。

そう言えば、クリスマスに実家に帰ったときにキャシーを見かけた。《クローガー》の野菜コーナーでショッピングカートを押してたんだけど、あまりにくたびれてて顔色が悪かったから、まるで別人みたいに見えた。

いつかわたしもああなるの？　ナッツとドライフルーツの棚の陰に隠れて彼女を見つめながら、そう思ったんだった。わたしも他人が自分をどう思うかなんて気にしなくなって、

『オールステイト四〇〇アット・ザ・ブリックヤード・サマー・ランブルNASCAR』なんてカーレースのロゴが入った大きすぎるTシャツと七分丈のカーゴパンツ（冬によ？）って格好でスーパーへ買い物に行くようになっちゃうの？　口ひげがニコチンで黄色く変色しちゃってて、大量に風邪薬を買いこんでるのは週末に覚せい剤を調合しようともくろんでるとしか思えないような男の人と付き合うようになっちゃうの？　わたしもいつかラディッシュなんか買う日が来るの？　サラダとか、料理の飾りに使うためだけに？

とめどなく流れる涙もそのままに、歩道のぬかるみに足を取られないようにしながらも通りを突っ走ってたわたしは、あることに気づいた。

自分がロックフェラー・センターの真ん前にたどり着いてて、ニューヨークのイメージを象徴するようなスケートリンクと横たわる男性の黄金像、そして像のうしろにそびえ立ってそのイメージをいっそう強調するきらびやかなクリスマスツリーを目の当たりにしてることじゃないわよ。

違う。違うわ。今わかった。わたしはならない。絶対あんなふうにはならない。公衆の面前でカーゴパンツなんか絶対にはかない。黄ばんだひげの人となんか付き合えるとは思えない。それにラディッシュはタコス以外に使うもんじゃないのよ。

わたしはキャシー・ペネベイカーじゃない。そしてキャシー・ペネベイカーにはならない。絶対に。

その決意を強くし、わたしはくるりと振り向いてタクシーを停め（一発で停まった！　ロックフェラー・センターでよ！　すごいでしょ！　奇跡だわ)、そしてムッシュー・アンリの店の住所を告げた。

タクシーが建物の前に停まったとき、財布を開けて現金が入ってないのに気づいた。唯一あったのが、おばあちゃんにもらった一〇ドル札。

でもほかに選択肢なんかないでしょ？　わたしは一〇ドル札を運転手に渡し、お釣りは取っといてと言って店に飛びこんだ。店内ではアンリ夫妻が湯気の立つカフェオレのマグを手に、テーブルにはマドレーヌを盛ったお皿を置いて、『ニューヨーク・ジャーナル』の記事を見ながらくすくす笑い合ってた。

「リジー！」ムッシュー・アンリが嬉しそうに声を上げる。「お帰り！　見たかね？　記事と写真を見たかね？　わたしらは有名人だ！　きみのおかげだ！　電話が鳴りやまないんだよ！　それに何よりもいいことにモーリスが！　モーリスが通りの先に店を出すのをあきらめ、かわりにクイーンズに出店するんだ！　全部きみのおかげだ！　あの記事のおかげだよ！」

「ああそうですか？」わたしはマフラーを外しながら、怒りに燃える目で二人を睨みつけた。「ちなみにわたし、その記事のせいでクビになったんですけど」

それを聞いて、二人の顔から笑みが消え失せる。

「ああ、リジー」マダム・アンリが口を開いた。

でもわたしは人差し指をびしっと立てた。

「だめ。何も言わないで。わたしの話を聞きなさい。まず、年棒三万ドルプラス歩合をいただきます。それに二週間の有給休暇と、医療と歯科治療の総合保障保険。病気欠勤日は毎月最低一日、私用休暇は年間二日。そしてここの上の部屋を家賃無料、光熱費はすべて店持ちで使わせてもらいます」

夫妻は驚きに口をぽかんと開けて、呆然とわたしを見つめてた。先にわれに返ったのはムッシュー・アンリのほうだった。

「リジー」と傷ついたような声で言う。「きみの要求は、もちろん、きみが受けるにふさわしいものだと思う。誰も異論など唱えないよ。ただ、きみがどうしてわたしたちに――」

マダム・アンリが夫を「お黙り《テ・トワ》！」の一言で黙らせた。

夫が驚愕の表情で妻を見つめる中、彼女ははっきりと簡潔に言った。「歯科治療はなしよ」

安堵のあまり、膝から力が抜けそうだった。

でもそれを表には出さず、わたしはありったけの威厳をかき集めて言った。

「いいでしょう」

そして二人の招きに応じてカフェオレとマドレーヌのお相伴にあずかった。だって心が傷ついてるときは、炭水化物を取ってもいいんだもの。

リジー・ニコルズのウェディングドレス・ガイド

あ〜ぁあ！　ハネムーンも終わり！　楽しい新婚生活の始まり、でしょう？

残念でした。やらなくてはいけないことがあります。レターセットを用意して——招待状と一緒に注文したお揃いの礼状かもしれないし、新しい名前の入ったカードかもしれませんね——お気に入りのペンで書き始めてください。

賢明な女性なら、ハネムーンが終わるまですべての作業を先延ばしにしたりせず、お祝いの品をいただくたびにお礼状を書いていたはずです。ですが、もし何かとんでもない理由からそうしなかったのであれば、厄介な仕事が控えていることになります。最低限ギフトタグくらいは取っておいて、誰から何をもらったかをその裏にメモしておくべきです。これがあれば、あとは簡単。いただいた贈り物に具体的に触れて贈り主に感謝の言葉を述べ、最後に心をこめて夫婦二人の名前を記しましょう。

誰から何をもらったのか記録しておかなかった場合、まずは調査から始めます。あなたが注意散漫だったとしても、誰かはちゃんと見ているものです。その誰か（大抵の場合、あなたのお母さんかお姑さん）が、誰から何が贈られたかをしっかり覚えていてくれるはずです。

いただいた品物の名前をお礼状の中で挙げるのは、あなたが間違いなく贈り物を受け取ったことと、それについて感謝していることをさりげなく贈り主に伝えるためです。「お祝いの品をありがとうございました」だけでは、贈り主に対して礼儀を欠いていますし、気持ちが伝わりません。そしておそらく、出産祝いの時期になっても、その人からは何も届かないでしょう。（註1）

そうです、お礼状は一枚一枚手書きにしてください。いいえ、コピーではいけません。パソコンで打ち出した手紙でさえ、招待客へのお礼状としてはふさわしくありません。

註1　これには例外があります。ご祝儀をいただいた場合、お礼状でその金額について触れる必要はありませんし、失礼に当たります。金額にかかわらず、「寛大な贈り物」と書いてください。

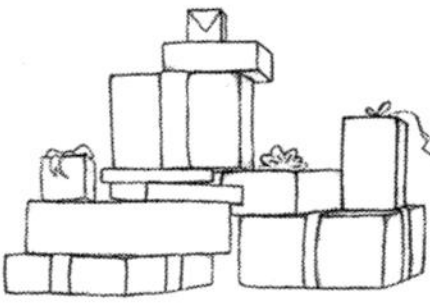

26

真実がいかなるものかなどわたしには言えぬ。聞いたとおりに伝えているだけゆえ。
——サー・ウォルター・スコット（一七七一年～一八三二年）
スコットランドの作家、詩人

「待てよ」とチャズ。「つまりあいつは、きみがいる未来を想像できないって言ったのか？」

わたしは最後から二番目の服の束を両腕いっぱいに抱えて、新居への狭い階段を上ってた。うしろをついて来るチャズが最後の束を抱えてる。

「ううん。彼が言ったのは未来を想像できない、ただそれだけ。遠すぎるからだって。とかそんなような理由。あのね？　正直言うと、もう覚えてもいないのよ。別にいいんだけど。だってどうでもいいことなんだから」

階段を上り切り、左へ折れると、部屋に入った。わたしの部屋。わたしだけの。きれいで、シャビーシックな家具つきで、床は全面色あせたピンクのカーペットで、無地のベージュ色のタイルが張られたバスルーム以外はすべてクリーム地にピンクのバラをちりばめた壁紙で覆われた部屋。床はチャズの部屋よりもさらにひどく傾斜してる。窓は四つだけ。リビングから東七八丁目を見下ろすのが二つと、ベッドルームから薄暗い中庭を見下ろすのが二つ。キッチンはものすごく狭くて、一人しか入る余地がない。

でもバスルームにはフルサイズのバスタブがあって、シャワーからはやけどしそうに熱いお湯が出るし、ちっぽけだけどものすごく装飾がきれいな暖炉が二つもついてて——奇跡的に、片方は実際に使えるのよ。

隅から隅まで大好き。でこぼこしたクイーンサイズのベッドも含めてね。このベッドではアンリ家の息子たちが口にするのもはばかられるような行為を行ったに違いないけど、しっかり虫干しして、《Kマート》で買って来た新品のシーツを敷けば問題ないはず。それに、ウサギの耳みたいなアンテナがついたちっちゃい白黒テレビは、お金が貯まったらすぐカラーテレビに買い換えよう。

「しかしそれはルークらしいな」壁際にハンガーラックを組み立てて置いたベッドルームへ入って来ながらチャズが言った。「ほら。きちんと最後まで責任を取らないって話」

「そうね」ルークと別れてから一週間ちょっと経つ——あの夜、彼のお母さんのマンションの廊下で起こったのが実際そういうことだったとすれば。あれ以来、彼からはなんの連絡もない。

そしてルークの話をするには、まだ傷が生々しすぎる。

でもチャズはほかに話題がないみたい。ま、引っ越しを手伝ってもらう代償としてはたいしたことないのかも。ご両親から車を借りたりとか、いろいろしてくれたし。自分の親友がわたしの傷心の原因で、自分の父親の会社がわたしの文無し状態の原因だってことを考えたら、それぐらいはしないとと思ったみたい。

だけど、少なくとも後者はわたしにとっていいほうに転がったのよって教えてあげた。だってそれがきっかけで「ほんとの」雇用主からもらってしかるべき報酬を要求することがやっとできたんだもの。シャリだって、彼女が言うところの「急激な勇気の発達」には驚いていた。

「家賃なしプラス給料？　上出来じゃないの、リジー・ニコルズ」電話で知らせたとき、シャリはそう言ってくれた。

でも、考えてみれば、そもそも全部シャリのせいなのよね。シャリがチャズと付き合って、そしてチャズが今年の夏にわたしたちをルークのシャトーに誘ったせい。て言うか、そもそもは全部チャズのせいだったっていう見方もできるわ。チャズが――さっき階段を上りながら指摘されたんだけど――わたしがどれほどダイエットコーク好きかをルークに教えて、そのせいでルークがあの日あの村でダイエットコークを買う気になって、わたしはその思いやりにきゅんときて彼に恋しちゃったんだから。

それに、わたしがのちに失うことになるペンダーガスト・ローリン・アンド・フリン法律事務所の仕事を紹介してくれたのもチャズだった。

言うまでもなく、彼がわたしたちをフランスに誘いさえしなければ、わたしがルークと出会うことはなかった。そして彼がルークにわたしのダイエットコーク好きを教えなければ、わたしがルークと恋に落ちることもなかった。そしてルークと恋に落ちてなければ、わたしはきっとニューヨークには来なかった。そしてニューヨークに来てなければチャズのお父さんの法律事務所で働くこともなくて、そしたらジルに出会うこともなくて、公認ウェディングドレス修復師になるっていう夢が実現することもなかった。

そうだわ。ほんとに全部チャズのせいなのよ。

だから彼が引っ越しを手伝ってくれるのも、当然のことだわ。

「さて」最後の一着を受け取ってハンガーラックにかけてるとチャズが言った。「以上。間違いなくこれで全部か？」

全部じゃなかったとしても、もう取りには戻れないわ。ルークのお母さんのマンションの鍵はドアマンに預けて来ちゃったから。一緒に預けた手紙には今までいさせてくれたことへの感謝と、未払いのお金や部屋に何か問題があったら連絡してほしい旨を、短いながらも心をこめて書いておいた。

もう二度とメトロポリタン美術館には行けないわ。彼にばったり会いそうで怖すぎる。ミセス・エリックソンに会えなくなるのはさびしいけど。彼女はクリスマスをメキシコのカンクンで過ごしてて、気の毒にわたしがいなくなったことも知らないから、さよならの手紙を残してきた。ルノワールの少女の前に立って、彼女にも愛情をこめてお別れの挨拶をして来た。ルークの新しい彼女が誰になるのであれ、少女をちゃんと鑑賞してくれますように。

「これで全部よ」とチャズに言う。

「よし、じゃ俺は車を返しに行くよ」チャズは言った。「休日の駐車場探しで苦労したくないからな」

「ああ、そうね」今日が大みそかだってことを忘れるところだった。あと何時間かしたら、ジルの結婚式に出席するんだわ。それでふと思った。

「そう言えば、あなたは今夜どうするの？　だってルークはまだ戻って来てないし、シャリは——その、パットと一緒だし。年越しの予定は？」

チャズは肩をすくめた。「《ハニーズ》でパーティーをやってる。そこに顔を出そうかと思ってるけどな」

「まさか、新年をカラオケバーで赤の他人と迎えるつもり？」信じられない、と思う気持ちが声に表れちゃった。

「他人じゃないさ」チャズが傷ついたように言う。「杖を持った小人は？　彼氏にいつも怒鳴り散らしてるバーテンダーは？　俺にとっちゃ家族みたいなもんだ。名前も知らないけどな」

わたしは唐突に彼の腕をつかんだ。

「チャズ。あなたタキシード持ってる？」

そういうわけで、九時間後、わたしはプラザ・ホテル（今は《プラザ・ラグジュアリー・コンドミニアム》に変わってる）のグランドボールルームにチャズと並んで立ち、片方の手にはシャンパンのグラス、もう片方の手には今日着てるピンク色のシルクのイヴニングドレス（ジャック・ファスの一九五〇年代もの）とお揃いのクラッチバッグを持って、ジル・ヒギンズ改めジル・マクダウェルがボールルームのグランドピアノの上に立ってブーケを投げようとするのを眺めてた。

「ほら」チャズが言う。「それ、よこせよ。行って来なきゃだろ」

「ああ」とわたし。ほんとは、ジルのドレスが完璧に見えるかどうか（もちろん完璧だった）、そしてそれを着たジルを見て彼女のお義母さんの目玉が飛び出すかどうか（もちろん飛び出した）を確認してしまったあとは、披露宴にあまり長居したくはなかった。知ってる人が新郎新婦だけっていう結婚式に出るのって、ちょっと場違いな感じ。どうせ二人は挙式当日、家族以外と過ごす時間なんかほとんどないんだから。でもそのわりには、けっこう楽しい時間を過ごすことができてた。チャズは日付が変わる前に帰る気は毛頭ないって宣言してたし（「せっかくこんなふざけた正装をしたんだから、タイムズスクエアでカウントダウンのボールが落ちるまで楽しんで行くからな」）、実際、彼の言うとおりになりそうだった。ジルの動物園仲間は死ぬほど面白い人たちばっかりで、わたしと同じくらい場違いに感じてた。ジョンの友達もわたしが想像してたみたいにお高くとまってなんか全然なくって、むしろその逆だった。実のところ、披露宴を楽しんでない唯一の人物はジョンのお母さんで、それはどうやらアナ・ウィンターがジルのドレスを「巧妙」と評したのを誰かが聞いたという事実が原因らしかった。

巧妙。『ヴォーグ』の編集長がわたしの作ったもの――じゃなくて、リフォームしたものを「巧妙」って言った。

でも別に意外ってほどでもなかった。だって自分でもかなり巧妙だと思うもの。

いずれにせよ。ジルがもうマスコミに「脂身ちゃん」なんて呼ばれることがなくなるのは間違いない。そのことがジョンのお母さんにはとても残念だったみたいで……残念すぎて、今は主賓席に座ったまま片手で頭を抱え、気の利くウェイターたちがやたらと氷水と頭痛薬を持ってくるのを追い返してた。

「みんな」ジルがピアノの上から叫んでる。「用意はいい？　これをキャッチする人が次の花嫁よ！」

「行って来いよ」チャズが促す。「バッグは持っててやるから」

「それ、なくさないでよ。針とか応急の裁縫セットとかが全部入ってるんだから」

チャズは笑った。「看護師みたいだな。なくしやしないよ。早く行けって！」

わたしは花嫁の付添人だの動物園の女性従業員だのがグランドピアノの周りに集まってる会場の前方へ急いだ。その間、普段はジーンズとベースボールキャップしか身に着けないチャズが、ちゃんとした服を着るとものすごく格好良く見えることに戸惑ってた。実際、玄関を開けたとき、わたしをエスコートするために「ふざけた正装」姿で立ってる彼を見て一瞬どきっとしたくらいだもの。

でもそれを言うなら、きっと男の人はタキシードを着るとみんなハンサムに見えるのよね。

「オッケー」ジルが叫ぶ。「不公平にならないよう、うしろを向いて投げるわよ。いいわね？」

わたしは前のほうへたどり着き、ほかの女の子たちの間にもぐりこんだ。ジルがわたしに気づく。うしろを向く寸前、彼女は微笑んでウインクした。今の、どういう意味？

「いーち」とジル。

「わたし！」隣で叫んだ女性は、たしか動物園のアザラシ担当の人。「わたしに投げて！」

「にーい」ジルが叫ぶ。

「だめ、わたしよ！」華やかだけどどぎついくらい光沢のあるシャルムーズサテンのパンツスーツを着た別の女性がぴょんぴょん飛び跳ねる。

「さん！」

そして白いアヤメとユリのブーケが宙を舞う。束の間、それは天井の温かな黄金色の照明を受けて逆光になった。たいして期待もせずに腕を上げたから（生まれてこのかた、投げられたボールをキャッチできたためしがない）、差し出した手の中にブーケがすとんと納まったときにはものすごくびっくりした。

「すげえ」わたしが戦利品を見せびらかしに意気揚々と駆け戻ると、チャズは言った。「ルークがそれを持ってるきみを見たら、失神するだろうな」

「気をつけなさい、マンハッタンの独身男たち！」わたしはブーケを振りかざした。「次はわたしよ！　次はわたしよ！」

「酔っ払ってるな」チャズが愉快そうに言う。

「酔っ払ってなんかないわよ」顔にかかる髪を吹き飛ばしながら答えた。「人生に酔ってるだけ」

「一〇！」突然、周りの人たちが数え始めた。「九！　八！」

「あっ！」わたしは叫んだ。「年が明ける！　新年だって忘れてた！」

「七！」チャズもカウントダウンに加わる。「六！」

「五！」わたしも叫んだ。やっぱりチャズの言うとおり。わたし、酔っ払ってるわ。それに、巧妙なのよ。「四！　三！　二！　一！　ハッピーニューイヤー!!」

引き出物に入ってた新年のラッパをなくさずに持ってた人たちが、力いっぱいラッパを吹き鳴らした。楽団が『蛍の光』を演奏し始める。頭上に用意されてたネットが開かれ、何百という真っ白な風船がふわふわと雪のように舞い降りてわたしたちの周りに積もっていく。

チャズがわたしに手を伸ばし、わたしもチャズに手を伸ばして、時計が零時の鐘を打つ中、わたしたちは浮かれて新年のキスをした。

リジー・ニコルズのウェディングドレス・ガイド

結婚披露宴後の二日酔いにてきめんに効く特効薬をお教えしましょう。

トールグラスに一五〇ミリリットルのトマトジュースを注ぎます。レモン汁（またはライム汁）少々、それにウスターソースを一振り。タバスコを二、三滴たらして塩、コショウ、それにセロリソルトで味付けします。チャレンジしたい気分なら、すり下ろした西洋ワサビを少々加えてください。氷を入れ、セロリスティックとライムのスライスを飾ります。

仕上げに、ウォッカ四五ミリリットルを加えて完成です。

さあ、召し上がれ。

27

噂はすばやく駆け巡るが、真実ほど長い間とどまってはいない。
——ウィル・ロジャース（一八七九年〜一九三五年）
アメリカの俳優、ユーモア作家

ドンドンという音で目を覚ます。

最初は、その音が自分の頭の中で響いてるだけだと思った。

目を開けたときには、自分がどこにいるのかしばらくわからなかった。やがて視界がはっきりしてくると、目の前に浮かんでるピンク色のぼんやりした塊が実はバラだってことに気づいた。それが壁に張りついてる。

わたしはムッシュー・アンリのお店の上にある新居のベッドにいた。

そして、顔を横に向けると、自分が一人じゃないことがわかった。

さらに、誰かがドアをノックしてる。

一度に把握するにはあまりに情報量が多すぎ。このうちどれかひとつだけでも、じゅうぶん混乱することなのに。でもすべて同時に気づいたあとは、今どういう状況なのかを理解するまでに一分とかからなかった。

まず気づいたのは、自分がまだジャック・ファスのイヴニングドレスを着たままだってこと。しわくちゃになって、チョコレートケーキのしみまでついちゃってる。でもきちんと着たまま……その下のスパンクスもね。

良かった。ほんっとに良かった。

さらに、チャズもしっかり正装したままなのがわかった。つまり、タキシードの上下はまだ身に着けてるってこと。でも蝶ネクタイはどっかへ行っちゃったみたいだし、シャツのボタンは半分以上外れてて、カフスボタン（オニキスとゴールドで、たしかおじいさんから受け継いだって言ってた）も見当たらないし、靴も履いてない。

わたしは混乱し切ったかわいそうな頭を絞り、何があったのかを思い出そうとした。どうしてチャズが——親友の元カレで、元カレの親友が——服を全部着たままとは言え、わたしの新居のベッドで寝る羽目になったの？

そのほかの状況も把握するにつれ（ジルのブーケがベッドサイドテーブルでしおれてはいるけどそれほど傷んではいないこととか、わたしの靴もどこかへ行っちゃったらしいこととか）、朝っぱらのこんな仰天な事態へとつながる一連の出来事の記憶がよみがえってきた。チャズとわたしは最初、単なる友人同士の軽いノリで新年のキスをしてた……少なくとも、わたしはそのつもりだった。

でもそしたらチャズがわたしの体に腕を回して、もっと違う感じのキスをしてきたんだった。

笑いながら押しのけたら、彼が笑ってないことに気づいた。少なくとも、わたしほどには。

「いいだろ、リジー」チャズは言った。「わかってるくせに——」

でもそれ以上言わないうちに、わたしは彼の口を手でふさいだ。

「だめよ。そんなことできない」

「へえ、どうしてだめなんだよ？」口をふさがれたまま、チャズが問いただした。「俺がシャリと先に出会ったからか？　わかってるんだろう、もし俺がきみと先に会ってたら——」

「だめ！」わたしはもっと力を入れて手を押しつけた。「それが理由じゃないし、あなたもそのことはわかってるでしょ。わたしたち今は二人ともフリーで不安定な状態だわ。二人とも傷ついたし——」

「だったらなおさら、お互いに慰め合えばいいじゃないか」チャズはわたしの手を取って口から離し——その手にキスしたのよ！　「ルークに対するうっぷんは全部俺で晴らせよ。肉体的にさ。きみが動いてる間、俺は絶対じっとしてるって約束するから。もちろん、動いてほしかったら別だが」

「やめてよ」わたしは手を振りほどいた。どうしてこんなに真剣なはずの場面でまで笑わせるの？　「わかってるでしょ。あなたのことは大好きよ——友達として。わたしたちの関係……友達としての関係を危うくするようなことはしたくないの」

「俺はしたいね」とチャズ。「俺たちの友達としての関係を危うくするようなことをすごくしたい。なぜならな、リジー、俺たちはずっと友達だからだよ。何があろうとな。友人関係における肉体的な結びつきをもっと強化する必要があると思うぜ」

わたしはまだ笑いながら言った。「だったら、もうちょっと辛抱してもらうしかないわね。だってわたしたち二人とも、失ったものを悲しむ時間が必要だと思うから……それにその悲しみが癒える時間もね」

意外ではなかったけど、チャズはこれを聞いて辟易した表情になった。わたしが言ったことも、わたしの言い方も気に入らなかったみたい。でもそれにひるまず、わたしは続けた。「もし、適切な期間が過ぎてもやっぱり今の友人関係をもっと違う関係へと変化させる気がお互いにあったら、そのときにまた検討しましょ」

「適切な期間ってのはどのくらいなんだ？　つまり、悲しんで癒えるまで。二時間か？　三時間か？」

「わかんないわよ」考えに意識を集中させるのが難しかった。チャズはまだわたしを抱きしめたままで、おじいさんのカフスボタンがシルクのドレス越しに押しつけられてるのを感じてたから。それに、ドレス越しに押しつけられてるのはボタンだけじゃなかった。「最低でも一カ月よ」

そしたら音楽に合わせて体を揺らしながら、チャズがまたキスしてきた。

そのとき、白い風船のかわりにまるで金色の星が降り注いでるみたいに感じたのは、シャンパンのせいだけじゃなかった気がする。

ようやく彼が顔を離してくれて、なんとか息ができるようになると、わたしは言った。「わかったわよ、最低一週間」

「了解」チャズは言ってから、ため息をついた。「しかし、長い一週間になるな。そもそも、この下に着けてるのはなんなんだ?」彼の手はドレスの上から下着のウエストバンドをまさぐってた。

「ああ、それはスパンクスって言う補正下着よ」その瞬間、この関係においても今後すべての恋愛関係においてもとことん、ときにはえげつないまでに正直でいようと心に決めてわたしは言った。補正下着を着けてることを男性に白状することもいとわない。これは下着とも言えないわね。どっちかって言うとサイクリングパンツだわ。

「スパンクスね」チャズはわたしの唇に自分の唇を押しつけながらつぶやいた。「ヘンタイっぽい響きだな。それを着けたきみを見るのが待ち切れないよ」

「あらそう」わたしはまたしてもえげつない正直さを発揮する機会に飛びついた。「期待してるほど興奮する姿じゃないことだけは、今すぐ教えてあげられるわよ」

「それはきみの意見だろ。一応教えとくけどな、俺が自分の未来を思い描いたとき、そこにはきみ以外何も見えないよ」そう言ってから、チャズはささやいた。「そしてきみはスパンクスすら着けてないいんだぜ」

そして急にわたしの体を思いっ切りうしろへ傾けたから、わたしはくすくす笑いながら天井を見上げる格好になった。白い風船がまだいくつか、大きくゆるやかな弧を描きながら落ちてきてた。

そのあとはもっとたくさんのキス、もっとたくさんのシャンパン、もっとたくさんのダンス、そしてもっとたくさんのキスの連続で、最終的にプラザ・ホテルからよろよろと出てきたのはピンク色の光の筋がイーストリバー上空に伸び始めるころ。それからわたしたちはそこに待ってたタクシーに転がりこみ、そしてどういうわけか、わたしのベッドにたどり着いたんだった。

ただ、結局何もなかったわけよね。もちろん何もなかったのよ、だって（a）二人ともきちんと服を着てるし、（b）いくらシャンパンを浴びるほど飲んでたって、わたしが何もさせなかったはずだから。

だって今度ばかりは正しい道を行くつもり。我が道じゃなくってね。必ず成功してみせるわ。だってわたしは「巧妙」なんだから。

ベッドに横たわったまま自分がどれだけ巧妙かを考えてて（ついでにチャズがなんてだらしない寝方をするんだろうってことも。顔を潰さんばかりに枕に押しつけてて、わたしみたいによだれこそたらしてないものの、間違いなくいびきをかくタイプ）、二日酔いのせいだとばっかり思ってたドンドンいう音が、実はドアから響いてることに初めて気がついた。

誰かが建物の正面玄関を叩いてる。ほんとはインターホンがついてるんだけど、壊れてるのよね（来週末までには絶対に修理するとマダム・アンリが約束してくれた）。

いったい誰がこんな朝っぱらから――うわ、一〇時だわ――しかも新年早々ドアなんか叩いてるの？

わたしはベッドから転がり出て、ふらふらと立ち上がった。部屋が揺れる……でも転びそうな気がするのは傾斜してる床のせいだってことに気づいた。ま、床プラスひどい二日酔いのせいでね。

壁にすがりつきながら、部屋の玄関までたどり着いて鍵を開ける。狭い（そのうえ寒い）階段を一階まで下りて行く間、ドアを叩く音はますます大きくなっていった。

「今行きます」お店あての届け物だろうかと思いながら声をかける。この建物の最上階に入居することで、営業時間外の配達物を受け取る義務が生じるってマダム・アンリに言われたのよね。

でも宅配って元日もやってるの？　まさかね。UPSだって今日ぐらいは従業員にお休みをあげるでしょ。

階段を下り切るとわたしは数ある鍵を次々と外していき、ようやくドアを開けた。でも念のためにチェーンだけはかけたままにしておく。ほら、外にいる人が連続殺人鬼か狂信者かその両方だった場合に備えてね。

ドアとドア枠の間にできた一〇センチほどのすきまから見えたのは、そこにいるなんて夢にも思わなかった人物だった。

ルーク。

「リジー」彼は疲れた様子だった。それに苛立ってもいる。「やっとだ。もう何時間もノックしてたんだよ。ねえ、入れてくれるかい。話があるんだ」

パニックに陥り、わたしはばたんとドアを閉めてしまった。

どうしよう。ああどうしよう、ルークだわ。フランスから帰って来たんだ。フランスから帰って来て、わたしに会いに来た。どうして会いに来たの？　あの短いけど心のこもった書き置きにはたしかに郵便物を転送してもらうために新しい住所を書いたけど、ここには来ないでって書いたのを読まなかったの？

「リジー」またドンドンとドアを叩きながら彼が呼ぶ。「頼むよ。こんなことしないでくれ。きみにこれを言うために一晩中飛行機に乗って来たんだ。閉め出さないでくれ」

どうしよう。ルークが玄関先にいる。ルークが玄関先にいる——。

……そして彼の親友が上にあるわたしのベッドで寝てる！

「リジー？　開けてくれないのか？　まだそこにいるのかい？」

ああどうしよう。どうすればいいの？　中に入れるわけにはいかない。チャズを見られるわけにはいかない。別にチャズと何か過ちを犯したわけじゃないけど。でもそんなこと誰が信じるって言うの？　ルークは信じないわ。ああどうしよう。どうしたらいい？

「わたし……まだいるわよ」ドアを開けて言う。チェーンは外したけど、ルークが入れるようにどいてはあげなかった。身を切るように冷たい空気が流れこむ玄関先に、イヴニングドレス姿で立ってるのは凍え死にしそうに寒かったけど。

「でも入れてはあげない」

ルークはその悲しげな黒い瞳でわたしを見つめた。「リジー」どう見てもわたしが服を着たまま寝てたことに気づきもせず、彼は言った。しかもただの服じゃない。これを着て行けるようなおしゃれなイベントのために何年も大事にしまっておいたジャック・ファスのイヴニングドレス。もっとも、彼がそんなこと知るはずもないけど。教えたことがなかったから。「ぼくは大バカ者だった」わたしから片時も視線をそらさずにルークは言った。「正直に認めるよ。きみがあの話を……その、結婚の話を先週持ち出したとき、ぼくが狼狽したことは。まったく予想してなかった。本当に、ぼくたちはただ付き合ってるだけだって思ってたんだ。ほら、ただ楽しくやってるだけだって。でも考えさせられた。正直言うと、きみのことを考えずにはいられなかった。考えないようにしたんだけどね。どうにかして考えずにいようとしたのに」

わたしは震えながら、目をぱちくりさせて彼を見つめてた。これを言うためにはるばるアメリカまで——おそらくは大みそかを飛行機で過ごしてまで——飛んで来たの？　わたしのことを考えないようにしてたのにそれができなくて、休暇を台無しにされたって？

「母さんにまで相談したよ」漆黒の髪が冬の朝日を浴びて青みを帯びる。「ちなみに母さんは浮気してるわけじゃない。感謝祭の翌日に会った男のことを言ってただろ？　あれは整形外科医なんだ。しわ取りのボトックスを打ってもらってるんだって。でもそれは関係ない話だな」

わたしはごくりと唾を飲んだ。「そうなの」そしてようやく、休暇を一緒にフランスで過ごすようにと誘ってくれたとき、ミセス・ドゥ・ヴィリエが微笑んでも目尻にしわができなかった理由がわかった。ボトックスを注入したばかりだったんだわ。

だからって、事態が変わるわけじゃない。だからってルークがわたしと一緒にアメリカ中西部へ行ってうちの両親に会うかわりに、自分の両親と一緒に休暇を過ごすほうを選んだ事実は変わらない。

そんなことをわざわざ自分に言い聞かせたのは、ルークに対して心を鋼のように硬くしておこうと必死に努力してるから。だって、傷がまだ痛むんだもの。チャズに言ったとおり、わたしたちはまだ悲しんでる時期なのよ。

でもルークがこんなにも疲れて弱々しい様子で玄関先に立ってたら、うまくいかない。

「ぼくがどれほどバカか教えてくれたのは母さんなんだ」ルークは続けた。「まあ、母さんが不倫してるときみが思ってた件に関しては、ちょっと頭に来たようだけどね。ボトックスのことは父さんに隠しておきたかったらしいから」

口の中に張りついた舌をどうにかひっぺがして、これだけ言った。「男女関係における不正直は絶対にいいことじゃないわ」このことは自分自身、見にしみて良くわかってる。

「そうだね」とルーク。「だからこそ、ぼくにはきみという人がいてどれだけ幸運か気づいたんだ」彼は手を伸ばし、氷のように冷え切った革の手袋に包まれた指でわたしの手を取った。「たしかにきみはしゃべりすぎる傾向があるけど、もうひとつきみについて言えることがある。それはいつだって本当のことを言うってことだ」

うまいこと言うわ。それに、ほんとのことだし。まあ、だいたいはね。

「こんな遠くまでわざわざわたしを侮辱しに来たの?」横柄に聞こえるように言ったけど、もちろん内心は泣きたい気分だった。「それとも、この会話には何か意味があるわけ? こんなところに立ってて、わたし凍えそうなんだけど」

「ああ!」彼は声を上げてわたしの手を放すと、慌ててコートを脱ぎ、優しくわたしの肩にかけてくれた。「ごめん。中に入れてくれたら話が早いんだけど――」

「だめよ」コートには感謝しながらも、断固とした口調でわたしは言った。でも今はストッキングをはいた足が氷のよう。

「わかったよ」ルークは小さく笑みを浮かべた。「そのほうがいいなら。言うべきことだけ言ったら、きみを解放するから」

そうよね。王子さまってそういうことをするものでしょ。ただ、さよならを言うためだけに、何千キロもの距離を飛んで来るの。

ひどい仕打ちをするような人間であっても、王子さまってのはいつだって礼儀正しいものだから。

さようなら、ルーク。

「リジー。きみみたいな女性には今まで会ったことがなかった。きみはいつも自分が何を求めているのか、そしてそれを手に入れるためにはどうすればいいかを正確に理解してるみたいだった。きみはどんなことも物怖じせずにするし、言う。リスクを冒すこともいとわない。そんなところをどれだけ尊敬してるか、言葉では言い尽くせないくらいだよ」

へえ、ずいぶんすてきなさよならの挨拶ね。

「きみはぼくの人生に……なんだろう、津波か何かのような勢いでやってきた。いい津波って意味だよ。まったく予想外で、どうにも抵抗できない勢いで。正直、きみがいなかったら今自分がどこで何をしてるかも想像できない」

元カノと一緒にヒューストンにいるんじゃないの、と言ってやりたかった。だけど黙ってた。だって彼が次に何を言うのか、ちょっと関心があったから。でも正直言うと、上に戻ってベッドにまたもぐりこみたい気分。

ただ、それもできないのよね、と遅ればせながら思い出す。いびきをかいてる男の人がわたしのベッドにいるから。

「ぼくは自分が欲しいものを追い求めるのがあんまりうまくない人間なんだ」ルークは続けた。「多分、かなり慎重なんだろうな。すべての可能性を検討して、それに伴うリスクをいちいち計算して――」

そうね。わかってるわ。

さようなら、ルーク。永遠にさようなら。わたしがどれほどあなたを愛してたか、わからないでしょうね――。

「そのせいで、きみに本当に伝えたいことがなんなのか、気づくのにここまで時間がかかってしまった――」彼はチャコールグレーのウールのパンツのポケットをまさぐってる。わたしはずっと考えてた。ルークはどうしてこんなことをしてるの……て言うか、何をしてるの？　わたしを苦しめたいの？　彼にしがみつきそうになる自分をどれだけ必死で抑えてるか、わからないの？　どうしてすんなり去って行ってくれないの？　「ぼくがずっときみに言いたかったこと――きっとあの列車で初めて会ったあの日から言いたかったことは――」

――ぼくの人生から出て行って、二度と連絡しないでくれ。

とはルークは言わなかった。そんなことじゃ全然なかった。

そのかわり、どういうわけか、彼は身をかがめて片膝をついた。閉まってるブライダルショップの前で、道の反対側で女性が犬を散歩させてる前で、駐車スペースを探してる男の人が運転するミニバンの前で、そして東八七丁目の全人口の前で。

目の前の光景が信じられない。眠くて二日酔いの目が幻覚を起こしてるんだとしか思えない。だけどルークはポケットから黒いベルベットの小箱を引っぱり出し、蓋を開けた。朝日を浴びて光り輝く一粒のダイヤが姿を現す。

幻覚じゃない。現実に起こってるんだわ。そして彼の口から言葉が出てくる。その言葉は――。

「リジー・ニコルズ、ぼくと結婚してくれますか？」

訳者あとがき

おしゃべり大好きな主人公、リジー・ニコルズが帰ってきました。

前作では地元ミシガン州のアナーバーという小さな町から生まれて初めてロンドンへ、さらにはたった一人で南フランスへと渡る大胆な行動力を見せてくれたリジー。本作では大都会ニューヨークで活躍します。

物語は前作から一カ月後、夏から秋へと季節が移るころ。フランスで出会った王子さまのように素敵な男性、ルークとの恋が実り、彼を追いかけてニューヨークへ「上京」してきたところから始まります。

ところがルークが「王子さま」というのは単なる比喩ではない様子。なにしろ、先にニューヨークへ引っ越した彼が住んでいるのは、彼の母親がローンも組まずに一括で買ったゴージャスなマンション。その住所がなんとマンハッタンの五番街、しかもメトロポリタン美術館の真ん前なのです！　ニューヨークを訪れたことがある方ならご存知かと思いますが、五番街といえば高級ブランドや高級マンションの入ったビルが立ち並び、「世界一高価な通り」とまで言われるまさにニューヨークの一等地。その中でもメトロポリタン美術館のある区域は一九〇〇年代前半に大邸宅が次々と建てられたため、「百万長者通り（Millionaire's Row）」と呼ばれる一角です。日本で言えば、東京の銀座あたりに住んでいるようなものでしょうか。そんな一等地にぽんとマンションを購入し、しかも本物のルノワールやピカソの絵を部屋に飾るルークのお母さん。いったいどれだけ財産を持っているのか、思わず気になってしまうほどです。

前作でもロンドンや南フランスの描写が生き生きとしていて、まるでリジーと一緒に旅しているような気分にさせてくれましたが、それは本作も同じ。マンハッタンの通りや実在のお店が次々に出てくるので、インターネットやガイドブックでマンハッタンの地図を見ながらお読みいただくとより一層楽しめるのではないかと思います。

この作品のもうひとつの大きな魅力である、個性豊かな登場人物たちも健在。リジーの親友シャリと、シャリのボーイフレンドでルークの親友でもあるチャズの二人に加えてルークの両親、それにもちろん、アナーバーにいるリジーの姉たちやお酒好きなおばあちゃんも再登場します。さらにはニューヨークでリジーが出会う人々も、一癖どころか二癖も三癖もあるような人たちばかり。ひょっとすると、リジーはそういう人たちを引き付けてしまう体質なのかもしれません。

そして前作と同様、本作にも「付録」がついています。前作では「服飾の歴史」についてのリジーの卒業論文でしたが、本作ではリジーのウェディングドレスに関する基礎知識が、イラストつきで紹介されています。体形別ドレスの選び方アドバイスなど、参考になる情報が盛りだくさんです。

さて、今回リジーは大好きなヴィンテージファッションにかかわる仕事がしたいと、職を探してマンハッタン中を歩き回ります。前作ではヴィンテージのウェディングドレスを見事な腕前で修復してみせましたが、果たしてその技術が生かせる仕事が見つかるのでしょうか。そして気楽に恋人生活を楽しみたいルークと、頭の中はウェディングドレス（と自分自身のウェディング）のことでいっぱいというリジーの恋はこれからどういう展開をみせるのでしょうか。

前作『ヴィンテージ・ドレス・プリンセス』、本作『恋の続きはマンハッタンで』に続き、リジーの物語は『Queen of Babble Gets Hitched』で完結します。get hitched というフレーズは英語のスラングですが、どういう意味でしょう。気になる方は辞書で調べてみてください。恋もキャリアも手に入れたいリジーの運命やいかに……？

本作の翻訳にあたってはウェディング業界に勤める友人やリジーと同年代のいとこにも知恵を借りました。ほかにもさまざまな形で翻訳作業をサポートしてくださった関係者の方々、そしてそうやって完成したこの本を手に取ってくださった読者の皆様に、深く感謝いたします。

二〇一〇年六月

ライムブックス

恋《こい》の続《つづ》きはマンハッタンで

著　者　メグ・キャボット
訳　者　松本《まつもと》 裕《ゆう》

2010年7月20日　初版第一刷発行

発行人　成瀬雅人
発行所　株式会社原書房
〒160-0022東京都新宿区新宿1-25-13
電話・代表03-3354-0685　http://www.harashobo.co.jp
振替・00150-6-151594
ブックデザイン　川島進（スタジオ・ギブ）
印刷所　中央精版印刷株式会社
翻訳協力　株式会社トランネット

落丁・乱丁本はお取り替えいたします。
定価は、カバーに表示してあります。
 ISBN978-4-562-04389-7　Printed in Japan